朴枨集

潮城屑话

吴绍雄 ◎ 著

暨南大学出版社
JINAN UNIVERSITY PRESS

中国·广州

图书在版编目（CIP）数据

朴枳集：潮城屑话/吴绍雄著. —广州：暨南大学出版社，2021.6
ISBN 978 – 7 – 5668 – 3096 – 8

Ⅰ. ①朴…　Ⅱ. ①吴…　Ⅲ. ①中国文学—当代文学—作品综合集
Ⅳ. ①I217. 2

中国版本图书馆 CIP 数据核字（2020）第 267935 号

朴枳集——潮城屑话
PUZHI JI——CHAOCHENG XIEHUA
著　者：吴绍雄

- -

出 版 人：张晋升
责任编辑：冯　琳　王辰月
责任校对：林　琼　陈皓琳
责任印制：周一丹　郑玉婷

出版发行：暨南大学出版社（510630）
电　　话：总编室（8620）85221601
　　　　　营销部（8620）85225284　85228291　85228292　85226712
传　　真：（8620）85221583（办公室）　85223774（营销部）
网　　址：http：//www.jnupress.com
排　　版：广州市天河星辰文化发展部照排中心
印　　刷：广州市穗彩印务有限公司
开　　本：787mm×1092mm　1/16
印　　张：17.5
字　　数：295 千
版　　次：2021 年 6 月第 1 版
印　　次：2021 年 6 月第 1 次
定　　价：69.80 元

序

古人有云，文如其人。读绍雄兄《朴枳集——潮城屑话》，有此感受。

我比吴绍雄先生虚长几岁，之所以称兄，是潮州人对男子不论年龄长幼的一种尊称，这也算是潮地的一种古风犹存吧。依绍雄兄职业，本当称其吴医生为宜，但他的这本集子却是散文，属于跨界创作，鉴于此，还是称绍雄兄合适。

潮州人好说雅，女人美者称为"雅姿娘"。这雅，不单有漂亮之意，更有高雅、儒雅之意，这样一来，潮州的"雅姿娘"就不同于通常所说的美人，而是举止端庄、颇有才情的女人。这雅，还不只用于形容女人，称物有雅物，称人有雅人——也谓斯文人——北方叫风流人物。绍雄兄是一位医家，却有撰文之好。他之从医，钻研医道，专注诊断，善心妙手，在潮地颇有名气，就医者众，却能于医暇之时，以文为乐。其笔下题材，不囿于杏林，而是博闻多识，历史地理、俗话逸闻，无不娓娓动听，又于书法也有所长。亦医亦文，乃一雅人也。其习书法，并不拘于临帖挥毫，而得体会为取道止源、取心平衡、取法自然，这已不仅是学书之道，而是推而广至为人处世、养性修身之学问，岂非雅哉！雅哉！

绍雄兄结集以"朴枳"为名，从其自序，知此集名缘于其心目中的朴枳情结：一是自小与朴枳果、朴枳树、朴枳筒、朴枳巷结下诸多朴枳缘，换言之即乡愁；二是将朴枳的随处皆可生长、朴实无华、不事张扬，依为做人看病之准则，也奉为写作之法，正如作者对自己寄予的期望——"少点方巾气""不拿腔捏调"。时风所尚，即使微言也必寄以大义，方显时代中人与气质中人。据实观之，则有的自序调门高，只可当口号、广告看；有的自序立意远，却与内容无甚关联。我看绍雄兄为此集拟名定调，是诚实之言，是知其为人处事确如朴枳般朴实无华。

此集百余篇散文，有杏林逸事、临床嘱咐、古城故事、名城维护、往事杂忆、俗语民风、赏石鉴画，如朴枳结籽，看得出撰者无心，成树有形。结籽无论大小，粒粒可爱如珠。翻阅之间，如大珠小珠落玉盘，怡情悦目。这些散文之间，无所谓上下连贯，其共性即四个鲜明特点：一是潮味浓厚，都是潮地的人、事、物或相关内容，作者于文物古迹多加关注，对潮州旧时八景之一的龙湫宝塔遗迹，多次渡江调查，记录翔实，引起相关方面的重视；二是鲜为人知，不翻那些陈陈相因的老账，让读者读起来有新鲜感，如书中记有韩江历史上的最高水位，当年见证人众，唯有绍雄兄留心此事，文详图清，事过境迁，弥足珍贵；三是注重发掘，所述多为身边的事，但不就事论事，如将星期无"新闻"与星期无"媳妇"联系起来说，既介绍新闻发展史，又反映新的社会风气；四是语言生动，蜡石也被赋予拟人之语，生动活泼。有的陈年往事，不堪回首，却令经历者难以忘怀，又在有意无意中渐渐淡出时世。潮州古城，即大体为今之潮州市湘桥区，景观今非昔比，且不说高楼林立，车流如梭，古风不存，如湘子桥、东门楼、牌坊街皆已修旧如新，古味难求。因此，结成此集出版，还可让读者看到潮州古城真实的历史面貌，此集副题名"潮城屑话"，然屑事不小，耐人寻味。

人活在世上，要应对方方面面的压力，要求解于林林总总的困惑，这是避免不了的，但总不能每分每秒都绷紧神经，总得有放松之时。因此，就生出各种消遣之法，有登泰山绝顶之壮举，也有赏案头清供之小憩。这《朴枳集》中之文章，篇幅不大，就算是一种清供。行云流水一般似为作者信手拈来，却是出自其肺腑，有感而发，不仅作者得以自娱其情，自得其乐，而且因其选题匠心独运、行文生动、潮味浓郁，或有养生养心之裨益，或有人生哲理之启示，虽不能说是满汉全席盛宴，却不啻大热天中的一帖暑茶，深受读者喜爱。

当然，百货合百客（各人有各人的爱好），有些话还可以往深处扩展，大有发挥之余地。如《"桠"到亭倒》一文中讲述的有趣的故事，再一细想，在潮州城这般满街是亭的、有浓厚文化氛围和讲求传统的地方，为什么好"桠"成为民风？有什么话题好"桠"？为什么值得"桠"到你死我活？这就是另一个很有意思的话题了。

古诗云："欲穷千里目，更上一层楼。"此话看来平实得不能再平实，不就是登高望远的大白话吗？但一写成诗，就引发无穷妙思，成为千古绝唱。目能穷千里，那眼界该是何等开阔，要达到这一高远的境界，只需再登上一层楼！问题就在于，登楼者此前已经费了多大的劲，登上多少层楼，至此或有疲劳之相、犹豫之心，或以为再高处也差不多就这样了。然为文为艺，一步之差，境界或有天壤之别，于是，才需要以此句作结语，鞭策，激励！千古绝唱，终有其千古传诵的理由。愿借古人此语，与绍雄兄共勉。

陈泽泓

戊戌于羊城壁半斋

（陈泽泓，中国地方志学会学术委员，广东省地方志书审查委员会委员，广州市人民政府文史研究馆文史学术委员会委员，广州市地方志馆原副馆长，历史学研究员）

自 序

潮城屑话　朴枳情怀

拙作编集，定名"朴枳"，质朴的用词却是我真情的抒发。

东晋陶渊明因喜菊，故有"采菊东篱下，悠然见南山"的雅句，北宋周敦颐因爱莲，遂有《爱莲说》之名篇；为本书题签的九秩画家蔡瑜老师因爱梅，于88岁高龄仍作400平方尺画卷《梅关精灵秀》。学一学前辈与名家，我因眷爱朴枳，故将拙集命名为"朴枳集"。

听姥姥和母亲说，我出生于农历年底。待到来年开春后的第一个清明节，邻居拿了点朴枳粿往我嘴里塞，我还真的啖得津津有味呢。我小时候第一件有印象的玩具就是朴枳筒。我家住彭厝巷，直行40米就是朴枳巷，朴枳巷有棵朴枳树。在1960年物质匮乏时期，同学的一个朴枳粿和水曾使饿晕的我缓过劲儿来。

家邻西湖，我住在向西北方矮窄的书斋厝，不管睡着、站着，只要天气好，朝木飘窗望去就仿佛瞥见西湖山那熟悉的朴枳树。朴枳树在路旁、山坡、林间，随处皆可生长，而无须专门施肥、浇水。它对人的索取很少，给予人的却甚多。其叶可当菜，也可作药，对漆疮、荨麻疹甚有疗效，朴枳树可谓浑身是宝。

我喜清淡、自然，不擅张扬，这一点似乎与朴实无华的朴枳很相似；我给身处杏林的自己定了个原则：老老实实做人，认认真真看病。自取"白坯香腐"，自命斋名"橘缘斋"，堂号"桔缘堂"。

写作是我的一种兴趣。读初中时，我是潮安一中校刊《金山报》的通讯员。参加工作刚三个月，我的文章就上了汕头人民广播电台和《汕头日报》，这在当时的潮州卫生系统还属鲜见。写了些许杂散小文之后，我开始写一些有关潮州文化的文章。

潮州文化深厚，笔耕者众，名家甚多，而本人功底未深，因想写点有"个性"的东西，便暗自立下自家的规矩——"言人所未言，言人所未尽"。于是，尽量深挖潮州昔日旧"影迹"，如"鸡母埕""老灰窑""'桠'到亭倒""下市头'脬龟'"等。我素来喜欢自然地理，故写了《黄蜡石·中国情》，《复现"木棉生榕"奇观》等篇。我的职业，促使我将医药界的独特故事讲述出来，这便有了《从盛端明谈潮州中医》《医者父母心》《老药工——一个不能遗忘的群体》《中华老字号宏兴逸闻》等篇。凡此种种，大都是生于斯、长于斯的小城琐碎故事。怪不得暨南大学出版社冯琳编辑一阅文稿就建议，给《朴枳集》加个有潮味的副书名，让人们一看书名就知道是与潮州文化有关。正为命名徘徊时，泽泓兄提议的"潮城屑话"正合我意。

动笔写作时，我力求不拿腔捏调，尽量用大白话，少点方巾气，不搞假斯文。这种写法或许更能够原汁原味地再现潮州的乡土生活，为自己抒发胸臆。

朴枳，是我打从幼年以来印象最深刻、回味最甜美的至爱，以朴枳命名拙作，于文境于心境，皆合我意矣。这本集子，还待方家和读者提出宝贵意见。

吴绍雄

2020 年 10 月

目 录
CONTENTS

二、 城谈巷议

三、 俗话俗说

附 录

一

杏林拾叶

从盛端明谈潮州中医

　　盛端明（1476—1556），字希道，号程斋，潮州府海阳县滦州都大麻人（今梅州市大埔县大麻镇）。明弘治十五年（1502）登进士，晚年任嘉靖朝工部尚书、礼部尚书、太子太保，是潮州史上四大尚书（其余三人是王大宝、翁万达、黄锦）之一。潮州人对盛端明的认识，多是在听说了"东司（厕所）羊敬先生"的故事后才知道有个盛尚书，而一旦知道了，便可发现他是位了不起的人物，明穆宗朱载垕当太子时是他的学生，而盛端明在中医学上的贡献，绝大多数业医者也知之不多。

　　盛端明，是明代典型的官吏兼医者，喜医方、通医术，编有《程斋医抄》140 卷，《程斋医抄撮要》5 卷，自序曰："……余三十年间官辙南北，所至携以自随，每遇有奇方秘法，辄编入各门。……但穷乡僻壤中得之亦可以疗疾也。"明嘉靖十二年（1533）夏六月二十五日誊完集录。该书被记载入《中医大辞典》及《中国医史年表》。

　　盛端明是潮州城内少有的拥有三座牌坊旌表的名贤。其一是"解元坊"，该坊位于县学左侧（旧称圣域坊），知县冯筼为县庠建。盛端明位列潮州七解元之首，其余为吴殿邦、游定海、陈春英、陈雄恩、陈昌期、谢学圣六人。其二是倒亭巷口"六贤坊"（潮州熟语"'桠'到亭倒"之亭），为潮州籍明弘治壬戌六进士（杨玮、邱世乔、盛端明、李春芳、周钥、陈义）之一。其三是原大街顶第一坊"宫保尚书坊"，该坊位于镇署前金城巷口，是专褒盛端明的。

　　盛端明自言通晓药石，服之能长生，适逢嘉靖皇帝疏于朝政沉湎丹术，又得陶仲文（嘉靖方术宠臣，帝称其为师傅）引进，对其仕途通达起了很大的作用。现潮州城仍有上水门街盛厝巷，北门老土地盛厝埕，是盛氏后代的居住地，但盛厝埕现已无盛姓者。

　　潮州传统医药历史悠久，中医底蕴深厚、源远流长。新石器时代潮州土著先民已拥有可用于砭术的骨锥、骨针等器物（见图 1）。早在盛端明之前，潮州已出现了不少医学家、方家。宋代就出了一个有名的儿科专家刘昉。

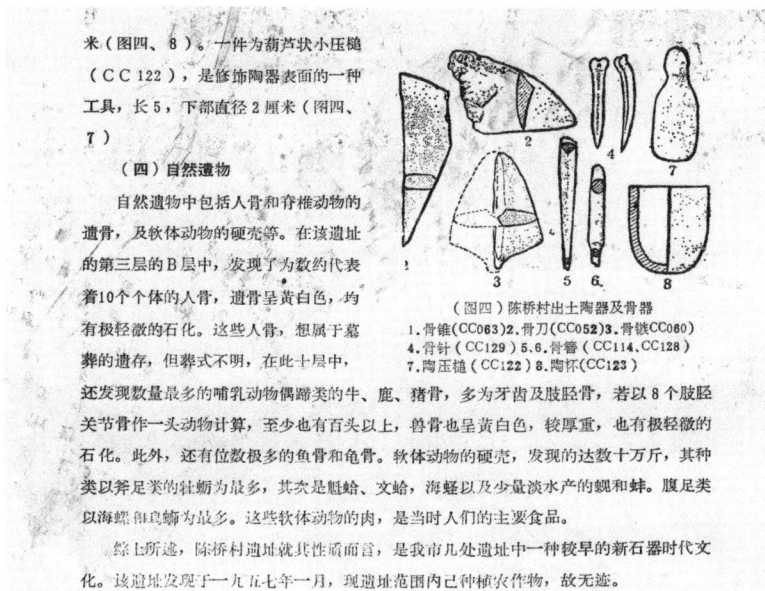

米（图四、8）。一件为葫芦状小压槌（CC 122），是修饰陶器表面的一种工具，长5，下部直径2厘米（图四、7）

（四）自然遗物

自然遗物中包括人骨和脊椎动物的遗骨，及软体动物的硬壳等。在该遗址的第三层的B层中，发现了为数约代表着10个个体的人骨，遗骨呈黄白色，均有极轻微的石化。这些人骨，想属于墓葬的遗存，但葬式不明，在此土层中，还发现数量最多的哺乳动物偶蹄类的牛、鹿、猪骨，多为牙齿及肢胫骨，若以8个肢胫关节骨作一头动物计算，至少也有百头以上，兽骨也呈黄白色，较厚重，也有极轻微的石化。此外，还有位数极多的鱼骨和龟骨。软体动物的硬壳，发现的达数十万斤，其种类以斧足类的牡蛎为最多，其次为魁蛤、文蛤，海蜇以及少量淡水产的蚬和蚌。腹足类以海螺和鸟螺为最多。这些软体动物的肉，是当时人们的主要食品。

综上所述，陈桥村遗址就其性质而言，是我市几处遗址中一种较早的新石器时代文化。该遗址发现于一九五七年一月，现遗址范围内已种植农作物，故无迹。

（图四）陈桥村出土陶器及骨器

1. 骨锥（CC063）2. 骨刀（CC052）3. 骨镞CC060）
4. 骨针（CC129）5. 6. 骨簪（CC114、CC128）
7. 陶压槌（CC122）8. 陶杯（CC123）

图1　《潮州文物志》局部，陈桥村贝丘遗址出土的骨锥、骨刀、骨针等器物

刘昉（1108—1150），字方明，世称刘龙图，潮州府海阳县东津人（今潮州市湘桥区意溪镇东津村），宋徽宗宣和六年（1124）考中进士，后任左从事郎、礼部员外郎、荆湖转运副使、直宝文阁、直龙图阁、荆湖南路安抚使等职。刘昉虽跻身仕途，但素好岐黄，尤喜方书。刘昉三知潭州，镇武之暇，有感于小儿疾苦，决意编纂一部内容完备之儿科全书，汇集儿科传世良方。命干办公事王历及乡贡进士王湜共同编集，汇成巨帙，名《幼幼新书》，共40卷（见图2）。该书主要记述常用药物的别名，所引书目及拾遗方，全书共分547门，每门先引《诸病源候论》等书论其病理病症，后列诸家方药详述治疗，曾参考宋以前160多家方书著作，取材广博，内容丰富，是一部总结宋以前经验的儿科全书。书中所引

图2　宋刘昉撰《幼幼新书》

资料，基本都注明出处，不仅切于临床实用，且有重要的文献价值。书中保存了多种唐宋儿科著作的部分佚文，对了解唐宋儿科发展具有重要意义。

该书由刘昉门人李庚作序，楼王寿作跋，石才孺书作后序，宋绍兴二十年（1150）刊行世间。《幼幼新书》现存有日本枫山秘府藏明人墨书本，香港黄省三藏南宋楼王寿原刊本，及较为流行的明万历陈履端删刻本。1981年，中医古籍出版社据明刻本影印16 000册。该书被记载入《中医大辞典》及《中国医史年表》。《幼幼新书》成书年代距被尊为我国儿科奠基人钱乙所著《小儿药证直诀》仅迟百余年，而刘昉所创立的儿科"三关"察诊既丰富了中医儿科的诊断手段，且一直为中医儿科教材和临床医生所使用，刘昉还被尊为"岭南医界儿科开山鼻祖"。

刘昉既忠亦孝，在潮州仍流传着刘龙图骑竹马日事君、夜侍母的传奇故事。刘昉又曾于宋绍兴十二年（1142）受宋代名相范仲淹之孙范正图之请，为其先祖的"范随告身"题跋。据称，大理学家朱熹还尊刘昉为师。

图3　清程知著《医经理解》

而在盛端明之后，清代的潮州又出了个名医叫程知，顺治十年（1653）著有《医经理解》（见图3）一书，其中《手心主心包络命门辨》一文提出的"心包络为子户，命门即心包络"之论点对中医脏象学说深有影响，其事迹编入《中医历代医论选》及《中国医史年表》。

刘昉、盛端明、程知三人皆为全国医学大家，为潮州医林的杰出代表。此外，还有不少著名医家，如撰写《痘经会成》的明代郑大忠（《岭南医籍考》）、撰有《一斋医学》的清代刘一斋等。

清末民初，由于中医理论特别是温病学说日臻完善，潮州的中医出现了前所未有的繁荣。在这个大背景下，潮州在全国较早成立了中医社团。1925年11月，潮安县中医师公会第一届宣告成立（见图4），参加成立仪式并合影的中医师七十余人。会址设在翁厝巷药王宫，会长许少岳，副会长蔡幼云、刘少伯。1935年成立潮安国医支馆，馆长蔡幼云，副馆长许少士。1946年至1948年间中华民国卫生部考试院共颁发潮安中医师证书131人次。

图 4　潮安县中医师公会（第一届）成立大会，摄于 1925 年 11 月，陈彬提供

这个时期，中医学院的兴办，有志之士学成归潮，与家传师承的名医一同构成了潮州中医的脊梁。中医分派亦细分科，各有所长、百家争鸣：有传统学派（指继承与发扬潮州历史中医传统的学派），其代表人物有内科的曾贯之、许少岳、蔡幼云、李醉石、陈憩南、王克和、陈映山等；有儿科，其代表人物有许兰名、许伯元、许少士三代名医；有妇科，其代表人物有苏派的苏子良、苏少良父子，大娘巾派的蔡良壁、蔡少臣；有骨科，其代表人物有丁成发、林俊英、邱子轩；有外科，其代表人物有翁乐准及程楚之、程毓粦父子；有汇通学派，其代表人物有曾师仲等；有上海派（指求学于上海新中国医学院者等），其代表人物有郑开明、林建德、蔡荫庭、陈树刚、林杏圃、黄传克（曾任汕头市中医院院长）等。汕头市20 世纪 80 年代名中医中有五位潮安人，不论什么学派，这些"大医精诚"者都是业医者和群众心中的丰碑。

值得一提的是，潮州的中医有着护医爱国的光荣传统，都曾致力于与破坏中医的反动政府作斗争，也积极参加救国抗战活动。民国二十四年（1935），潮州中医积极参加全国中医药界反对中华民国政府废弃中医中药的运动。许少士前往北京参加全国中医药联合会组织的反对民国政府废止中医的"3·17"事件。抗日战争期间，很多中医参加了抗日救亡救护工作，如庵埠中医师公会、龙溪中医师同业会等。杨佛海、陈桂芳等在庵埠建立起国医会办事处，定期召集全区中医界同仁，组织救护工作团，商议御敌救亡及后方救护工作。

中华人民共和国成立后，潮州的中医事业得到了长足发展，一方面是广州中医学院培养的高等中医人才，源源不断地加强了潮州市中医力量并成为各级中医院的中坚，另一方面是传统中医学徒的不断培养，使潮州中医的人才队伍生生不息，传统与新兴相互交融，形成潮州中医的一大特色，也是其长盛不衰的根本所在。各类中医机构的不断增设，综合医院中医科的建立，潮州人根深蒂固的中医情怀，更为中医事业的发展提供了必不可少的生存基础，一批批名医不断涌现，这都是有目共睹的事实。

（本文署笔名"杏夫"，刊于 2008 年 12 月 5 日《潮州日报》第 C2 版"观潮"）

同仁医院与郑氏父子 ᕙ

位于太平路 106 号的二层骑楼（见图 1），80 年前是潮城商业旺地的一间豪华洋楼，这里诞生了潮州第一家私立医院——同仁医院。说到同仁医院，得从医院主人郑晓初、郑心言父子说起。

郑晓初（1881—1948）原籍大埔县，1900 年到潮州福音医院专科班学习西医，1904 年因毕业成绩优异而留院任教兼行医，1907 年开始以西医应诊并与友人在太平路铺巷口开设潮州第一家西药房——"华英泰"。他除了主治内儿科、牙科外，

图 1 太平路北段刚修复的"同仁医院"，摄于 2008 年 10 月

还开展外科缝合、包皮切除及小儿肿瘤切除等小手术，用产钳处理难产，并培养其妻沈淑贞掌握新法接生技术。1922 年，郑晓初兼任韩山师范学校校医。1930 年 10 月，郑晓初在太平路 106 号创办同仁医院——潮州城最早的独资私立医院。1939 年 6 月，日军入侵，潮城沦陷，办院不到九年的同仁医院医疗设备被洗劫一空，被迫停办，郑晓初逃难至归湖开设门诊所。1945 年广州光复后，他回潮城继续开办同仁医院。同仁医院全院有十多人（均为自家成员），其中有医师四人（均属医学院校毕业生）、助产士

五人。门诊设内、外、儿、妇、牙五个科别；住院部有病床十张，设 X 光室、化验室、药房三室；主要医疗机械有 X 光机、显微镜、立式高压消毒炉、无影灯、太阳灯各一台。

郑心言（1904—1997），1923 年至 1930 年依次就读于湖南湘雅医学院、上海圣约翰大学医学院、北平协和医学院，并获得博士学位，毕业后即回潮州与其父创办同仁医院。1931 年，他为浮洋乡一小孩从腹部取出刺入腹腔的"织网针"，施行首例剖尸。1936 年，自制生理盐水为霍乱患者补液。1944 年，用盘尼西林治愈流行性脑膜炎患者。1947 年又用链霉素（时价 50 银元/克）治疗结核病。1946 年，郑心言用"回纳法"治愈一例腰背疝患者：患者男，40 岁，长期便秘神呆，屡治无效，郑为其检查，见其腰背有一无红肿热痛的肿物，疑为疝，即行按摩回纳，遂便通而愈。郑心言是潮安县人民医院首位业务副院长，1954 年为潮安县人民医院安装了第一架 X 光机并任 X 光医师。1956 年，为住院病人施行首例腰穿术。

在同仁医院早期，郑心言之妻曾美恩助产士曾用倒转术、碎颅术处理难产。

纵观同仁医院的历史和郑氏父子的行医经历，我们看到了在医学领域中敢为人先开拓进取的奋斗精神，正是这种奋斗精神和精湛的医术，使他们在潮州创造了多个第一：

第一间西药房——华英泰药房；

第一间私立医院——同仁医院；

第一例剖尸；

第一次使用自制生理盐水为霍乱患者补液；

第一例用盘尼西林治愈流行性脑膜炎患者；

第一位医学博士；

第一架在潮安县人民医院（现市中心医院）安装的 X 光机；

第一位潮安县人民医院的 X 光医师；

第一例腰穿术。

（本文承蒙潮州市卫生局陈德仪先生提供宝贵资料）

（本文署笔名"肖岐"，刊于 2008 年 10 月 29 日《潮州日报》第 C3 版"潮州文化"）

开通医局与柳德生 ～∾

位于东门街与太平路的交界处，坐东南、朝西北的现湘桥卫生院二层骑楼，其中一部分便是柳德生与人合办的"开通医局"旧址。开通医局位于东门街103号，在"热过东门头"的年代，在这寸土寸金的地段开设药房诊所，其业务之盛、影响之大可想而知。开通医局是得了地利又得天时，更得益于人和——那就是柳德生良好的医德、精湛的医术和好人缘。

柳德生（1882—1964）原籍普宁县，青年时在汕头福音医院学西医，1905年毕业来到潮州福音医院工作。1906年与人合办开通医局，擅长内、儿、外科及妇产科。柳德生声誉高、医德好，日诊近百病号，居潮州城西医之冠。他对夜诊、急诊、出诊，随请随出。有一年除夕，柳家刚开始吃团年饭，适逢磷溪有一产妇难产急请其出诊，他立即应诊，直至胎儿娩出才回诊所吃饭。他对来诊的贫苦患者则廉价收费，博得患者赞扬。有患者送其对联一副"壶中常备长生药，世上应无短命人"，被柳德生悬于诊所堂中。他还自创"平胃散"一药，疗效甚著。

在疾控条件很差的年代，柳德生在传染病防治上也是有作为的，他接诊麻疹患者时都会仔细听诊，使麻疹合并肺炎的病例能够被早发现、早治疗、早控制，从而降低死亡率。他在治疗寄生虫病上有其特色，一次，一鞭虫病患者前来求医，诉其多次排虫不遂，非常痛苦，柳先生使用温坐法（让已服用适量驱虫药准备排虫的患者坐在放满温水的便盆上），利用水蒸气的热度使排虫一气呵成，患者将二尺见长的虫体排出，这在当时的条件下，不能不说是一个奇迹。民国三年（1914），他还参加了潮城鼠疫防治工作。

难能可贵的是，柳德生在几十年的行医生涯中，努力培养医药人才，先后有张余、贝必梅等多名医师成长于他的门下，有些人后来成为潮州医疗界的骨干。在培养人才上他亲力亲为，自编教义，自己教授，以冀早出人才、出好人才。

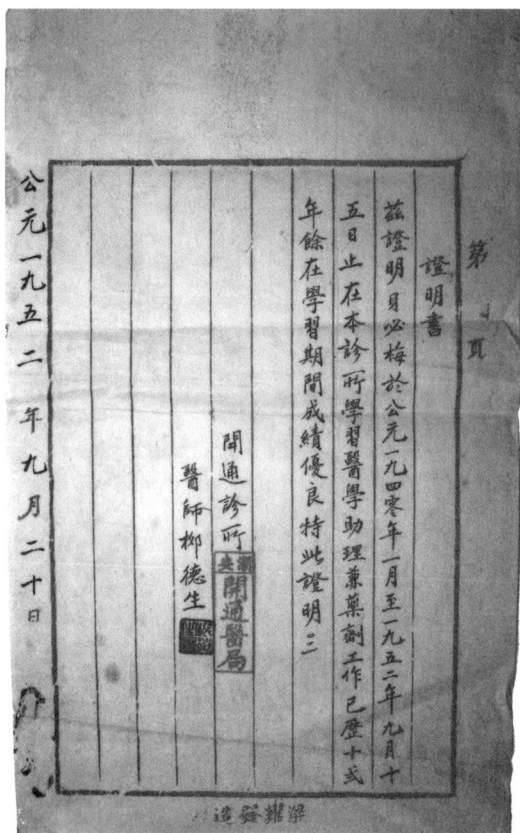

图1　柳德生医师1952年9月20日为贝必梅晋升医士所写的亲笔证明书

中华人民共和国成立后，开通医局改称"开通诊所"，而后该处一直是医疗机构所在地，潮州市人民医院中医门诊部于1958年4月在此创办，后依次改名为潮州镇中医门诊部、潮州市中医医院、潮州市第二中医院、湘桥区中医院以至现在的湘桥卫生院。一批潮州名医也曾在此工作过，其中有蔡荫庭、许崇礼、王克和、张长民、吴述艺、林俊英、郑开明、苏少良、邱鹤琴、程毓粦、曾贯之等。这里造就了一批优秀的中医师。

1963年在开通医局原址基础上，潮州镇中医门诊部拆迁相邻16间铺户，耗资两万多元，才建成目前这座高二层、面积600多平方米的"新开通"，在其处于全盛阶段的20世纪60年代至70年代间，年门诊接诊量高达40万人次左右，占当时城区门诊接诊量的60%。

（本文署笔名"杏夫"，刊于2009年1月14日《潮州日报》第C3版"潮州文化"）

医者父母心

沈观钦（1934—2014），广东省心血管内科专家。"医者父母心"，是他从医四十多年践行的座右铭。

"观钦"两个字是其祖父所起，意为希望沈观钦要看重别人、看轻自己。沈观钦医师的一生，正是遵循其祖父之期望，做事待人处处为别人的利益着想，体现在医疗工作上，"医者父母心"就是对他名字最好的诠释。

沈观钦医师毕业于武汉医学院医疗系（现同济医科大学），是中国早期培养的医学生之一。1962年3月，他到潮安医院工作，长期担任医院副院长、内科主任医师，是中华人民共和国成立后潮州市西医药事业承前启后的关键人物之一。

沈医师毕业在那个物资匮乏的年代，缺医少药，深感疾病折磨群众的痛苦和医生肩负的神圣职责，刻苦钻研，不断探索，勇于实践和创新，掌握了许多疑难杂症的治疗方法，为无数的患者解除了病痛。精湛的医术使他成为潮州地区西医内科的支柱人物之一。对于中西医结合，他也积极地倡导与实施。在职期间，市里的每一次大型突发医疗事件，都少不了他的身影。一次彩塘镇发现了气喘病病例，且已有病患死亡，他立刻赶到现场，剖析病因，追索传染源，制订治疗方案，及时控制了疾病的扩散。在做好医疗本职工作的同时，他还热心传帮带教，培养出一批又一批的市县（区）镇三级医疗工作者。

沈观钦医师医德高尚，时刻牢记"救死扶伤"的神圣职责，把病人的生命放在第一位，把自己的安危置之脑后。1962年，潮安县发生了副霍乱疫情，沙溪是重灾区，沈观钦医师和护士许锐坚两个人被分配到仁里负责救治任务，他们一人背着沉重的药箱，一人背着输液瓶，就这样步行走家串户、巡诊输液。后来，发病的人越来越多，他就把村里的祠堂当病房，让病人自带铺盖在祠堂集中观察治疗，而医生、护士就在门楼角的四方床办公，为的是能及时观察病人的变化和施行救治。1967年的流行性脑膜炎疫情期间，潮安县人民医院内科收治了大量流脑病患，医院病房满员了，卫校的大教室就被当作临时大病房。那时，病人主要有呼吸循环衰竭型和脑水肿型两个类型，随时都有死亡的可能。他们把病人安置在教室的四周，医护人员的办公区安排在中间，因他们及时的抢救，大大降低了病患死亡率。

沈观钦不图名利，把解除患者的痛苦当作自己的最高追求。行医几十年来，无论是春夏秋冬还是白天黑夜，只要是患者有需要，他都随叫随到，有求必应，凭着精湛的医术和丰富的经验，救治了无数患者。他待人和蔼可亲，乐善好施，始终把病人当亲人。即使退休了，他的医疗工作仍处在"进行时"，其高尚的医德和精良的医术赢得了广大群众的赞誉。

沈观钦在弥留之时，想到的仍然是亲友的爱护和帮助，而没有表现出太多悲哀。正如其遗嘱中所写："大家给我的关怀，给我的荣誉，我非常感激。"他的一生没有惊天动地的伟大事迹，也没有高高在上的道德演讲，却是一部高尚的道德连续剧。甲午年十二月十八日，沈翁安然仙逝。他虽然离去，但风范犹存，德韵长留。

（本文刊于 2014 年 2 月 9 日《潮州日报》第七版"百姓话题"）

王老一堂课　胜似十年书

王绵之（1923—2009）是中国医药界知名大师。

今年 7 月 8 日，是王绵之老先生仙逝一周年纪念日。他的逝世，是中医药界和中国卫生健康事业不可估量的损失。一年来，每当谈起王老，人们都在颂扬他的学术造诣、医术医德和杰出贡献，并为他的离去感到惋惜。我作为一个曾聆听过他精彩演讲、承蒙他老人家教诲过的中医后学，这种感受更为深切。

1999 年 10 月底，中国中医学会建会 20 周年暨学术年会在北京二十一世纪大厦举行，笔者撰写的《自拟药敏清治疗药疹 56 例》一文，入选大会并受邀参加了这次盛会。王老应邀在这次大会上作了特别演讲，题目是"认识昨天、掌握今天、规划明天——谈中医药学的继承与创新"，与会者认真地聆听了他的演讲并报以热烈的掌声。演讲结束后，我们几个后学怵惕有余地征求王老的意见，请他再讲解一些问题。七八十岁的人，一场演讲下来已够疲劳，但王老似乎看出了大伙儿的心情，精神矍铄地说：你们大老远从外地来参加会议不容易，能在这儿见面更不容易，相聚是缘啊！一句话就把大家的顾虑都给打消了。他耐心地听我们提问，然后一一作出解答。当时，我边听边记，生怕漏掉什么内容。现在拿出笔记再读，他的话仿佛就在我耳边——"中医所称的人不是自然人，而是社会人""中医诊病要上观天象，下观地理，中观人事，这就是朴素的唯物论在中医中的应用""要多读书、常临床、深思考、勤动笔，这样才能成大器""良医必要有良相之才"。谈到中医和西医的关系，王老说："科学应该互相兼容，不能互相排斥。"作为中医方剂学科的奠基人和创建者之一，在谈到方剂的使用时，他说："能够熟悉掌握、灵活运用六味地黄丸、济生肾气丸、金匮肾气丸，对治肾病是很有指导意义的。"这些话字字珠玑。王老平易近人、谆谆教导、诲人不倦的精神使我们很感动，他还主动给我们每个人题了词。那时已到开饭时间，但他还坚持一丝不苟、一笔一画、端端正正地赐给我们墨宝，他给我的是："知其本而求其异，针对具体病证与病人的特点作出全面而有重点的处理，自然效如桴鼓。"（见图1，图2）一句话把中医辨证施治的精髓画龙点睛地说透了。从演讲到释疑、赐墨，王老给我们上了一堂深邃的中医大课，真是胜似十年书。这一次难得的相聚虽短暂，留给我的记忆却是深长的。

图1　王绵之老先生在给笔者（左一）题词　　图2　王绵之老先生给笔者的亲手题词

　　王老从事中医药事业逾六十年，学术造诣深湛，创建了方剂学科，培养了大量高级中医药人才，主编了《中国医术名家精华》《方剂学》等多部专著。作为"王氏保赤丸"的传人，他20世纪50年代就将秘方和特殊制剂工艺供献给国家，对我国医疗卫生事业作出了特殊贡献，是全国首届"国医大师"之一，功载中医界，誉满海内外。能与王老近距离接触，是我一生之幸，是我从医道路上一次既难得又难忘之缘。一年来，我几次拿出王老送给我的墨宝，反复学习，缅怀他的造诣成就。我鞭策自己：要继承王老的遗志，努力学习，爱中医这个岗，敬中医这个业，做中医药事业的传承人。我想，这才是纪念王老最好的方式。

（本文刊于2009年10月20日《潮州日报》第C1版"社会与家庭"）

老药工——一个不能遗忘的群体 ᨁ᠍᠍

　　1971 年，笔者进入潮州市中医院的前身——潮州镇中医门诊部工作，几十年在与老药工（见图 1）既师亦友的相处中，我领会到他们虽是一群默默无闻的劳动者，但在他们身上却有很多动人的故事。这个心中有着淳朴大爱、为潮州医药事业和人民健康付出辛勤劳动和作出贡献的群体，社会和历史不能遗忘他们。

图 1　老药工合影，摄于 2011 年 1 月 2 日

一、德行药先，济世为怀

　　昔时，潮州市太平路英聚巷口有个药王宫，供奉着药王神农、神医华佗、大医精诚孙思邈的塑像，是全国十大药王宫之一。潮州中医药业界人员入行的第一天，就得到药王宫拜药王，发誓要遵守行业的道德规范和行为准则。而每年一度的药王生日庙会，则成为药事人员"年度考核"的最

好场所，大家借此机会都忏悔过失，盘点诺言，许下新愿。因中医药文化的熏陶和社会氛围的关系，老药工们的道德品行大都端正，有一副尽心尽职的好心肠。他们谨守"行医阴德事，卖药良心账"的"紧箍咒"，药求地道，法遵古制。在药材选购、加工炮制、落格配药等工序上遵守一套分工严格的操作规程。

据老药工回忆，过去的药材市场并不是没有一点假药，但比起现在要少得多，主要是因为当时社会风气和人们的思想比现在单纯，同时也得益于入行时所接受的道德教育，而药材行业的行业组织"寿世会馆"也起到很好的把关作用。虽说这是个较松散的组织，但那时药材行铺的一举一动，都在他们的掌握之中，谁出了点儿问题随时都会被发现，而且会因通报全行业而遭受同仁的唾弃。中华人民共和国成立前，曾有一药材行铺店主在店内缺麻黄一药时，用草席节顶替，而当医生误认为量少无效而不断增加剂量至五钱时，配了真麻黄，导致病人亡阳虚脱死亡，这引起了全行业的愤怒。此事在往后很长一个时期成为药材行业的反面教材。

为应对各个时期的多发病、常见病，老药工们是想尽了办法，与医生一起研制各种便方。潮州暑热病人多，早在一百多年前，各个药材行铺在总结了潮州人千百年来治疗暑病经验的基础上，经过多次试验，研制出价廉实用的潮州暑茶。后来还研制出了免惊丸、通气丸、解热丹、午时茶……潮州药材行业就是这样依时而变，不断研制出具有特色的药物，有些还远销到周边各省和东南亚各地。

任何时期在任何行业，小偷小摸的事总是时有发生，但是经过了道德教育、艰苦磨炼的老药工们，手脚都比较干净，并以身作则影响着一代代的中药人。碰到有个别人行为不检点，他们会说：这东西动不得，如果大家都随便拿一点，这药店还能撑下去吗？

二、历练成才，刻苦耐劳

过去的药材行铺都备有研槽、铜钟臼、石臼、长木杵、铜鼎、切药刀、药刨床等加工药材的专用工具，每个药材行铺的伙计，不论资格多老，都是经历了"过五关、斩六将""上刀山（切药）、下火海（制炒）"这样的历练，从切药、研药、制炒、做药丸，到当铺前配药员、财副（会计）、走埠家丈（供销）、家丈（经理）一步一个台阶地晋升。

老药材行铺有句俗语："一惨踏铁钱（研槽的铁饼是圆形，中有方形孔，很像铜钱，俗称铁钱），二惨药格弟。"那个时代没有粉碎机，药末全靠双脚踏铁钱研磨，用的是腹力，工夫好的药工可一手捏实（拿稳），一手提药撬，边踏边撬，看似好玩，实则累极，半个小时下来，人都累得满头大汗，全身酸软。落格虽出的力少些，但每天楼上楼下，铺前一吆喝，"要竹叶、要柴胡……"专门听人使唤，弄得晕头转向。人家未上班，你得先到；人家下了班，你得收拾；回得家来，全身净是灰尘。怪不得人们称药工是"图粪（垃圾）客"，连鼻孔都能擤出三钱土来，不像人家绸缎铺、百货铺的"大筒阿舍"（裁缝小学徒）。久而久之，有的潮州人便说："好男不落药材铺，好女不嫁药材奴。"

而药材的加工炮制，更是讲究、辛苦。三伏天的制炒，数九天的浸洗；知母的去毛（有"知母不去毛，杀人免用刀"之说），刺猬的去肉等工序，足以搞得人双手皮开肉绽，铺前的临时特殊工序，如酒白芍、蜜枇杷，绸布包旋覆花，酒洗全蝎，另包、后下，件件技法都得精细。即使如此，有时遇到挑剔顾客的刁难，还得赔礼道歉。

中医门诊部是老药工最多的地方，二十世纪六七十年代那里每天要接诊一千多个病号，全靠一位人称"老黄牛"的老药工黄锡和一位女药工下格，调剂台就靠四个老药工抓这上千副药，而铺前只有一个人在发药。他们下班回到家里，个个都手脚发软，累得直喘气。而曾昭泽则凭着一身硬功夫，一天要研磨15斤以上、超过120筛目的药物。老药工苦，但济世之心却使老药工乐，当看到患者康复时，老药工心里还是乐滋滋的。

三、严谨负责，传薪授业

过去的药材行铺，不要说用塑料袋，连纸袋都很少用，配药时按照处方顺序在纸上逐一陈放，枝、块、片类药放在周围，籽类和打碎的药放在中间，纸包绳绑稳稳当当，一点也不混杂，再次打开，药物件件分明，如果放回格中依然一点不差，这样既便于药物复核，也方便买家检查。不论先煎、后下还是焗……件件标明得清清楚楚，做药丸的药末研筛六味140目、十全110目也绝不含糊。

一次加工场仓库来了一麻袋前胡，老药工刘伟群进行例行的检查，发现里面有的前胡有些不对头，立即进行核查。发现麻袋里的前胡可能夹杂着川乌，刘伟群立即绷紧了神经，报告吴作霖场长，并和药工吴学广三人经过半天细致的择药，才将由于供货方误混的五斤川乌择出，避免了一场医药事故的发生。

有些药物容易混杂且难辨，他们就自编了几十组容易混淆的中药饮片，让大家通过口尝、眼辨、手摸、鼻嗅、细揉等方法仔细辨认，如泽兰与佩兰、川乌与草乌、花粉与防己……四十年前，我们还是中医药学徒时就是这样被老药工手把手教会了辨认药物的硬功夫。1963年，潮安县卫生局总结了老药工的经验，编印出《常用中药材一百味加工炮制手册》，规范和方便了医疗单位的药物加工，这本手册还成为我市一个时期以来中医药学徒班的必修教材。他们还把自己的经验毫无保留地传给下一代，二十二年前我们进行暑茶研制时，林科荣等老药工就送来了其珍藏几十年的暑茶秘方和制作经验。

在没有专业院校培养中医药从业人员的年代，中医药人才的培养靠的就是这些老药工的传帮带教，才使得中医药的薪火代代相传，确保了人们的健康。

四、多才多艺，豁达人生

昔时的老药工，虽然文化程度不高，但文化素养并不低，他们中不乏琴棋书画的能手。董绍德的小楷、姚绍河的大字都是出了名的，郑毓青的声如钟、字如山、"古"（讲故事）如流更是脍炙人口，一部《三国志》他能倒背如流。各药材行铺都有弹奏乐器与吟唱的能手，合起来就是一个民间艺术团。"三弦琵琶筝、二胡箫笛琴"样样齐全，一到"社会主义夜"（指旧时每星期六晚）就鼓乐升天，什么相声、三句半、说书应有尽有，就是在"文革"那段日子里，他们也会敲打着脸盆、竹筷，吟着样板戏的调子穷欢乐。

1956年进入国药公私合营总店的老药工，到现在只剩下二十来人，他们退休早，退休金也不多，但他们并不埋天怨地，还是老药工刘伟群说得好——我们这"四有"（有老伴儿、有健康、有退休金、有老朋友）就是金。这些年，孩子孝顺给了他点儿钱，他就出去旅游，退休二十多年以来，他游遍了全中国，还出国去了东南亚。老药工林科荣有心脏病、高血压，有人问他生病会不会觉得很苦，他说苦是会的，但一想到能活到88岁这把年纪，心里就觉得乐呵呵。前几年，他还经常写"行医阴德事，卖药良心账"的对联送给同行，勉励大家把好事做到家、做到底。

老药工们的身上还有许多经验值得发掘，他们的优良品质值得发扬，在重视非物质文化遗产保护、提倡振兴中医药的今天，我们更应尊重他们，永远地记住他们！

（本文署笔名"杏夫"，刊于2011年3月11日《潮州日报》第C1版"打工一族"）

潮州暑茶文化 ༄

中医药文化是中华文明的优秀代表,中医是世界医学体系中最具特色和优势的传统医学之一,几千年来,为中华民族的繁衍和昌盛作出了巨大贡献。直到今天,中医药学仍以其独特的优势与现代医药学相互补充,共同肩负着保障我国人民身体健康的任务,是中国公共医疗卫生体系中一支不可缺少的力量。

作为中医药文化的一个地方支系,潮州传统医药文化有其鲜明的地方特色,潮州暑茶就是其中突出的一项,极有必要对其钩沉探微,发扬光大。

一、潮州传统医药简述

潮州市是一座有 1 600 多年建制历史的城市,其文化底蕴源远流长,历史上曾为多个朝代郡、州、路、府之治所,素有"岭海名邦""海滨邹鲁"之雅称,是国家"历史文化名城"。潮州市自然风貌秀美,历史遗存颇丰,文化积淀深厚,名胜古迹众多。

潮州市是广东省的地级市,地处广东省东南部,韩江中下游,东与福建接壤;位于东经 116°22′~117°11′,北纬 23°26′~24°14′;属亚热带海洋性季风气候,夏长冬短,气候温和,雨量充沛;面积 3 613.9 平方公里,下辖二区一县,人口 267.2 万(本文成文于 2016 年,所援引数据时间截至 2016 年 3 月)。

本文指称的潮州,并不局限于当今潮州市行政辖区,而是包括现潮州市、揭阳市、汕头市及梅州市的部分地区,地域广阔。

潮州的传统医药文化历史悠久,从陈桥村贝丘遗址、池湖村贝丘遗址等新石器时代人类活动遗址发掘出来的文物中,发现了已有可用于砭术的骨锥、骨针等器物,说明这个时期的潮州土著先民已有医药活动的可能。

潮州有外来移民的最早记录始于秦朝。秦始皇三十三年(公元前 214

年）迁 50 万中原人到南方戍守五岭，中原移民大规模进入潮州，与当地土著居民融合后，促进了潮州与中原的经济、文化交流。唐朝开始，潮州成为朝官的"贬谪之地"，还有很多有才识者莅潮任职，甚至落籍潮州，他们为潮州带来了中原文明。特别是唐朝大政治家、文学家韩愈被贬潮任刺史期间，他施行兴学、释婢、驱鳄等举措，使潮州的文明前进了一大步。这些为潮州传统医药发展奠定了厚重的人文基础。

宋、明、清三个时期，潮州出了三位在医药学术上颇有建树的人士。宋代刘昉撰著《幼幼新书》，其创立的儿科"三关"察诊一直为中医儿科教材和临床医生所使用，被尊为"岭南医界儿科开山鼻祖"。明代盛端明（1476—1556），编有《程斋医抄》140 卷。清代程知（生卒年月不详），著有《医经理解》一书，提出"心包络为子户，命门即心包络"之观点，对中医脏象学说方面影响深远。他们的事迹被载入《中医大辞典》《中医历代医论选》《中国医史年表》。

韩江水系星罗棋布，水运发达，其流域大多在潮州境内。占据水陆交通便利的潮州，为三省通衢，是闽粤赣地区三十多县的交通枢纽，经济发达，是粤东首邑，在广东省有举足轻重的地位。经济的发展为人文昌盛提供了重要依托和强有力的支撑。明清时期，潮州文化已经逐步形成体系。

纵观社会发展，到了清中后期，各行各业已达到门类齐全、繁荣昌盛的局面。工不厌繁，技必求精，文化的广泛传播无孔不入，遍布各行各业，影响着人们生活的方方面面。对于关乎民众健康的潮州传统医药行业，也自然而然地提出要求——有所创新，有所作为，力求与社会需求相适应。潮州暑茶这朵潮州文化的奇葩正是在这样的大环境下顺应时势逐渐酝酿产生的。

值得强调的是，属于亚热带海洋性季风气候、水土偏温的潮州，长夏少冬，盛夏气温高达 30 多摄氏度，空气湿度长年在 70% 以上。暑热来早去迟，暑病及其兼挟病成了夏季的主要病种。千百年来，潮州人在与暑病作斗争的过程中，经过反复的尝试，在地域性暑病治疗上总结出了自己的独有经验。仅以 1968 年广东省汕头专区草药研究委员会编印的《潮汕草药》一书（该书是搜集潮汕九县历史上的民间常用草药及验方的专书）为例，该书收载的草药只有 100 味，而其中具有解暑作用的就达 27 味，处方达几十则，可见潮州民间在治暑方面积累了相当丰富的经验。

拥有坚实的医学基础、根植于百姓生活的传统医药事业，在社会大环境的催化下，从医者人才辈出，医馆药店百花齐放，中医临床各科完备细分，领军人物层出不穷，潮州传统医药在清中后期的发展达到了相当繁荣的程度。仅以中华老字号宏兴药行为例，据资料表明，其创业历史要早于北京同仁堂，保存的历史资料比广州陈李济还要丰富。

二、潮州暑茶创制的史略

清代是我国封建社会药业发展的繁盛时期，随着药材的不断采集，农业垦殖的扩张、林木等山地资源的开发，药材市场供不应求，于是药材种植大规模兴起。由于药材市场的成熟发展，商人对市场的经营主要通过药行、药号和药铺等机构进行。潮州城西马路的真君宫、英聚巷口的药王宫（供奉药王孙思邈），可以说是医药业界的一个精神阵地和行业公会；潮州千年古刹开元寺，也曾经成为粤东的不定期大型药市举办地。在药王和佛祖的"眼皮底下"卖药，极大地规范着潮州医药从业者的职业道德，对误医害命的假药的谴责和对真药好药的孜孜追求不言自明。

根据老一辈医药工作者生前的回忆及相关资料的佐证，潮州暑茶或产生于清中后期，而此后至中华人民共和国成立之初，是潮州暑茶的鼎盛阶段，曾出现"一药店一处方"，百家争鸣的现象。在"药材铺多过米铺"的潮州城内，近百家药材铺大多有自制的暑茶（甘露茶）出售，其产品除供应国内所需外，还大量远销东南亚。为了业者生计也为了店铺声誉，医界各名家行尊都拿出真本领，但处方都是保密的，处于"鸡犬之声相闻，老死不相往来"的状态。

潮州暑茶最早出现于何处、何时，属于历代医药从业者的商业秘密，且前辈医药专家及老药工多已谢世，今人苦于资料匮乏而难以作深入的考究。

潮州老药行保存的药方秘本处方，潮州已故著名妇科医师苏子良留下的、刊于清道光十七年（1837）的《同裕堂潘吕巷丸散总汇》一书中提到的"万应午时茶"，与民国十五年（1926）谢观编纂、商务出版社出版的《中国医学大辞典》第817页记载的"甘露茶"，三方只是方药不尽相同，但都有祛暑散风、清热生津、辟秽醒脾、利湿消滞，治感冒时气，治感寒暑湿及水土不服等相似之功用。这些都为善于学习外部知识、模仿别人经验、秉持创新思维观念的潮州人提供了范本。潮州暑茶正是在众多验方的启发或帮助下逐渐开发和创制出来的。

正如已故暑茶传承人林科荣生前的回忆，潮州暑茶是前辈人吸取了各地甘露茶、午时茶的制作经验，结合潮州当地气候及常见病症而创制出来的一种解暑茶。据1987年《潮州市卫生志》（见图1）载："和仁堂……该店特产'甘露茶',是夏天群众喜欢饮用的饮料,故称暑茶……"东门街仁和堂原址现存店招上,尚镌有"秘制万应甘露茶"字样(见图2)。

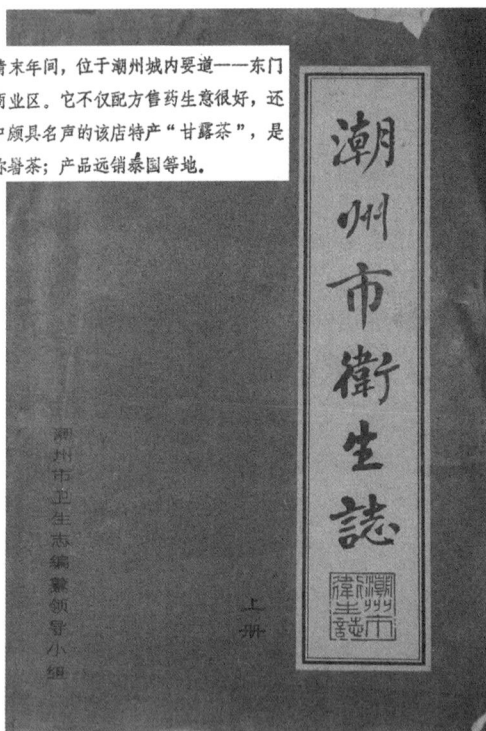

和仁堂,是庄硕勋开创于清末年间,位于潮州城内要道——东门街与东平路的三叉路口的热闹商业区。它不仅配方售药生意很好,还自制各种丹、膏、丸、散,其中颇具名声的该店特产"甘露茶",是夏天群众喜欢饮用的饮料,故称暑茶;产品远销泰国等地。

图1 《潮州市卫生志(1987年)》记载的"潮州暑茶"条文

图2 原仁和堂暑茶(秘制万应甘露茶)柱联

现存潮州著名药材行"协成泰"始于清代的秘本中已有"万应甘露茶"处方。

清代是中医温病学说日臻完善的时期，江浙一带叶天士的《温热论》和吴鞠道的《温病条辨》等，使温病辨证论形成了较为完整的学术体系，潮州暑茶的肇始年代恰好就在这一时期之后，这说明潮州暑茶的产生应得益于成熟的中医温病学。

从已知各派系暑茶药方来看，其共有的祛暑疏风、清热生津、辟秽醒脾、利湿消滞等功效都离不开中医理论的指导。

远在秦朝，中原人开始移民潮州，而其中一条主要迁徙路线，就是从河南经过江浙、福建才进入潮州的，可能由于此，潮州与江浙等地的医药文化交流历来频繁。时至民国，潮州人出外学中医，多选择去往上海，故潮州中医以前又有"上海派""江浙派"之分。一个有趣的故事，似乎对这一点可作例证。民国十四年（1925）仲夏上海元昌印书馆发行（中浣印行印刷）的《精校医经理解》一书，就是海阳（潮安昔称）扶生氏述、海宁王孟英先生校正的。从这一潮州与江浙医学家成功合作的范例可窥见潮州与江浙医药事业关系之密切。

上述材料足以证明，善于学习、吸取外来经验的潮州医药业界人士在中医温病学的框架下，对各地"甘露茶"的处方和制作方法融会贯通、兼收并蓄、创新升级，从而创制出了具有当地特色的甘露茶，而且产品享有了以地域命名的独有称谓——"潮州暑茶"。

综上所述，可见潮州暑茶是潮州人千百年来与暑病斗争的智慧和经验之结晶，中医温病学说是其理论基础，全国各地的甘露茶、午时茶则是其汲取灵感之所在，潮州文化是其产生的人文基础和必备条件。因此推断，其产生应在清中后期。

三、潮州暑茶在海外的影响

潮州毗邻港、澳、台三地，又是海上丝绸之路的一个重要节点。清代及民国时期，是潮州传统医药的鼎盛时期，那时的潮州是我国大宗药材及成药输送往东南亚各国的一个重要集散地和港口。明代郑和下西洋时，便带去了中华文明，自然包括了代表当时先进医疗水平的中医药。明清以来，大量的潮州人移民（老一辈潮州人称"过番"）到东南亚各国，这些海外潮州人把潮州文化和生活习俗带到迁居国的同时，也把中医药带到了迁居国。

在东南亚的许多国家，其传统医学中有部分来源于中国，而中国的传统医学中，也有很多彼方的药物和方剂，双方在医药文化上的相互交流，极大地推动了中国和东南亚各国传统医学的发展。

缅甸胡文虎、胡文豹家族创制的"虎标万金油"，泰国华侨分行的"行军散"，都是享誉东南亚和华南各地的良方便药。若追溯其药方构成，可以说既有中华传统医药的成分，也有南洋各国特有的药物和方剂。那么，随着潮汕侨民在侨居国的扎根繁衍，自然也将潮州人治暑症的良药——潮州暑茶的制作方法和使用方法传播出去，为潮州暑茶的发展外拓起到了桥梁作用。

目前，中医药已在全世界越来越多的国家和地区传播使用。随着中医药在世界范围内的推广，中医药产品和服务也逐渐形成了可观的国际市场。

目前，泰国政府卫生部门声明将于明年实行多项措施，将中医纳入泰国正规医疗架构。早在 2000 年，泰国政府卫生部门已通过了"中医药合法化"的规定，官方承认中医中药。在泰国政府倡导和支持下，泰国政府卫生部门成立了"泰国中医药交流中心"，从事中泰之间中医药研究交流工作，为中泰两国中医学的合作开启新篇章。现泰国有 300 多名合格的执业中医师，640 多名针灸师，300 多间中医诊所。由泰国中医药界提倡成立的泰国中医药联合总会，正面向国际学术交流发挥着更大作用。

当前，新加坡中医师公会属下有中华医院、中医学院、中华医药研究院和中华针灸研究院。在新加坡，通过政府卫生部门的考试，取得合法执照的中医师有 2000 多人，西医院内也设有中医及针灸科室。马来西亚、越南、印度尼西亚等国也有类似的情况。据饶宗颐主编的《潮州志》专刊（1949 年《大光报》副刊）中《潮侨与南洋经济》一文记载，民国三十五年（1946）曼谷有中药材商 200 余家。

在东南亚的一些国家，华侨和当地人使用中医药（有时包括潮州暑茶一类地方药剂）治病已成为普遍现象。彼方虽有"虎标万金油""行军散"等名药，但是，正如俗话说的"一物合一药"，说明对治暑症有奇效的潮州暑茶仍然是他们不可或缺的常备药。

东南亚潮州侨民对潮州暑茶尤有好感。马来西亚槟城华人陈剑虹先生、新加坡郭老伉俪近年来喝到暑茶时说道："这就是家乡的味道。"二十多年前，泰国药商刘先生专程来潮州寻找潮州暑茶的处方，惜卒于来华途中，夙愿未偿。

四、中华人民共和国成立以来潮州暑茶的传承及其现状

中华人民共和国成立以后，1956 年，潮州市区 46 家药店联合组成国药公私合营总店，后又与中医联合诊所组成中医门诊部及后的潮州市中医医院。这一时期内，老中医和老药工在"协成泰"方基础上开发了"本部方"和后来的"二中方"。1959 年，潮州卫生主管部门组织举办的相关人员暑茶座谈会，对潮州暑茶的开发、利用和传承起到了承前启后的作用。会上，朱醉岩、姚绍河、林科荣等老药工，内科郑开明、蔡荫庭，妇科苏少良，儿科许少士，外科翁乐准以及伤科林俊英等知名医师，以"协成泰"暑茶方为基础，对暑茶组方的改良和规范畅所欲言，会议讨论制定了中医门诊部"本部方"，并出现了曾昭泽、吴作霖、刘伟群等制茶能手。这一时期，各个公社卫生院、街道卫生所也研制出自己的暑茶处方并进行生产，出现了暑茶发展的另一种模式，但由于缺乏外销这一环节，其生产规模只能是内部小批量的季节性加工，主要在医疗机构内使用。

二十世纪六七十年代，潮州暑茶的生产和销售均处于停顿状态，更谈不上对暑茶的研究和推广。在把传承暑茶视为"走资本主义道路"的日子里，老药工林科荣拿出自己有限的工资，执着地继续探索暑茶的配方及制作方法，并悉心传承，每年自制一点暑茶送与亲友、病患，后来他把自己的经验写成书，无偿传承给有志从事暑茶研究者。

经历了一个时期的混乱后，在"拨乱反正"时期中医药事业得到喘息，自 1978 年国家实行改革开放以后，潮州暑茶才得以恢复生产，但是总体处于零散状态。

现在，国家颁布的《中华人民共和国药品管理法》，为群众安全用药提供了法律保障，但同时也制约了包括暑茶在内的传统中药产品的开发。

2015 年 10 月，广东省原省长卢瑞华为潮州暑茶题写了"暑茶文化"墨宝（见图 3）。这对于坚守潮州暑茶这一非物质文化遗产的传承人无疑是一种鼓励和鞭策。

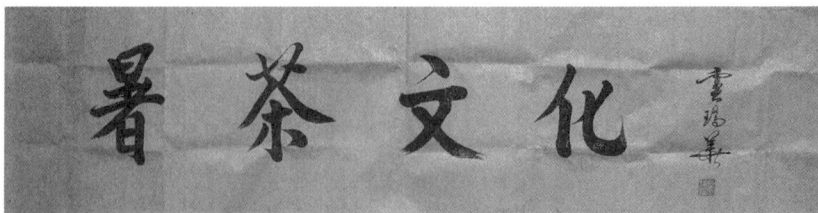

图3 广东省原省长卢瑞华 2015 年 10 月 5 日为潮州暑茶题词"暑茶文化"

潮州暑茶由青蒿、香茹、莲叶等数十味中药组成，制作工艺考究，传统的制作流程有五个步骤：①选料：以上原料需选用道地药材和优质食材，拣净晾干，切段备用。②碎料：各种原料选用适合的加工工具，或切碎或研碎，其过程可辅以晒干、晾干、炒干、烘干等工序，但以不损害药性为基础。现多以粉碎机代替。③拌料：原料成粗末后拌入适量姜汁混合，搅拌均匀，晒干备用。④炒料：用铜鼎或铥鼎（铁锅）炒熟。⑤包装：昔时的暑茶多以斤两为单位，盖上药店商号。

据笔者所知，2006 年 5 月，中国传统医药申报了世界文化遗产委员会传统医药类项目，申报了国家第一批非物质文化遗产保护。传统医药作为第九大类进入国家《非物质文化遗产保护名录》，成为中医申遗工作的里程碑。

潮州暑茶这朵潮州文化的奇葩，要继续在国内发展壮大，并推介到东南亚各国去，是有可能的。当然，这需要一个前提，即标准化的实施。当今，标准化已经渗透到人类社会生产生活的方方面面，潮州暑茶的发展也不例外。标准化是制定标准、贯彻标准进而修订标准的过程，根据国际惯例，建立标准系统的基本目标是"建立最佳秩序、取得最佳效益"，为工作或工作成果确定"衡量准则"。

对潮州暑茶的研究，包括对其方剂和制作工艺的标准制定，是发展潮州暑茶文化的"题中应有之义"。笔者多年来对潮州暑茶有所探索，现不避浅陋，将一得之见写成这篇抛砖之作，还望方家多加指正。

文行至此，有必要郑重强调，潮州暑茶能传承至今，得益于协成泰的李子清，其家传秘方（见图 4）是国药公私合营总店、中医门诊部，市中医院暑茶的母方，是为潮州暑茶的杰出贡献者。处方改良，则有赖于朱醉岩、许少士、郑开明、苏少良、蔡荫庭、丁锦才、姚绍河等的认真研制。吴作霖、刘伟群等亦是制茶能手。林科荣抢救保护暑茶秘方，无偿传给下一代，是潮州暑茶承前启后的关键人物（见图 5）。借以此文，向所有对潮州暑茶作出贡献的老一辈表示深深的敬意和谢意！相信在他们的激励下，潮州暑茶将会不断传承下去（见图 6）。

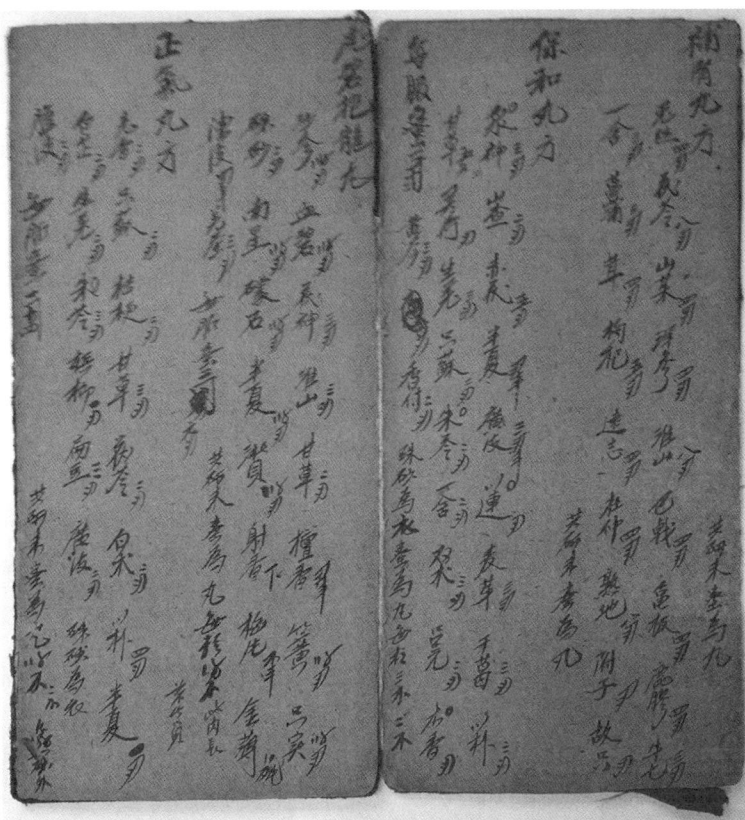

图4　始于清代的协成泰载有万应甘露茶（潮州暑茶）家传秘本中局部

　　图5　林科荣（中间长者）等老药工向下一代传承潮州暑茶（笔者为右一），曾洪深摄于2011年1月2日

图 6　笔者给中山大学海外校友子女讲授潮州暑茶，黄伟雄摄于 2016 年 8 月 15 日

图 7　潮州暑茶 2018 年 5 月入选广东省第七批《非物质文化遗产保护名录》

（本文刊于 2016 年 3 月 20 日《潮州日报》第六版"观潮"，有修改）

中华老字号宏兴逸闻 🌀

硫黄，在今天的药店已经很少见到，用它作内服药更使人不解。而在老宏兴的发家史上，却有"天生硫黄"的一笔功劳。老一辈的从业者还记得，铺巷头宏兴药行（见图1）前摆着1~2两小纸盒装的"天生硫黄"，卖得很红火，买者多是操客家话的船工。这里头，让人们找到了解读"宏兴生意经"的线索。

药材硫黄为硫磺矿或含硫矿物冶炼而成，而天硫黄系硫磺温泉处升华凝结于岩石上者。收集后，先用冷水洗去泥土，再用热水煲7~10次，然后放入香油内，捞取浮于表面者阴干而成。本品为浅黄色粉末，少有呈碎片状，闪烁发光，有臭气。天硫黄

图1　铺巷头宏兴药行旧址

是硫黄中上品。老宏兴在天硫黄中间加入一个"生"字，就成了"天生硫黄"，名称自然更具魅力了。

客家人长期居于山区，在生活条件极艰苦的年代，阴冷潮湿的居住环境使得寒湿病成为常事，船民尤甚，因其操水上营生，易患疥疮、脚趾、皮肤、阴囊湿疹者众；在内易致胃寒、肾虚、腰痛诸症。价廉物美的天生硫黄正迎合了他们的需要。外科阴囊湿疹，一般用硫黄烟熏3~4次即能奏效。其法取硫黄一钱许，放入瓷瓶中用棉花捻子蘸油少许插入硫黄中，点

燃捻子，直接烟熏阴囊部分（用被单围住下身以免烟气外泄）。每次一小时，每日或隔日 1 次。其他湿疹疗法也大同小异。

硫黄性味酸热，有毒，入肾脾经，内吸 0.5~1 钱，有壮阳、杀虫、治阳痿、治虚寒泻痢等功效。客区交通闭塞，药品奇缺，纵有也价格昂贵，对于低收入的客家船工来说，使用物美价廉的硫黄虽不能根除病痛，但能"温肾暖胃驱虫"，"一盒天生硫黄保平安"也就不错了。

昔年的潮州，是韩江流域最大的河港和三省十三县的杉木集散地和客货运输枢纽，于此出海，可抵国内外许多港口，由此造就了潮州商贸繁荣的局面；流动人口中，客家人尤其是客家船工占了相当大的比例。客家人出身的宏兴药行老板肖氏兄弟，对于客家地区的生活习惯、船工的暗疾了然于胸，因此，他们的目光也投向了船工这个消费群体。他们利用客家人的身份，大做客家人的生意。其所雇店员多为客家人，以乡音招呼顾客也顺当得多；加之小盒装的宏兴天生硫黄质优、价廉，因此为广大船工所喜爱。客家地区多产优质茶油，以之调和外用，效果很好，内服加入食物中少量服用，极其便当，又易奏效，一时声名鹊起。俗语说"细雨密落"，因天生硫黄的销售量大，利润也就高，对宏兴的资本积累起了很大的作用。

宏兴奇招——天生硫黄的奥秘在于：对某一消费群体的消费需求和消费能力定位准确。这透出"精明"二字，其生意经对今人也不无启发。

（温馨提示：本文中所述及的硫黄内服，目前已极少使用，且国家药品、食品也有针对含硫的安全标准，敬请读者注意。）

（本文署笔名"杏夫"，刊于 2006 年 10 月 11 日《潮州日报》第 C3 版"潮州掌故"）

趣谈宏兴保和丸 🌀

你见识过靠一颗乌黑发亮的中药丸就能哄住孩童吗？你想象过这颗中药丸能使学童高高兴兴地去上学吗？这款中药丸，就是宏兴保和丸。

"保和神曲与山楂，苓夏陈翘菔只加，曲糊为丸麦汤下，亦可方中用麦芽……"这首朗朗上口的《汤头歌诀》，昔日孩童都能似懂非懂地吟出几句。如歌中所述，该方由山楂、神曲、半夏、茯苓、陈皮、连翘、莱菔子、麦芽等消导药物组成，以酸、甘、苦味为主，药性平和，故得名"保和丸"。此方为平和之剂，创方者是中国医学史上金元四大家"养阴派"代表人物朱震亨。正是这一不朽之方，为调节人的胃肠功能，特别是促进儿童的健康发育带来福音。

保和丸，初创时系炊饼为丸，后人多改为蜜丸。宏兴制药厂自公私合营以来，秉承了最大股东"大娘巾卫生馆"的传统蜜丸制作经验和优势，打造出自己的品牌特色，其中保和丸即是成功的一例。

宏兴保和丸选用上乘药材，遵古法制。它选用天然采集的高纯度蜂蜜，最初是用铜鼎慢火炼蜜，须将蜂蜜炼至桂圆肉色且能滴水成珠时，方可加入少许清水，拌入预先研好的药料于石臼中，以木槌或入"碓间"舂药，舂时须不停翻动药料，使其均匀，干湿合度，至药料与蜜充分混合成韧而不黏手的膏状，方可取之搓成药丸；再以蜡壳封之，遂成成品。后因市场需求量剧增，为提高产量，在不改变药性的前提下，改手工操作为半机械、机械化生产。这样制作的大蜜丸，温润细腻，可掰成小丸吞服，亦可整粒嚼食，其味道酸、甘、甜，爽口而不黏牙。

二十世纪六七十年代，物质匮乏，一般孩童难得一糖一饼作零食。当时由于普遍实行公费医疗，大人们花上八分钱即可找个医生开上一盒九角钱的保和丸，它既可作全家人的消食导滞药，又可"掠柑堵（代）柿"（意思是缺乏了这个东西，拿一个相似但档次略低的东西来代替）地暂作小孩的零食，何乐而不为呢？因而孩童们也就极易得到一盒宏兴保和丸了。那时候，人们吃地瓜、面食多（粮食供应搭配30%的面粉），狼吞虎咽者多，故伤食成了孩子们的一大常见病。临上学了，来不及吃药，随手带上一粒保和丸，边走边吃，倒也方便。久而久之，孩子们对保和丸情有独钟，有上学时多带几粒保和丸与同学共享的，有掰上一小团保和丸即能止住啼哭的，有不愿上学、家长给了保和丸即背上书包去读书的……曾记得1975年的某天，邻居一小孩由于拿不到保和丸而缠住大人不去读书，其父母追问原因，不禁哑然失笑——原来是他多次吃了同学的保和丸，自己若不"应酬回礼"，便无脸再见一帮"哥弟"了。隔壁阿婶听知此中"苦"情，遂给了他两粒保和丸，他这才风平浪静地照常上学去了。有趣的是，当时的孩子们，要的是酸甜适中的宏兴保和丸，若牌子为其他的，他们还不要呢！

宏兴保和丸，让人感受到了昔年宏兴制药配方严密、工艺严谨的独到之处。须知道，一味药丸要达到药食两全，不容易啊！

（本文署笔名"肖岐"，刊于2006年12月6日《潮州日报》第C3版"潮州掌故"）

全城皆饮驱风液 ~&&

　　张艺谋导演的影片《满城尽带黄金甲》创下了票房新高。我们没见过"满城黄金甲"的阵势，但在潮州，却曾有过"全城皆饮驱风液"的往事。

　　那是在二十世纪六七十年代，物质生活比较匮乏，但有公费医疗。一般人只能按月领一份死工资，没有丝毫额外收入。赚外快被定性为"走资本主义道路"，而到医院交八分钱挂号、开两天药量，记上八角钱的账、开些常用药回家，却是出乎意料被允许的。这驱风液，就是当时最受青睐的常用药之一。到了医师那里，不用把脉，说是"肚肠出臼"（肠胃不适），医师就明白了。

　　宏兴驱风液，是由秦艽、木瓜、独活、补骨脂、川牛膝、续断、桑寄生、伸筋藤、党参、白术、威灵仙、鹿茸等二十五味名贵中药材经高度数米酒浸泡而成的，气味芳香，味辛甘，具有驱风祛湿、舒筋活络的功效，用于四肢酸痛、久积风痛及风湿性关节炎等症。此药备受劳动阶层看好，特别是码头搬运工人、三轮车工友、机械厂的钳工铁工，更是"不可一日无此君"——累了喝上一口提提神，休息时，用几颗花生仁送下，整瓶喝下也不难，妙用无穷。就连"学大寨"开荒造田的农民，也喜欢随身带上一两瓶，与农友共享。流风所至，驱风液销量猛增。如当时的中医门诊部，每天都有几辆木板车载着驱风液等中成药送货而来，而药房里总是没多久就出售一空。

　　有趣的是，当时驱风液的空瓶可回收，在东门街回收店，两个瓶子换一分钱。需开药者，交上两个空瓶再加上七分钱也可挂号，倒也省事、合算。而运货者，往往也是满瓶进、空瓶出，两程皆满载。

　　特殊年代有特殊故事，特殊的药品也不只是驱风液，而驱风液如此受欢迎，也是因其疗效显著、价廉物美，"亲民力"更强些罢了。"有病治病，无病暖身填肚"的俗话，正是对"全城皆饮驱风液"的最好诠释。

　　（本文署笔名"杏夫"，刊于 2007 年 1 月 31 日《潮州日报》第 C3 版"潮州掌故"）

唐山大地震后的潮州中心医院 ᨩ

今年的 7 月 28 日是唐山大地震三十周年纪念日。在 1976 年这一天的 3 时 42 分 54 秒，河北唐山市丰南一带发生了 7.8 级强烈地震，波及天津及北京两市。当天傍晚，滦县又发生 7.1 级地震。一连串的地震，令全国震惊，世界瞩目。

图 1　1976 年 7 月地震前夕的潮安县人民医院，笔者当时在该院实习

笔者当时在潮安县人民医院（现市中心医院的前身）实习（见图 1），参与了震期的医疗救助工作。紧急电文、电话会议是一个紧接一个，把人们的紧张情绪推向高峰。大家都在做可能遭遇地震的实战准备。那时候，广播、报纸是人们获得信息的主要途径，电台有抗震英雄的正面报道和振奋人心的措辞，而对伤亡人数则含糊其词，只是约略知道"极其严重"。242 769 人丧生、一百多万人伤残、几十万人无家可归等数字，是在若干年后才知道的。当时，我们只听说潮州有几个老乡在这场地震中不幸罹难，而我也是从当时在天津学习的同学来信中才知道，震时人们毫无准备、落荒而逃，甚至出现男女老少裸身逃命的难堪场面。

为了贯彻上级"立足抗大震"的精神，医院革命委员会决定，对潮州可能发生地震的预测作出相应的果断措施。当时医院只设有门诊部、急诊科、内科（五十六张床）、外科（七十多张床）及传染科（四十张床）。门、急诊部不动，住院部各科动员好转病人带药回家；余下病员及办公室、外科搬到楼下；传染科因在楼下，余下十多名病员为预防交叉感染也不予搬动。而内科本在二楼，全部搬到大门口北侧临时搭建的抗震竹棚病房。那时，全院还余三十多个病人。内科住院部五个医师和六个护士，连同我们三个实习医生共十四个人，既要做好日常病房工作，又要承担病床搬迁任务。时任内科主任沈观钦及护士长嫒姨、筠姨，有的心脏不好，有的肝有毛病，但仍身先士卒。一次，护士陈姨虽然发热了，也还顶着烈日参与搬运设备，直至头晕呕吐才回家休息。

在抗震病房，照明、通风和卫生条件都不规范，三伏天，地板是土埕，吊扇吹不得（一吹便尘土飞扬），只能用纸折扇和葵扇降温；但是医护人员的工作还是一丝不苟，我们当时还成功地抢救了两位突发心梗的病人。那时没有心脏起搏器和监护仪，沈主任先给病人做胸外心脏按摩，实在太累了，就让我们学着做，一直到病人恢复心跳为止。这两位病人，一个仅存活了十多天，一个在十多年后还健在。那时没有血站，从取血到输血全在病房由护士操作，搬到竹棚病房也是坚持如此做。幸运的是，那段时间在院的病人没有发生感染和意外伤亡事故。

这样坚持了近一个月，有关地震的风声渐细，以后不了了之，我们才搬回原病房。原潮安县人民医院的抗震工作，与当时全国许多地区在唐山大地震后采取的临时措施一样，是一个历史时期的真实写照。笔者谨以此文，寄托对唐山大地震遇难者的追念。

（本文署笔名"杏夫"，刊于 2006 年 8 月 9 日《潮州日报》第 C3 版"潮州掌故"）

彭厝巷研究所

1982 年 7 月底，我从广州中医学院进修结业返潮，带回了全国医古文学习班开班的消息，这对于"求学若渴"的众医友来说无疑是一大喜讯。一众人商量决定从 1982 年 8 月开始组织学习小组，准备参加此次医古文学习班，学习地点定在我唯一的老屋内一间十三平方米的卧室，学习时腾出床前的一点空间，摆上小凳子就成了学习场所。我们小组有六位医师。在教材到手之前，大家先温习 1959 年南京中医学院医经教研室编著的《内经辑要》一书。当时医书很紧缺，这《内经辑要》是我问亲戚借来的唯一一本，为了确保人手一册，大家分工将学习内容抄写五份以便预习。

那时改革开放已经开始，嗅觉灵敏的人便已下海经商，但我们这班人还带点学生气，"两耳不闻窗外事，一心只读圣贤书"。以前我们失去过上大学的机会，这个学习班对于我们来说无疑是一滴甘露，虽说没有正式学历，也可以弥补底子的不足。

等医古文学习班的资料寄来了，学习小组就开始按教学大纲进行学习，以阅读医古文原著为主，教材就是任应秋教授编著的《全国医古文函授教材》，共六册。医古文函授的学习时间原定为一年，每两个月学习一册，后来延长至 1984 年 7 月，近两年的学程。经过考试，学习小组六人全部取得了合格证书。

在学习中，我们摸索出一个行之有效的方法：大家先是预习，到了小组学习的阶段则先通读，后精读，对虚词、实词进行诠释，对语法特点进行分析，然后全文释义，对要点进行理解、融会贯通，把中心思想梳理归纳出来，以期读懂吃透。1985 年，潮州市卫生系统进行了一次医疗水平测试，我们六个人都得了八十分以上，其中三人还占据前五名中的第一、二、四名。

图1　彭厝巷二横巷1号门额"紫云书室"

当时学习地点就在彭厝巷我的家中，我的住所原是一座曰"紫云书室"（见图1）的西北隅矮窄小书斋，故大家戏称这学习小组是"彭厝巷研究所"。

现在每当回忆起这段时光，同学间那融洽无间的关系、热烈积极的学习气氛，以及收获颇丰的学习效果，对于我们日后的临床工作都有很大的帮助，至今仍深深地留在我脑海里，医古文中的《医师章》中"上医""中医""下医"的概念，张仲景《伤寒论》中"竞逐荣势、企踵权豪，孜孜汲汲，唯名利是务……皮之不存，毛将安附焉？"等为医警句仍时刻在耳边环绕。而孙思邈的"大医精诚"之道也一直启迪着我们。这段经历，让我不只是收获了知识，同时也收获了老老实实做人、认认真真诊病治疾的道理。当提起这段经历时，大家还很怀念，都认为这是学医道路上一段不可或缺的经历，也是人生最美好时光之一。

（本文署笔名"杏夫"，刊于2017年3月19日《潮州日报》第五版"今日闲情"）

避免和消除临考综合征

临考综合征多发于每年即将参加高考的学生群体，由于学生们临考前过度紧张的复习而产生心理不适，继而引发生理不适，其临床表现为心悸、怔忡、烦躁、焦虑、失眠、多梦，严重的会引起血压增高、头痛、肉跳、厌食、呕吐、腹痛、便溏或便秘等。

应该如何避免出现上述临考综合征呢？

第一，作息时间的安排：复习安排忌"马拉松"式，过程中要略加休息，注意适度体育锻炼。这样有张有弛，才能够精力充沛，事半功倍。

第二，学习方法的选择：要增强自信心，艺高胆大，要看到自己的优势、强项，在此基础上抓住复习大纲。读书读到根本上，才有足够的应变能力。

第三，期望值的调整：人的禀赋能力各有不同。就高考的报考而言，报考院校选择"一批次""二批次"抑或"三、四批次"，需要知己知彼，量力而行。

得了临考综合征，怎么办？最好的办法就是放松，谨略述如下：

静坐放松法：可在床上盘腿而坐，或倚桌而坐，气沉丹田，作腹式呼吸，深而慢地呼吸。先鼓腹，接着慢而匀地吁出长气，使紧张情绪得以释放。女性多以胸式呼吸为主，故女同学须学会腹式呼吸以消除紧张。

意念切入法：闭目，摒弃有关考试的一切念头，想象自己参与的有乐趣的活动，或回忆美好往事和美丽景色，如海滩戏耍，绿野奔跑，碧波池中畅游……

情绪转移法：情绪过度紧张时，须立即暂停复习，或听一段悦耳的轻音乐，到室外散步或静躺草地闭目养神，或做体操、踢毽子、打太极拳，甚至可短暂改变生活环境，改变思维方式，使情绪得以转移。在"一模""二模"和高考前，要有一段时间休息，即使两个小时、一个晚上都好，这样可大大缓解一段时间以来的紧张和疲劳。因为，"绷得太紧的弦"是会断裂的。

　　按摩松弛法：即做眼保健操，或做穴位按摩，可按摩合谷、足三里、涌泉、曲池、人中等穴位，若过度紧张者，还可请有经验的按摩医师做全身按摩，使全身肌肉松弛、精神放松。如病情不见好转则要及时请心理医生或亲友进行心理疏导。值得一提的是，临考前的这一时段，有的家长对孩子大补营养，这样反而会弄巧成拙，易于"惹火内积"。考生的营养搭配应得当，忌辛辣、炸烤、肥腻，应配足蔬菜、水果，忌食参类补品，多喝清凉药茶、温开水。

　　（本文署笔名"杏夫"，刊于 2001 年 5 月 15 日《潮州日报》第四版"卫生保健"）

睡得是福 ⟫⟫

——写在 3 月 21 日第八个世界睡眠日

"哎！昨晚又睡不着，烦死了""能睡着的感觉多好呀，哪怕是一分钟""好几年了，都不知道睡觉的感觉，人老是昏懵懵的"……如此这般的主诉，恐怕每个医师天天都能听到，它道出了失眠患者的绝望和希望睡个好觉的愿望。

再看看这些例子：2004 年 6 月 11 日《成都晚报》刊载的《过劳死夺命优秀大学生》一文，报道了某大四学生因生活所迫劳累过度，长期缺少睡眠而死亡的消息。2006 年，有媒体报道一个在上海的打工者，因连续工作两周，其间基本没有睡觉而活活累死的悲剧……而在我们身边，也时有听到某人在事业发达之际却英年早逝的噩耗。究其原因，大多与生活工作节奏太快，经常熬夜，应酬过多，睡眠严重不足，身心劳累有关。他们或罹患不治之症，或突发心脑血管疾病而一命呜呼。

从生理学角度来讲，睡眠是维持生命的基本条件之一，没有良好的睡眠就没有生命的延续。人这个物种说来也怪，来到这个世界上，所做耗时最多的不是别的事情，而是睡眠。要知道，婴儿平均每天的睡眠时长在 20 小时以上，幼儿的平均睡眠时长是 12 ~ 16 小时，小学生的睡眠时长应为 9 ~ 10 小时，而成年人的睡眠时间也应不少于 8 小时。且睡眠时间的充足还要以良好的睡眠质量为前提。有专家说，人这一生 1/3 的时间都在睡觉，剩下的 2/3 则靠睡眠，这话一点不夸张，如果没有良好的睡眠做后盾，在我们不睡觉的 2/3 时间里，就不可能精神抖擞地去拼搏事业，或者心情愉悦地享受生活。

然而，身体的差异，社会、家庭、工作等因素与压力，或心理的某些缺陷，使许多人出现了失眠的症状。据统计，全世界约有 47% 的人有睡眠问题，近一半的成年人都曾经遭受过失眠的折磨。据中国睡眠研究会和中华医学会精神病学分会的调查表明，有 38% ~ 42.5% 的人出现过失眠问题，这其中一半以上的人没有采取任何措施，大部分人认为睡眠障碍不是病。

实际上，失眠就是病，而且还是多种疾病的源头，它引起的症状有很多！诸如头晕、头痛、心悸、怔忡、健忘、乏力、多汗等，严重的可使人产生心理障碍，甚至出现幻觉、行为异常等精神障碍，如不及时治疗，其症状链条可继续延伸。临床上，笔者就曾见到有一陈姓病人，正当他事业如日中天之时，随之而来的却是失眠。他曾寻求治疗，也想力解"失眠困惑"，但对家庭、事业的高度责任感使他选择了继续拼搏，工作第一，而治疗成为一种表面工作。失眠症使其健康状况每况愈下，最后他患上了肝癌，四十来岁便离开了这个美好的世界。这也是"长期熬夜易伤肝"的典型后患之一。

足够的睡眠对于稳定情绪、消除疲劳、恢复精力、免疫抗病都具有重要作用。一个人若有慢性病或正处于急重病的恢复期，则需要靠足够良好的睡眠得以康复。反之则使其加重，如对高血压患者来说，睡眠障碍会直接影响到血压的控制，造成血压波动。美国科学家日前发表的一项最新研究成果还表明，学龄前儿童如果缺乏睡眠则容易导致因为行动或反应迟缓而受伤。

什么时间睡觉最合适？古人为我们定下了"日出而作，日落而息"的基本规律，而科学研究证明，夜间11点至凌晨3点是最宝贵的睡眠时段。一些从事特殊行业的人，由于工作的需要，不能享受这样的规律睡眠，而只能"反规律"地休息睡眠，如上夜班的工人、职工、民警、医护人员，他们有些是职业需要，而有些是生计所迫。但可悲的是有些有条件正常作息的人，为了上网、打牌、搓麻将，尽情娱乐至深夜甚至通宵达旦，错过了最佳睡眠时段，把自己的生物钟搅乱了，即使白天补了觉，仍然精神萎靡不振，长此以往，疾病自然找上门。笔者临床上见到的低龄高血压、年轻糖尿病患者大都有类似的经历。

有人喜欢说"不拣仙方拣睡方"，天上神仙佛，地下食饱睡。是呀，世界上并没有长生不老的方子，只有安安稳稳地睡好觉，慢慢地品味生活，才能使我们保持健康。从这个意义上讲，睡得才是福。今年3月21日是第八个世界睡眠日，主题是"健康生活、良好睡眠"，它的确是点了健康与睡眠关系的穴，也诠释了"睡得是福"的内涵。

借此机会，祝愿大家都睡得香。

（本文署笔名"杏夫"，刊于2008年4月7日《潮州日报》第C1版"健康"）

医食同理与潮州饮食 ∽

本文以"医食同理"之观点来探讨潮州的饮食文化特色：

一、饮食清淡

"清淡"二字，言简意赅，清则不浊，淡则不浓，清淡是潮州饮食文化的最大特色，简单二字就把中医"饮食有节""谨和五味"的原则通俗化、地域化。

潮州人喜欢以"粗肴淡饭"来说明自己的饮食状况，虽有时有点自谦，但确是潮州人饮食习惯的浓缩写照。潮州人主食为谷物，佐以果蔬，辅以鱼肉，使之微咸、清甜、微酸、微辣，就连上筵席的菜也不例外。潮州水产品虽多，但多采用清蒸、烫泡、煲汤的方式烹饪，加工上力求保持原汁原味。潮州菜中应季蔬菜很多样，却依时而变，日常食用的大芥菜、大白菜、番薯叶等，经加工为"厚菇芥菜""玻璃白菜""护国菜"，虽饱含肉汁，仍保持了天然蔬香。潮州菜中虽有"厚朥蚝煎""金瓜芋泥"等高脂高糖菜式，但又以生杨桃、生橄榄、油甘、工夫茶夹杂其中或殿尾于餐后以消食导滞，使饮食肥而不腻，甜而不滞，化浓浊为清淡。

潮州饮食之清淡，虽系潮州人依据本地方土而创立的一种饮食文化现象，但与现代饮食"金字塔"理念不谋而合，也符合联合国世界卫生组织（WHO）提出的健康四大基石之一的"合理膳食"。

二、药食相寓

人类在原始社会时期吃生食，过着茹毛饮血的生活，为与疾病作斗争，慢慢产生了医药。而医药就是在漫长的实践中从食物中分离提取出来的，因此有"药食相寓"之说。张仲景《伤寒论》中的首方"桂枝汤"为治外感风寒之方剂，而其成分桂枝、白芍、甘草、生姜、大枣都是古代人们厨房中的常用调味品，经实践发现它们组合在一起具有解热、发汗、治头痛的作用，经过反复尝试而确定，桂枝汤就这样从厨房进入药房。潮州饮食中也有不少这样的例子，如"莲叶绿豆汤"把解暑清热、升清降浊的莲叶和利尿消肿、祛暑清热的绿豆煮汤作为夏季常备饮品。又有如"鼠曲粿"，既用补中的糯米、白砂糖，又用味甘性寒的绿豆和凉肠导滞的白头翁，使鼠曲粿中而不热、甜而不滞，成为潮州有名的补中消火的美味小食。为了使药物能直达病所，潮州饮食还把药物与食物有机地结合起来，使药物食物化，在使君子花盛开的阴历五月时节，按岁数配花数，摘使君子花捣碎和鸡蛋搅拌烙成香喷喷的蛋饼给小孩食用，以达到驱虫、消疳、增进食欲的目的，这就是寓药于食的典型例子，其他如"秋瓜（丝瓜）叶粿""金银花叶粿""朴枳叶粿""栀子粽"等，举不胜举。

三、保健防病

潮州饮食文化与"医食同理"另有一共通处，便是保健防病，最常见的例子莫过于潮州猛火煮成的稀粥，虽是日常主食，但熬夜者喝上一碗淡盐稀粥，可以压火；泄泻者喝上一碗撒点"橄榄糁汁"的热粥，既可补津液，又可止泻；食滞消化不良者，佐以"菜脯丁""橄榄糁"，喝上一碗稀粥，可消食导滞、开胃。至于用粥煲各种辅料以保健防病的例子那就更多，如红枣粥可补气血、健脾胃，治气血不足、贫血、慢性肝炎、病后体弱。淮山粥可以补肾精、固脾胃，治肾虚遗精、脾虚泄泻、慢性肾炎、糖尿病，于此不一一罗列。

潮州盛行的暑茶饮料，便是用几十味中药材和茶梗姜汁制作而成，有消夏祛暑、益气止渴之功效。农夫带上一壶茶置于田头，任地气上蒸，热气下迫，但喝上几口，暑气便不易侵入，其防病保健功能可见一斑。

最近美国洛杉矶加州大学东西医学中心许家杰教授在《'99 澳门国际中医药学术大会论文集》上发表了《美国医学现状及发展的概况和若干思考》一文，文中提到医学的主要任务不是诊治患病个体，而是转向同时保护健康群体，防患于未然。医学模式的改变将为饮食文化的发展提供良好的机遇。如何以"医食同理"的原则开拓潮州饮食文化，使潮州饮食文化这朵奇葩参与医疗保健发展的新征途，其中大有文章可做。

（本文署笔名"召佳"，刊于 2000 年 2 月 22 日《潮州日报》第四版"卫生保健"）

城谈巷议

妈祖文化与潮州江滨天后宫 ᗢᗢ

妈祖，原是一位普通民女，名字叫林默，于宋太祖建隆元年（960）三月二十三日诞生于湄洲湾莆禧半岛南端的港里村。因其聪明大胆，乐于助人，在海上搭救众多渔民、船民，且事亲至孝，好学医道，为人治病，因而深受乡民爱戴。宋太宗雍熙四年（987）九月九日在湄洲岛卧牛山"羽化"，年仅 28 岁。

妈祖在世时，当地人就称她为神女、龙女。从宋徽宗封她为"顺济"开始，历代皇帝又封她为"夫人""天妃""天后""天上圣母"，现在被称为"海上女神"（河神），其加封次数多达 40 次，超过文圣孔子的 17 次和武圣关公，可见妈祖是华夏文明数千年历史长河中的一位杰出女性。清康熙五十九年（1720），康熙皇帝命莆田地方官春秋二祭妈祖，并编入礼典。中华人民共和国成立后，党和政府对弘扬妈祖文化非常重视，湄洲妈祖宫每年春秋二祭都由政府有关部门主持，且有大批海峡两岸和海外的妈祖信徒游客前来参拜观光。由妈祖演绎的故事，早已成为一种富有民族特色的文化符号。

妈祖宫，现多称天后宫，是纪念妈祖的庙宇。据调查，从湄洲岛卧牛山第一座妈祖庙（初建时称神女祠）至今，全国除西藏、青海、新疆三省、自治区外，海滨、河畔都建有妈祖庙，多达五千多座，其中台湾岛有 1 500 多座，数量居各省之首。天津妈祖庙规模宏大、雄伟壮观，而泉州天后宫因为规格最高、规模最大、年代最早，历史上是中华文化与妈祖文化向世界传播的始发地，而被国务院认定为全国文物保护单位。妈祖所在地湄洲岛已建成国家级旅游度假区，成为莆田乃至福建的旅游胜地。澳门的妈祖宫、汕尾的天后宫都是当地旅游的响亮品牌。在海外华侨聚居地，妈祖庙也被带到那里安家落户。妈祖庙越来越多，其信徒遍布五洲四海，在国内外（包括美国、法国、东南亚）有一亿多人，仅台湾一地，就有信徒一千四百多万人。妈祖已成为世界知名的海上女神，妈祖文化正逐渐显示其独特魅力，在中外友谊间架起一座文化桥梁，在海峡两岸间显示其不可替代的纽带作用。妈祖的优良品质正成为中华民族的楷模，净化亿万民众的心灵。

众所周知，现在的潮州人绝大多数都是"外省人"的后代，且多为避战乱而移居到此"南蛮"之地。其移民中转站有南雄珠玑巷、宁化石壁乡、福建莆田，其中以莆田移入者居多，故常听乡人说"先人迁自莆田"。而潮州民居门楼额匾现仍可见到"莆田旧家""九牧世家"（迁自莆田林姓人的自诩，明代状元林大钦、名贤林巽都是莆田林姓的后代）。因此，说莆田是潮州人的摇篮一点也不夸张。由于地域接近，人员联系紧密，妈祖文化很早就传入潮州，成为具有特色的潮州文化的重要组成部分。先前潮州中秋节有"落河姑"的民间庙会，就是请妈祖在天之灵为民间消灾植福，故潮州人也称妈祖为"阿妈""阿姑"或"姑婆"。自宋代以来，潮州府就建有不少妈祖宫，仅韩江北堤、东城墙及南堤江滨一带就有十多座。这些妈祖宫，既是祭祀妈祖的场所，更是潮州文化与妈祖文化高度统一的产物，充分体现了潮州人的丰富想象力、创造力。比较有代表性的有：

思妈宫

位于北堤老灰窑旧址堤脚，从潮州府城的变迁及村落的拓展来看，思妈宫应建于东门天后宫之前，即元初以前的南宋甚至北宋后期。因此堤段时常崩塌，传说妈祖曾降灵护堤，使百姓免遭洪水肆虐。为感念妈祖的大恩大德，百姓遂在此建思妈宫，并祈求妈祖继续护堤防洪，再立新功。因此宫早毁，此处现惯称"思妈宫码头"。

北阁天后宫

位于金山北坡山麓的陈厝楼附近，今仍存"海不扬波"四字石刻，每字高90厘米，宽75厘米，笔法浑厚，气魄雄壮，相传是清高宗弘历于乾隆二十一年（1756）为天后宫题额，为潮州名人刘存德拓刻于此（见图1）。

图1　北阁天后宫原貌，摄于2000年11月2日

图 2　石门斗天后宫拆毁后遗下的龙柱，现藏潮州市博物馆，摄于 2000 年 11 月

北阁天后宫原是一座潮式爬狮式单层木石砖瓦建筑，共约 37 缝，面积约 80 平方米，宫前有两根盘龙柱，门口两个石墩竖立着"千里眼"和"顺风耳"，因与潮州人出洋始发港石门斗码头相伍而存，故有寓意妈祖依仗天威，使下属耳闻眼观，庇护出洋赤子一路"慈帆平安"。后已予拆除。通过观察现存的龙柱残件和两个石墩（龙柱残件被热心群众送往市博物馆收藏，两个石墩现收留于思妈宫码头，用石灰固定于临岸沙滩）石雕的工艺手法，有行家认为，其应为南宋至元初年间的产物，故此宫历史也当列为江滨妈祖宫之较长者（见图 2）。

上水门妈祖宫

原址在光华戏院西北侧，因建光华戏院而迁徙，后毁。此宫的妈祖像很像送子观音，慈祥的妈祖双手抱一男婴于怀中，两边站着金童玉女。其信徒主要是年轻夫妻、久婚未育或后嗣稀少者，他们到此虔诚跪拜，希望早得贵子或求传宗接代。由于该祠早毁，故此宫建造年代及规模均无从考。

竹木门妈祖宫

原址在竹木门外，为一小型天后宫，塑的是治病驱邪的妈祖像。塑像前面有骑着麒麟、手执玉如意的童女，而两边站着四大天王，两扇大门各写着"神荼""郁垒"四个大字，整座庙宇体现了祛邪扶正的主题。相传此宫虽小却很灵验，举凡小儿麻痘惊疳、妇人难产、百姓遭遇不测，都愿到此一求，以渡难关。此宫于 20 世纪 50 年代因有碍交通而拆。

东门天后宫

建于元世祖至元二十五年（1288），是康熙版和乾隆版两部《潮州志》

都有记载的一座天后宫，亦是潮州郡城唯一一座由官方主持春秋二祭的天后宫，该宫于 2001 年因设防洪通道需要而拆除重建。拆除前的东门天后宫为二进二层木石砖瓦结构的潮式庙宇建筑，宫门正对城楼西北侧，宫与城楼仅隔几米。

东门天后宫是潮州人迁徙和城堤外移的见证。其特殊的二层建筑在后来发展为一宫供奉观音、一宫供奉妈祖的特殊布局，为典型的佛、道一体（即"和尚""师公"同一庙），其庙前楼亭由花岗岩仙鹤、鹿、狮、象、人物、吉祥物浮雕壁肚装嵌而成的元代工艺，在全国（除台湾外）众多天后宫中皆是绝无仅有的。现重建的东门天后宫仍移用作原浮雕门楼。庙虽经重建，但其香火的旺盛程度仍不减。

据蔡绍彬《潮州和各地天后宫》一书记载，此宫还与元军攻下潮州，元世祖忽必烈册封林默为"护国明著天妃"有关。此外还有抗战时期，天后宫保住了东门楼之说（因侵华日军也信天后，怕误炸天后宫而没炸东门楼，只炸了西巷和桂芳街），故此宫为潮州妈祖宫中最为传奇的一座。2002 年以前，此宫因被古建专家认为是潮州仍存唯一一座元代建筑而备受关注，其拆除重建使潮州的历史建筑物乐谱中失掉了元代这个音符，诚为可惜。

2011 年东门天后宫得以易址重建（见图 3）。

图 3　东门天后宫因设防洪通道被拆除，新天后宫在建设中。图为原宫、新宫、东门楼三者并存时的场景，摄于 2001 年 8 月 16 日

下水门天后宫

在宫门外东北侧，宫前有龙柱，墙为赭红色，建于清末民初，为潮州建筑工艺登峰造极之精品，集石雕、木雕、瓷嵌、壁绘、灰塑、金漆之大成于一体，工艺繁复细腻。据长者回忆，论其工艺价值等诸多方面，当在现存之己略黄公祠之上。且因其占地面积较大，故显得富丽堂皇，颇为壮观，为潮州天后宫中荣华者之最。该宫坐北朝南，宫前有"东海红日"题字，可惜20世纪60年代建工商局时拆除，我们失去了一个研究潮州工艺发展的活标本。

凤凰洲天后宫

为清高宗乾隆二十二年（1757）弘历皇帝为感恩妈祖神威护朝廷使者赴琉球封晋于不难，晋封妈祖为"护国庇民妙灵昭应弘仁普济福佑群生诚感咸孚天后"时，诏令沿海府县建天后宫之产物，且是为了保留元代风貌东门天后宫而择地另建的新宫。该宫除有祈求风调雨顺、四季平安之愿以外，因其与奎阁立于凤凰台之左右，民间还有妈祖佑助潮州学子学问精进、连登科甲之说。此宫几毁几复，此次建凤凰洲公园已得全面修复。

潮州江滨天后宫除以上较有代表性的之外，还有中闸街天后宫、南门三妃宫、桥东宁波寺等，这里就不一一罗列。由于年代跨度大，且有官建民建之分，史载民忆，其数量迄今还未说出个准数，但其宫庙集中，几乎涵盖了自宋至清末民初各个历史时期的建筑风貌和艺术风格，且题材广泛，内容丰富，造型奇特，几乎把潮州九县一府天后宫的内涵全都反映了出来，是潮州人聪明才智的结晶，也是潮州人祈望天下太平、丰衣足食、风调雨顺、国泰民安的具体体现。

潮州江滨天后宫不单把妈祖精神用艺术手法表现出来，而且还加以创造，如防洪护堤、佑子勤学即是对妈祖精神的光大，也是对妈祖文化的发展和延伸。可以说，潮州江滨天后宫是妈祖文化中一朵绚丽的奇葩。

笔者为亲自感受妈祖文化的气息，近年登蓬莱、渡湄洲、走泉州、下两汕，在一次次对妈祖文化的探寻中，亲身体会到妈祖文化的博大精深，深深感到其在社会主义新时期、新世纪的今天仍有可为社会所用的价值。

在提倡全民公德教育的时期，通过对江滨天后宫的回顾，摒弃其中的封建迷信色彩，重温妈祖精神，对于我们建立"爱国守法、明礼诚信、团结友善、勤俭自强、敬业奉献、开放兼容、科学理性、环保惜物"的新型道德观，应起到很好的辅助作用。

目前，潮州市正在"创建国优"，并提出把潮州建成"国家优秀江滨旅游城市""古典江滨园林旅游城市"的目标，江滨天后宫的发掘整理工作及基础研究工作，对于江滨人文景观、历史景点的恢复以及新景点的建设工作，以及对于未来的"国优复审""旅游升级"都有重大意义，江滨天后宫作为潮式天后宫的缩影，对于全世界一亿多妈祖信徒和海内外游客将有不可忽略的吸引力。

笔者写这篇小文的初衷正在于此，但愿抛砖引玉，得方家指正。

（本文署笔名"杏夫"，刊于 2003 年 3 月 25 日《潮州日报》第七版"潮州掌故"）

顺德居考略

顺德居（见图1），位于粤东潮安县、丰顺县交界处的潮安县赤凤镇西北部，韩江东岸的白莲村（见图2）。

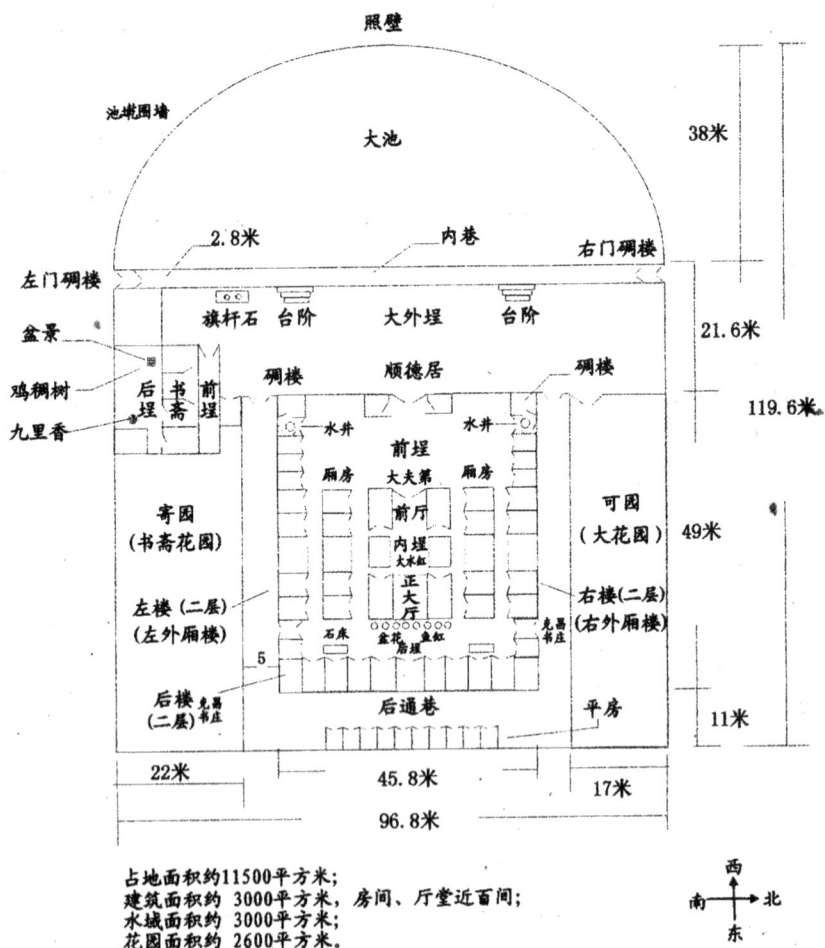

图1　顺德居平面图，摄于 2010 年 10 月 30 日

图 2　顺德居全貌（正面），摄于 2010 年 10 月 30 日

顺德居全宅是一组木石结构的建筑群，占地面积约 11 500 平方米，建筑面积约 3 000 平方米，水域面积约 3 000 平方米，花园面积约 2 600 平方米，共有房间、厅堂近百间。虽经时代变迁，除花园仅存残垣断壁外，其整体结构基本保存完整。

这是岭南一处罕见的精品近代民居。它融合了潮、客、西式建筑风格，甚至掺杂了东南亚建筑特点，可以说是多元文化高度统一的范例。

刘氏建宅因缘

顺德居的兴建，是天时、地利、人和共同作用的必然结果，是潮州地灵人杰的真实写照。

据《刘氏族谱》载：刘氏自清乾隆年间起定居白莲村，系清代名门望族后裔，先祖巨渊曾任宁波制置副使（从二品武官），其家族"诰封荣三代"。至清末刘桂顺脱颖而出，"暹邦频往复，懋迁获巨资"。刘氏经商致富之后，为兴建豪宅提供了物质基础，清光绪戊子年（1888）开始建造顺德居。

白莲村地处丘陵、台地的过渡地带，三面环山，"有水则灵"——粤东第一大江——韩江于村前流过，山水相映，有莲花呈祥的格局。在此建豪宅，可独占山川之灵气，光前裕后。

从现有门楼石刻"心杰由地灵，瑞气早钟毓，得寿又得名，润身兼润屋"不难看出，这是屋主的一番直抒胸臆，体现了其较高的人文素养，也体现其奋力拼搏后获得成功，继而回归大自然，感悟心灵与向往自然的高洁品质。

多元建筑模式的融合

顺德居全宅有五进四列厢房（俗称五落四火巷），并配以书斋和两处花园。全宅以"四点金"为核心建筑形式，吸收了潮式"百凤朝阳"和客家围屋布局的特点，又融合骑楼、碉楼等外来式样，全宅布局独具一格，为潮汕豪宅中所罕见。

全宅坐东向西，由照壁、半月形大水池、大外埕、门楼、住宅区、书斋及花园构成。

宅子沿中轴线分为五进，第一进（见图3），顺德居门楼及门楼间房，连着三面围墙形成前埕。埕前左右设二口水井。第二进（见图4）是正堂"大夫第"门厅，两侧各有一间平房。第三进是正大厅，两侧各有一间大房，是全屋的核心。第四进是横排式骑楼（克昌书庄）。第五进为横排十间平房。

图3　顺德居门楼及门楼间房（第一进），摄于2010年10月30日

图4　大夫第（正面，第二进），摄于2010年10月30日

中轴线两侧各有两列厢房（俗称火巷），靠内两列为平房，靠外两列为骑楼。骑楼前端延伸出三屋一过道，修筑碉楼。两侧碉楼与水池的左右角形成夹角，连同照壁墙体，形成一条外围的重要防卫设施。中轴线骑楼之外左侧是书斋（家塾）和小花园（现废）。

整座建筑呈前低后高的态势，门楼为硬山顶，碉楼屋顶为平台。在中轴最外端，池之弧边筑有围墙、大门楼、主座、大厅屋顶，逐层高度递增，至后包，克昌书庄后楼为最高层面，其后之长工房又"跌"为地平之势（主仆的尊卑关系在此得到体现）。

由轴心及外，大厅及厅侧大房为"中高"，隔火巷的左右厢房为"低"，外侧排屋骑楼为"更高"，再外围两个花园又"跌"为低。其余建筑错落有致，灵活多变，高低有序。

整座建筑用料上乘，墙壁用灰沙筑夯，外抹灰泥硏光，门框、横楣和天井为花岗岩石料，斗拱和梁、橡为杉木。地面墁以灰泥或铺设红砖，具有坚固耐用和美观的功效，历百余年仍未见其崩塌，屋顶瓦片平均覆盖四至五层，至今未见破漏。

建筑功能独特

刘氏建宅充分体现了潮州人尊祖睦族、光前裕后的思想观念。诚如清乾隆年间刻本《潮州府志·风俗》中所记载的："望族营造屋庐，必建立家庙，尤加壮丽。"

据门楼石刻记载，"宗庙先崇修，其次及家塾"。说明刘桂顺建顺德居之前，已先建了刘氏宗祠。祠在宅之后，标高略高于宅，据年长者回忆，其精美程度要高出顺德居好几倍。由于某些原因，祠几近全毁，仅存二门接柱及少许石壁残垣及一半月形残池。从精致的石刻和水星式屋檐顶，可略知其时建筑之富丽堂皇。

大夫第之大厅，是专置龛供奉刘桂顺的祭所，也是家族议事的庄重处所。大厅两侧大房，是家长居所。门厅下房，供下辈人之住。内眷居于靠近中轴的厢房，外侧排屋则是族亲的住所。后包的书庄，是主人藏书之所，也是憩息、会客及谈诗论书之处，今尚存石床及金鱼缸石垫脚等物。书斋供子侄读书，门前大埕置旗杆石，竖中举及有为族人之名号以示荣耀，埕也可供客人安顿车马或时年八节游神赛会之用。最后围之平房，简朴平实，专供长工住用。

整座宅院的格局十分考究，大厅占据着核心位置，体现了旧时礼制长辈在家庭里的至尊地位，反映了一种严格区分尊卑上下、男女内外有别又注重尊祖睦族的传统观念。

儒家光前裕后的思想文化，也从装饰艺术中得到体现。"顺德居"宅号，意为主人刘桂顺感恩戴德，祈望德泽绵延及于后代。大门后匾额为"兰桂腾芳"，正堂后匾额"光前裕后"，皆含有此意。正堂门肚上有石刻一百余字，又记下造屋经过及家风，可视作一篇家史、家训。大夫第背壁"光前裕后"，寓"瓜瓞绵绵，是乃翁之福"之意，与正大厅的祭龛相呼应，寓意深邃，且其布局匀称，阴阳石刻交替有致，在民宅中以书刻宣传礼教。

值得一提的是灰沙土夯墙，寄寓了造屋主人的良苦用心。正如曾昭璇教授的《客家"围屋"屋式研究》所说，它甚至可以警醒子孙后代修身养性以免为家族招致不幸："为求避拆屋卖屋，则此墙最宜不过，因其坚固难拆卸，而墙质料又不值钱。"这一点，不论客籍潮籍，都应是事同此理，人同此心。何况当时潮州人与部分客家人同为潮州府，文化相通，风俗相似。

此宅还具备防盗性能卓越的特点。清末之时，社会动乱，盗贼四起。造屋者遂将防盗和保安功能列入主要策虑。

全宅建于白莲山下，白莲山和韩江即是第一道防盗线。清末时，出入白莲村仅有一条两旁长满杂树乱莽的羊肠小道，交通运输唯靠韩江水道，故山与水成为其天然屏障。

以大池围墙、外碉楼、花园外墙、第五进后墙联为第二道防线；以内碉楼、双侧骑楼（外墙不凿窗口）、后包书庄的后楼墙为第三道防线；而最后，是以大夫第两列内厢房和正大厅的后墙为第四道防线。第三、四道防线简直是方形的封闭城堡。

更值一提的是其防盗功能精细：一是碉楼，其墙厚窗小，将古烽火台和西方的平顶建筑结构结合，可瞭望窥视远近动静，且居高临下，大可御敌于门外。二是整片"柴"做成的门扇，不易着火，是火攻的天然克星。三是门后的横闩、竖档，二者辅助固门的作用极大。

此宅憩息优游的功能突出。主人在追求"天人合一"境界之下，又注重艺术审美和陶冶性灵的功能，下文多有述及，此处从略。

典雅繁博的艺术风格

潮谚云"潮州厝，皇宫起（建）"，在这里得到印证。江畔山村，林深人稀之地，要集结众多的艺师工匠，营建如此浩繁的建筑，诚非易事，就是潮州府城内豪绅望族，也对顺德居的精美程度叹为观止。

顺德居与一般潮式建筑一样，极重装饰。一是装饰类型多，彩画、金漆木雕、石雕、灰塑、嵌瓷、盆景，应有尽有。二是装饰部位广，大凡石木部件、门窗、墙头屋脊、外墙檐下，无不施以装饰。仅门框，就有方、圆、半圆顶、八角形等形状。

木雕遍及全宅，多集中在通廊，以凹雕、通雕、圆雕等技法修饰，尤以克昌书庄后楼和书斋两处的最为集中、精致。如二楼每一屋架的三载五爪，梁头桁下，全是层层叠叠的木雕群，像雄狮、凤凰和花芽等，图案多样。如意和万字曲的处理，突破常见的对称范式，而采用均衡形式。大横架采用全髹金漆，以木载艺，雕刻性灵，画中人物口角宛然，神情毕肖，细腻至极。

石雕主要集中在书斋门楼亭，大夫第门楼架头上下两个通花石雕的梅雀、兰花，几可乱真。克昌书庄门匾下的两只石狮，一雄一雌，一威猛一妩媚，相映成趣。

灰塑之装饰部位，主要由门额窗框、屋脊垂带构成，主要集中在克昌书庄及书斋等处。门额窗框用万字曲、如意结、蕉叶荷叶、梅雀松鼠、蝙蝠等花纹图案装饰。门框窗框的上部装饰以半圆形图案为主，类似于古罗马风格。窗框一道仅有25厘米幅宽的装饰线，其上勾画出弧形和直角形的阴阳沟达27条，最窄的一条仅有半厘米见宽。连落水筒也装饰成松树干形状。屋脊垂带位置显眼，塑草木山水、鸟兽人物，山墙厝角采用固定的五行样式。

嵌瓷在各处屋顶皆有，尤以大门楼屋脊最完整，有浮雕嵌、圆身嵌（与灰塑结合），晶莹光润不褪色，有石榴、仙桃、梅干、竹叶等造型，红肥绿瘦，五彩缤纷。

壁绘集中于书斋、书庄的几个门楼壁肚和书庄后楼的窗饰线框上。在仅有二三十厘米甚至几厘米幅宽的画面上，绘制了百余幅有关儒教精义的文学、戏曲故事壁画，生、旦、净、末的一举手一投足，蹙额挢眉，神情活灵活现。其画笔笔尖是用三条老鼠须制成的，比当今的签字笔要细得多。

书法之美饰更是遍布全宅，使豪华富丽的建筑平添了一股书卷气，更合乎"哲嗣皆显扬"的宏愿。论字体，"大夫第"为正，大夫第门后之"福""寿"为魏碑，"兰桂腾芳"为行书体，"光前裕后"为半行书体，"顺德居"为小隶书体，大夫第门橱石刻为小隶书体，书斋窗额上之"景飞""修竹""月影"等为草书体，各处木石门簪为篆书体，几乎包括了中国汉字的所有书体，且富含寓意。

园艺和盆景、花盆、莲缸、鱼缸、床椅……俱为精致石雕，现仅存书庄一张石床，两只六角形莲缸垫脚座。书斋一屏假山（见图5），其材质掺和着部分水晶石，俨然有东南亚山水风韵，明显有别于苏州和岭南的假山。假山上的榆树，书斋的一棵百年树龄的九里香，更是盘根虬枝，神清韵瘦，是潮汕地区难得的珍贵园林风景树。这孤物零迹，体现了屋主的审美情趣，也反映出技术进步和各地文化渗透对园林建造的影响。屋主在建屋中称道的"沿阶兰苗芽，满庭桂馨馥"如今看不见了，"可园""寄园"两大花园更是荒芜，但是屋主热爱大自然、憩息优游于花木丛中的雅志逸情，今人还依稀可以感受到。

图5　书斋的假山、鸡稠，摄于 2010 年 10 月 30 日

有一点要说明，顺德居原有与其相配称的厅房楼堂陈设，家具、工艺品极度精美，由于历史原因，现今几乎荡然无存，流失他方，而从留隍一农户收藏的顺德居眠床、房床的精美程度，可窥见其一斑。

后　语

民居是最能体现地域特色和时代特点的文化景观之一，它把一个地区的文化风尚用经济和技术的形式表现出来，笔者通过观察、访谈，产生几点思索：

若能引起有关部门的关注，则可与教育部门和广州、汕头、潮州等地的大专院校合作，将顺德居作为有关潮州文化的教研基地之一。

若能引发有识之士共同对顺德居加以保护，略加修缮，修旧如故，尽量不改变原貌，可将之辟为潮州民俗游的一处景点，以开发、利用近代建筑的价值。

（本文部分文字曾以"岭南民宅建筑一奇葩"为题刊于2001年12月2日《潮州日报》第一版；以"顺德居考略"为题，刊于2002年《广东史志》第一期）

卫校旧址历史素描 ∽

日前,《潮州日报》第一版刊登了《卫校旧址拟建市民文化休闲公园》一文。笔者细读该报道后,觉得这是市委、市政府顺应民意、尊重前人、重视历史的一个重要举措,正如报道中所说的"是造福百姓、服务民生之举,也有利于潮州城市功能的进一步完善"。人们在支持和赞许的同时,也勾起了我"卫校旧址"的记忆。

溪墘闲地与番仔楼

卫校旧址原为郡南城民南关外溪墘的一块闲地,时受洪水侵犯,除了种些地瓜、时蔬,就是堆放、晾晒竹子,大水来了,便成泽国。但这块地自给英国传教士看中后,其用途大不一样,也逐渐地热闹起来,名气也渐渐大了。清光绪二十二年(1896)三月,这里建起了洋楼、办起了医院。昔时,潮州人习惯称外国人为"番仔"、称英国人为"红毛",故洋楼被城民称为"番仔楼""红毛楼",又因其建筑结构上首层地板与地面留有几十厘米的隔离层,故亦称"吊脚楼"。但最多的还是被称为番仔楼。

清光绪十八年(1892),英国英兰长老会派遣英国牧师宾为邻等筹款于潮州南关外建教会医院(饶宗颐《潮州志》载:是岁英人设医院于郡南),初定名为"宾为邻纪念医院",后改为"福音医院"(见图1)。福音医院的创办是清时期西医药传入潮州府城的标志性事件,也是当地最大的医事,这对于有一千多年历史沉疴的封建传统观念的潮州人来说,是一个不小的挑战。传统思想与新生事物在该院的建设过程中产生了摩擦。在得知教会要在南关外建医院的消息后,郡南城民纷纷反对,但此时教会医院的十亩地皮早已完成购买手续。于是反对的民众改变策略,一方面阻挠官府给医院建设办理契证和相关建筑手续,另一方面对医院围墙采取屡建屡毁等强硬对抗措施,迫使教会暂时将南关外医院建设工程搁浅。

清光绪二十年(1894),医院在不得已的情况下,将业务迁往猴洞开展。后来,经过教会的努力和各方的协调,事情有了转机,官府给医院办理了契证和相关建筑手续,附近民众也明晓事理,停止了过激行为,使医院的建设在经过一段波折后得以顺利进行。

清光绪二十二年（1896）三月，一座占地十亩、楼高二层、大小不等、面积约 2 500 平方米的医院矗立在南关外，这也是潮州最早的欧式建筑群。该院设病床 40 张，门诊分为内、外、眼、牙、产等科。医院先后有高似兰、林起、宾为邻、肖惠荣、越晏如等任院长。当时医疗器械只有刀、剪、钳等，临床上以西药治疗一般内科疾病和麻风病为主，外科可开展阑尾炎、疝气、包皮切除及体表肿瘤切除手术，眼科能施行白内障、沙眼、倒睫毛等治疗手术，产科则施行无菌操作法（时称新法接生）。虽然医疗设备简单，医护人员技术水平不高，但潮州福音医院却是潮州府城第一家颇具规模的教会医院，用现在潮州市的地域概念来界定，是潮州第一家西医综合医院，代表了当时西医在潮州的最高水准，亦是西医扎根于潮州的标志。

图 1　清末潮州古城图南关部分（福音医院）

番仔楼建成后，一直是教会医院所在地。民国二十八年（1939）六月二十八日，日军入侵，潮城沦陷，福音医院迁往揭阳，并入五经富（现属揭阳市）福音医院。

后番仔楼时期

从抗战开始，番仔楼就受到不同程度的损坏，但至中华人民共和国成立前夕，九座楼体基本完好，后来一些驻番仔楼机构出于一时的工作需要，更由于无保护意识，逐步将其拆除改建为其他建筑物，至"文革"后仅存两座。

抗日战争胜利后，基督教会在番仔楼办"贝理神学院"，直到中华人民共和国成立前夕。

中华人民共和国成立后，粤东行政公署在这里设立门诊部。现在的汕头市中心医院，其前身一部分就是从这里迁出的粤东行政公署门诊部。后来潮安县人民医院、爱民医院也曾设于此，至 20 世纪 70 年代初，潮安县人民医院才从卫校旧址迁至环城西路时钟楼现址，潮州卫校（曾先后称潮安卫校、汕头卫校）与其对调。

番仔楼的建筑风格及特点

时至 20 世纪 60 年代初，南堤顶卫校旧址仍存三座番仔楼，大致南北
朝向，直线排列，以前习惯称南楼、中楼、北楼，其中中楼（亦是最精美
的一座）已于四十年前卫校建礼堂时被拆除，仅存南北两座番仔楼。
2010—2012 年，笔者曾对"番仔楼"进行详细的测量和研究，下面就对此
作一介绍：

南楼（见图2）为主副楼联体曲尺型建筑，占地约 300 平方米，共二
层楼，高约 10.5 米，墙厚 60 厘米，首层地板与地面约有 80 厘米的隔离
层。主楼长 12.8 米，宽 12.7 米，其平面基本呈正方形，前接内置廊式阳
台。副楼长 5.3 米，宽 4.8 米，屋顶为高坡度的前与后、左与右等分式瓦
面，盖以红色瓦"虫"，状若英国绅士的礼帽。主楼屋顶明显高于副楼，
显得错落有致、协调、和谐，有较强的直线美感。

北楼（见图3）是前后联体楼，占地约 250 平方米，共二层楼，高约
10.5 米，墙厚 60 厘米，前楼长 15.7 米，宽 10.1 米，其南面长 13.3 米，
宽 6.25 米，屋顶亦为对称式的大坡度瓦面，前后楼各自成一体。前楼后屋
顶有三个大小相同、高低不一、高出屋约 1 米的烟囱，为室内通风和壁
炉通气之用。西楼屋檐下，其天花板之上，四面留有十多个通气孔；一层
和二层地板下，前后和左右各拉三条直径约 3 厘米的钢筋，墙外用大块方
形铁板固定，并用螺丝拧紧，使整座楼联结成一个紧密的整体，增强了其
抗震、防风能力。一层大厅有一长 1.5 米、宽 1.2 米的壁炉，为冬季取暖
之用。北楼北侧的两座附属建筑物，似为后续建筑，故不赘述。

2011 年，笔者听卫校工作多年的几位教工回忆，说在 20 世纪 80 年代
末，曾有一位自称在番仔楼出生的八十多岁的英国老人携其子女来到卫校
番仔楼旧址寻根，拍照留念。

图 2　南关外番仔楼南楼，摄于
2002 年 11 月

图 3　南关外番仔楼北楼，摄于
2002 年 11 月

卫校旧址的历史价值与品位

番仔楼是潮州最早的西式建筑群，比起牌坊街的民初建筑物历史要再早三十年左右，比笔架山的番仔楼也要早两年，比闻名于世的"青岛八大关"（有"万国建筑博物馆"之美誉，是青岛最早的西式建筑物）还要早将近十年。

潮州是"海丝文化重镇、潮人精神家园"，番仔楼理所当然是江滨"海丝文化"的一处重要遗产，是潮州市"海丝文化"的一个重要组成部分。同时，也是曾在此工作生活过的外国人追寻记忆的地方。

卫校旧址的番仔楼，是潮州有一定意义的历史坐标性建筑群，对于研究潮州的宗教、医学、建筑等的历史，都是一份不可多得的宝贵遗产。

潮州卫校是一所有故事的学校，时钟楼亦曾为其校址（见图4）。

图4　曾经的广东省潮州卫校驻地时钟楼，何绪荣先生提供

（本文部分资料曾以"南关外番仔楼"为题，刊于2004年5月5日《潮州日报》第四版"潮州掌故"，引起有关部门重视，南关外番仔楼以规划的形式保留下来，可惜于2006年3月26日被强行拆除）

义安路双忠宫 ॐ

双忠宫位于湘桥区义安路 162 号，前墙为双忠宫巷，后墙为赞槐里，左侧为义安路，该宫原占地约 1 亩（民间有"1 亩双忠"的说法），建筑面积约 400 平方米，为潮式三进庙宇建筑。第一进为戏台，第二进与第三进为供奉和祭祀许远、张巡两座神像的地方，第一进与第二进间留有约 4 米的阳埕，宫门就在阳埕的左侧，俗称青龙门，进出宫就是青龙门。正殿标高 6 米，脊高约 70 厘米，屋檐角为火型，一般的宫都是以阴为基调，但双忠宫由于阳埕较大，具无阴暗之感，只呈十足阳气。这可能是为弘扬许远、张巡两位英雄的凛然正气而设的。

该庙在潮州历代志书中均有记述，虽历经沧桑，除附属建筑和戏台被

图1　双忠宫石碑

改为两层公产房之外，其戏台的基石及台架的架石仍保存完好，主体建筑基本保存完整。整座建筑古朴大方，线条流畅，是我市现存为数不多的原汁原味的古庙宇之一。最难得的是，建造双忠宫的石碑（见图1）保存完整，只是多了点历史沧桑之感。

据清光绪《海阳县志》记载，该宫为清雍正六年（1728），巡道楼俨、知府胡恂、知县张士琏从书院改成的庙，以祀唐时死守睢阳、保卫江淮、抗拒安史叛乱，有助唐代中兴而死难的张巡、许远，"时共计费 300 金"。

关于双忠宫这一文化景观，最早是由潮州人钟英带到潮州，于潮阳东山东岳庙近处建庙祀奉，后道府县各

级首长又在府城择址建双忠宫，此宫与潮阳双忠宫面积、建制基本相同。不同的是潮阳双忠宫出入是在正门。潮州双忠宫大门上书"双忠庙"三个大字，左右有联："国士无双双国士，忠臣不贰贰忠臣"，工整恰切。抗日战争前，每年三月间，潮州城必有"双忠爷出游"活动，甚为热闹。

经请教我市资深潮学专家吴榕青（韩山师范学院中文系副教授）、黄继澍（市志办原主任）等，大家一致认为，义安路双忠宫是潮州古城现存面积最大、修筑年代较早、保存最完整的一座用以祭祀许远、张巡的庙宇，是双忠宫文化的载体，对于丰盈潮州文化有着不可替代的作用，也是维护安定团结，进行爱国主义教育的理想基地。

中华人民共和国成立后，双忠宫被收为公有。1958 年，大门被改但格局不变，筑成新型门洞，现在的两扇大门依旧完整。1981 年，戏台被改建为两层楼房，供计量检验厂职工居住。第二进和第三进及阳埕则作为计量检验厂的用地，幸有计量检验厂的使用，双忠宫才不至于被破坏殆尽。

（本文署笔名"杏夫"，刊于 2013 年 2 月 28 日《潮州日报》第六版"潮州文化"）

北马路真武宫 ~~

图1　真武宫，摄于 2018 年 8 月 15 日

真武宫（见图1）位于湘桥区北马路真武宫巷（该巷因宫此而得名），占地面积近四百平方米，建筑面积近三百平方米，为潮式二进庙宇建筑。虽经历史沧桑，除后包拆除部分为旧县巷路面外，其余建筑保存基本完整，古朴大方，装饰讲究，是我市现存为数不多的原汁原味的古庙宇之一（关于该宫，志书上尚未查到记录，只在 1986 年修编的《金山街道志》中有"1963 年 2 月金山卫生所迁真武宫现址"的描述），根据其建筑模式、结构及装饰，并访问周围老住户，又经请教我市资深潮学专家吴榕青、黄继澍等，大家一致认为，该庙应当为清中期的建筑物，距今已有两百多年的历史，是潮州古城现存面积最大、修建年代较早、保存最完整的一座祭祀玄天上帝（真武大帝）的庙宇。

潮州以前此类建筑众多，如真君宫、药王宫、阿娘宫、火神爷庙……随着历史原因都毁于一旦，现存的寥寥无几，潮州古城确实再也"伤不起"。

（本文署笔名"杏夫"，刊于 2013 年 3 月 28 日《潮州日报》第六版"潮州文化"）

龙母庙探秘 ⌇⌇⌇

举凡神州大地，民间都有信奉龙王的风俗，于海边、河岸、湖畔，特别是于险隘之处建个龙王庙，以祈风平浪静、风调雨顺。而潮州既有龙王庙（原名"龙神庙"），还有比龙王庙建得更早、更神秘的龙母庙（民间口头语称拜"龙母妈"）。

民间都知道，最信奉"龙母"的地区当数西江流域，那里龙母庙处处皆有。江门、肇庆龙母庙都属旅游资源，而德庆更是龙母文化的发祥地。德庆有个"龙母祖庙"，龙母的信徒都有虔诚信念，以到德庆拜龙母庙还愿为荣，把瞻仰为百姓救灾救难的祖庙龙母娘娘尊容视为一大幸事。除西江流域外，全国几乎很少见到专供龙母的庙宇，而韩江流域首邑潮州居然也有龙母庙。关于这里供奉的是何方神圣，还有一段在潮州人中广为流传的故事。

很久以前，潮州城北门外有一个在北堤靠捞树枝拾枯叶换米糊口的孤寡老姆。有一天，她在韩江边救起了一条被江水卷上岸，身上爬满蚂蚁的受伤小青蛇，在自己极度贫困的情况下，老姆替小青蛇疗伤治疾，精心护理和饲养，小青蛇逐渐恢复健康后老姆将其放生回江里。有一次北堤出现缺口，灾情严重，正当官民抗洪无效之时，小青蛇挺身而出，托梦给老姆，告知老姆他是南海龙王的小太子，为报答她救命之恩，他将击退引发水灾的白龙，并让老姆揭知府告示榜。接着，小青龙从南海游到北堤缺口，挺身击退白龙掀起的大浪，并用龙身堵住缺口，直到人们用沙土石头填满缺口，北堤全线保住后，才驮上老姆回龙宫去了。

后来，百姓就在缺口的地方建起一座庙，以纪念老姆和小青龙，这座庙就是龙母庙。庙的位置就在原老灰窑北侧，坐北朝南，规模约有现老土地爷庙大小，20世纪50年代初因修筑北堤而被拆除。

在新时代的今天，重温龙母庙的故事，从中解读出潮州人善良的秉性，助人于难的美德，以及"恩恩相报""以德报德"的良好社会风尚，对于处于市场经济下的人们无疑是一种润物细无声的教化。而潮州龙母庙独特的民俗内涵，更是旅游热中的一块潮州文化"活化石"，引人遐思不已。

（本文署笔名"肖岐"，刊于 2002 年 11 月 19 日《潮州日报》第七版"潮州文化"）

潮州仅存的一处宋城墙 〰

现作为防洪通道的潮州水平路口两侧，原有两段宋城墙，其中南侧约20米长的一段，已在2000年4月拆除（见图1），现仍存有北侧紧挨饶宗颐学术馆，长8米、高7米、宽4米的一段。

图1　被拆除的一处宋城墙，摄于2000年11月

这其貌不扬的一段石墙，已经很少有人知道它就是目前潮州仅存的一处宋城墙遗址。

据《潮州市志》记载：宋端平年间（1234—1236），知潮州军州事叶观主持筑建东城石城墙，潮州判官赵汝禹和海阳县丞赵改魁负责指挥工程。东城设四门，新修建的城墙起自城北金山，一路伸向东南紧靠韩江堤堤岸，与旧城相接，高2丈（约6.6米），长550丈（约1 833.33米），都采用石砌。城上构筑锯齿形状的矮柱（即雉堞），共4 000堞。

这是继宋绍定年间（1228—1233）改造南、西、北城墙后，彻底将潮州府城墙由土筑墙改为石砌墙的重大城墙改建工程。

据杨义全先生的《潮汕自然概览述》："唐宋时期潮州是东南沿海重要的外贸港口。"《宋史·外国传·三佛传》："太平兴国五年……是年，潮州言，三佛齐国蕃商李甫海乘船载香药、犀角、象牙，至海口，会风势不便，飘船六十日，至潮州。"清代郑昌时《韩江闻见录》卷八"井口船桅"条中，记述潮州东堤（今东平路）在雍正年间天大旱，井皆干涸，有人在挖深水井时，发现土中有一大海船的桅杆及绳索等物。今东堤在潮州城内，东侧近百米是沿韩江的城垣，城墙建于宋代绍定至端平年间（1228—1236），可见在宋以前，东堤一带应是海船停泊之地。

笔者请教了多名潮州文博专家及业内人士，他们均认为，现存的水平路石城墙，无论从《潮州府志》记载的宋城墙位置上看，还是从施工工艺、墙体垒石及黏糊灰缝等细部上看，可以毫无疑义地确定，这就是历史上存在过的宋城墙的遗址，而且是仅存的一处：其历史远可上溯到公元七百年之前，堪称弥足珍贵。

法国著名作家都德曾言："建筑是石头的史书。"潮州宋代古城墙遗址那古朴、斑驳的沧桑姿态，给人以遥接历史的深远之感，是国家历史文化名城的一处不可多得的、鲜活的见证。

（本文与吴榕青先生合著，以"潮州的宋城墙"为名，刊于2005年2月16日《潮州日报》第八版"潮州文化"后，引起有关部门重视。该段古城墙在扩建饶宗颐学术馆时得到保护）

唐伯元纪念馆 ∾

唐伯元纪念馆建于澄海溪南镇仙门村，位置恰好在唐氏故居（见图1）附近的南坡桃园。该馆选用硬山顶院堂建筑形制构建，突出其明代风格，荟萃了木雕、石雕、壁画、嵌瓷诸工艺，彰显了潮艺菁华。其馆门额坊为原广东省委书记、政协主席吴南生所题。厅堂穹顶，高悬明熹宗赐匾，并有首辅文华，四壁二厢，特制唐伯元佳章，皆汕澄邑人墨韵。其中，唐氏所撰西湖《南岩寺记》早为潮州人熟知。

纪念馆周围，配套建有醉经楼、钓鱼点、潇湘曲径、镜湖等诸景，皆仿唐氏在潮州西湖隐居时的居所特点。馆内外一应设施，占地约一百亩，恢宏古朴，雅肃清幽。

对唐伯元，潮州人并不陌生。他就是潮州将修复的牌坊街中人称"四狮亭"所纪念的乡贤，该坊名为"理字儒宗坊"，背面匾额为"铨曹冰鉴"，位于羊玉巷口。明史《儒林传》载："唐伯元，字仁卿，澄海人，万历二年（1574）进士。历知万年、泰和二县，并有惠政，民生祠之，迁南京户部主事，进郎中。伯元受业永丰吕怀，践履笃实而深疾王守仁新说，及守

图1　唐伯元故居中唐伯元亲手植下的菠萝蜜树已有四百多年的历史

仁崇祀文庙，上疏争之……谪海州判官，屡迁尚宝司丞。吏部尚书杨巍雅不喜守仁学，心善伯元前疏，用为吏部员外郎；历考功、文选郎中，佐尚书孙丕扬澄清吏治，苞苴不及其门……伯元清苦淡泊，人所不堪，甘之自如，为岭海士大夫仪表。"可见，唐伯元是封建社会中难得的好官清官。晴日过此，俯仰其风，唐伯元之清藻，宁不令人起"高山景行"的仰慕之慨吗？

安定门城楼残匾 🌀

从西湖公园鳌峥进入鲤鱼石遗址，往其前面的左侧台阶拾步几级就是苏亭下的方亭，方亭的左侧台阶，第一级的竖面疑为潮州古城西门的安定门残匾的石条（见图1），其裸露部分体积为 $130 \times 18 \times 10$ 立方厘米，框沿有约 5 厘米的阳框，阳框内面可清晰得见到 8×28 平方厘米的残字。据对潮州文物有深厚学养的何绪荣先生介绍，1970 年，城基路挖地下防空洞时，他就眼见此匾被从地下挖起放置于城基路边，后不知去向。近日，他在方亭稍停，突然眼前一亮，那台阶的字迹不就是那时见到的安定门的残匾吗？经请教张得海、饶宗亮等几位年近九十的老人，大家都认为此匾应属安定门的残匾。据他们介绍，潮州自民国以来被拆除、破坏的文物石构件很多，大多被运到西湖公园充当石料铺砌地砖台阶。有心之士就有意识地用某种方式将其保留下来。现在如果在西湖公园进行地毯式搜查，或可得到意想不到的收获，很多文物石构件物当重见天日。

图 1　安定门残匾上部

潮州古城始建于何时，现存史籍未见明确记载。而仍存于金山南麓石洞侧的摩崖石刻上，北宋至和二年乙未（1055）知军州事郑伸《潮州筑城纪事》（原刻无题）中则录有："皇祐壬辰四年（1052）岁夏五月，蛮贼侬智高破邕管，乘流而下，攻五羊。有诏岭外完壁垒以御寇。潮州筑城，土工不坚，未期悉圮。越明年癸巳（1053）九月，予到官，翌月庀役，至二月以农作暂休，去年甲午十月复兴工。今年正月毕。"（载清光绪《海阳县志》卷 30 第 10 页）据此，潮城初成或于 1055 年。

宋城城门有 11 个。据《永乐大典》卷 5 343 之卷首，有元明时摹绘之宋代潮州城图，各门曰：州学门、上水门、竹木门、浮桥门、下水门、小南门、三阳门（在南门的位置）、贡（英）门、湖平门、和福门、凤啸门（门外应是凤啸驿）。

另据《永乐大典·潮州府·城池》载，明洪武四年（1371）指挥俞（良）辅筑城，"因旧基而再兴，内外皆砌以石，高厚坚固，各门外筑瓮城，皆屋其上。为门七：东门、上水门、竹木门、下水门、南门、西门、北门。十年，指挥曹贵扁南门曰镇南、北门曰望京，新创西门曰安定，余皆仍旧"。

清光绪《海阳县志》卷首海阳县城图（潮州府城图）有门七，与明洪武四年重建各门同。

安定门即西门，洪兆麟统治潮州年间，他下令拆西门（安定门）填护城河，取走吊桥，西门城楼城门自此消失，与此同时还拆了西门至北门的城墙。从此，潮州古城墙就残缺了。

潮州安定门的名称取与北京西城楼的安定门相同的名称，其中的缘由尚未清楚，而北京西城门因"西"普通话音与死相近，不雅，而取为安定，据说与西域安定有关。

（本文刊于 2017 年 1 月 19 日《潮州日报》第六版"潮州文化"）

安定门城楼又一残匾 ﹋

　　笔者于 2017 年 1 月 19 日在《潮州日报》发表了《安定门城楼残匾》一文，引起了行家和一些读者的关注。近日，还是那位对潮州文物有深厚情谊的何绪荣先生惊喜地告诉我，安定门城楼又一残匾找到了。这是怎么一回事呢？何先生几乎天天到西湖公园散步，行走中留意着足下每一块裸露的石头，功夫不负有心人，上个月，就在我发表《安定门城楼残匾》文章一周年之际，安定门城楼又一残匾在西湖公园被他发现了。

　　新发现的残匾可能属于安定门城匾的下半部分（见图 1），发现的地点就在寿安古寺北侧的原西湖公园管理处的大门口，作为台阶石，贴在大门的台阶第一级左侧，由于长期的踩踏，该匾的字迹已显模糊，但仍依稀可见"安定门"三个字的下半部分，其中"门"字较为清晰，宽度与前残匾完全吻合，为 28 厘米，其规制与上半部分相同。

　　该残匾可见部分长 129 厘米，宽 27.5 厘米，厚 16 厘米，左下角因作为台阶石使用被修成半圆，中间有两处凿了个小洞，或是原准备将其一分为二，幸好手下留情，不然残匾更残。

图 1　安定门残匾下部

　　还是那句老话，西湖公园历史上接纳的古城区残存的文物石构件很多，是我市文化遗产的一座宝库，如能引起有关方面的重视，发动群众，积极、耐心、细致地寻找，将有惊喜收获，对于我市的历史文物发掘将起到不可忽视的作用。

　　关于安定门的历史渊源和演变，笔者在去年发表的文章上，已经非常清晰地作了阐述，这里就不再赘述。

见证日寇侵潮罪行的一处遗址

前些年，笔者接触过几位桥东乡老者，当谈及笔架山番仔楼时，他们都说那曾是日伪时期汉奸特务队用来囚禁人的地方。在当今，年过半百的桥东居民，有的也曾听前辈讲过"番仔楼，鬼上厚（多）"的凄厉往事。

从 1939 年（民国二十八年）6 月 21 日（农历五月初五，端午节）潮州城沦陷至 1945 年（民国三十四年）8 月 25 日日寇投降、潮州光复的六年多时间里，日寇在潮州杀人放火、奸淫掳掠，无恶不作，桥东乡是其中一个重灾区。

那时，湘子桥为韩江两岸唯一的陆道，桥东扼其咽喉，且为东西南北交通的要塞，历来为兵家必争之地。日寇占领潮州后，就把桥东作为重要关口严格管制。由于其北只能至意溪橄榄宫，南只能抵涸溪，东只及洗马桥，东南北三个方向均由国统区或游击区占据。因此日寇在桥东大量修筑工事，在笔架山建炮楼，筑铁丝网，在埔尾设"马点园"哨口，在涸溪设闸，宁波寺更是由重兵把守。驻笔架山北侧虎头山的日寇，每天还抓捕路人到韩江挑水上山，不足担数者不能出哨口，百姓被殴打更是常事。

对桥东居民实行的洗劫，据《桥东街道志》记载："仅在湘子桥边，就一次性杀死三四十名无辜群众，日军的侵略行径，激起了人民群众和抗日组织的无比仇恨，激发了人民的抗日情绪。"日寇为报复乡民，更重要的是为镇压所有抗日爱国力量，在桥东乡下笔架山番仔楼设立了特务队，专门严刑拷打抗日志士。据记载，日伪时期，在桥东饿死、逃荒、病死的人数约占全村总人口的 80%，存活下来的只有 20%。

那么，这个沾满日寇侵略者鲜血的番仔楼，今天还在吗？又会是一番何等模样？为此，笔者于 2012 年、2014 年两度对笔架山番仔楼作了详细的调查研究，近日还到访确认了旧址尚存。

笔架山一个叫印山的山丘上，有两座二层西洋式楼房，现门牌是"桥东东兴南路 68 号"，这是一幢距今有 121 年历史的欧式建筑物。

据《潮州市志》载："清光绪二十年（1894），美国基督教士金士督在潮城笔架山建造两座牧师楼，并先后在马王庙、十八曲（巷）宣道传教"。

这就是潮州人口中的"笔架山番仔楼"。如今的人看来，这不过是两幢很不起眼的破旧楼房，但其建筑年代仅比列为原"南关外番仔楼"（即福音医院旧址，卫校旧址）晚了两年，是外国人在潮州最早兴建的建筑之一。当时，它还是府城人眼中的洋楼豪宅，可谓显赫一时。

笔架山番仔楼东、西两座（见图 1），皆坐北朝南，东西走向，为砖石土木结构，两幢楼间距约 20 米。东楼占地面积 250 平方米，楼体宽 10 米，长 15 米，高两层，墙体为三合土，厚约 60 厘米。屋顶为四向大坡度瓦层面，显示了 19 世纪欧美公共建筑中对称平面和中间略为突出的常见特点。其楼板为杉木，铺上红砖地板，为典型的中式楼层装饰风格。现东楼楼体基本完整，而其东南侧似有后人附加之搭建物和钢筋混凝土建筑物。

图 1　笔架山番仔楼东楼（左）和西楼（右），摄于 2004 年 8 月

西楼占地约 500 平方米，楼体宽 13 米，长 20 米，南向另有约 2 米宽的走廊。其墙体也为三合土墙，厚 60 厘米。屋顶侧面外观为两个三角形，外部看上去连体实则中间有梁顶"漏母"（走水槽）连接。其木楼梯宽 1.1 米，进门阶石宽也为 60 厘米，长 1.3 米，从上面光滑的痕迹可看出当年出入之频繁。

西楼前后（南北向）各辟有阳埕一个，宽 4 米，围以厚实而又精致的灰篱墙，其高约 80 厘米，中夹嵌瓷通花窗，加上灰篱墙精细的线纹装饰，构成了和谐的西方建筑格调。北阳埕西侧，还有一外围宽 95 厘米、内围宽 65 厘米的方井；其南侧，可明显见到供人爬行的地道口。据称，其时番仔楼有地下室，即由此道口出入。

在西楼的阳埕西侧，有一条石阶可通行到山下，带扶手引栏，宽约 2.5 米，朴素大方，从同下拾级而上，并无费力之感。

番仔楼昔年为基督教传教士的居所。日寇侵华时期，驻潮日军曾将其占为培训汉奸特务队和囚禁、迫害抗日志士及无辜百姓的场所。不知有多少人冤死于此！故桥东人用"番仔楼，鬼上厚（多）"来比喻此处冤魂多。从这个角度来看，笔架山番仔楼是日寇侵华罪行的证物。

谨以此文纪念中国抗日战争暨世界反法西斯战争胜利 70 周年。

（本文资料参考自《潮州市志》《桥东街道志》《潮州市基督教志》，曾署笔名"杏夫"，以"笔架山番仔楼"为题刊于 2005 年 7 月 13 日《潮州日报》"潮州文化"。该文补完修改后以"见证日寇侵潮罪行的一处遗址"为题，刊于 2015 年 8 月 13 日《潮州日报》第六版"潮州文化"）

市区现存三处侵潮日寇碉堡 ～♨

日寇 1938 年 9 月 9 日至 1945 年 8 月 15 日侵华占潮期间，强征民役，为其侵略战争构筑大量工事。笔者根据知情者的指引，对笔架山、西湖山的两处日寇遗存碉堡进行实地考察。借此以铭记"不能忘却的历史"，祈愿世界和平。

笔架山主峰碉堡（见图 1）由石头与水泥垒成，现仍可见 1 米多高的碉墙，墙厚 33 厘米，无上盖。碉堡两侧进出口处有宽约 1.2 米、长 4 ~ 10 米的坑道，据五十多岁的林姓桥头居民介绍，听其父辈说，中华人民共和国成立前后这里的坑道和碉堡还有齐腰深。该碉堡长 10 米，宽 3.4 米，正面 8 米为直线，左右两侧 1 米为弧形。弧形墙体处有进出口，宽约 70 厘米。碉堡共有 10 个枪炮口，正面 8 个，两侧各 1 个。枪炮口造型不一，可能

图 1　笔架山主峰碉堡，摄于 2015 年 8 月 26 日

图 2　西湖山半山碉堡，摄于 2015 年 8 月 20 日

是为不同武器使用而设。枪炮口呈从上向下倾斜，内宽外窄，内口约 35×30 平方厘米，外口约 30×10 平方厘米。

西湖山半山碉堡（见图 2）位于半山腰北端方亭南向约 40 米的步道东坡。地理坐标为北纬 23°40′33″，东经 116°38′1″，海拔 42 米，坐西朝东。其为钢筋混凝土结构，现可见高度约 1.6 米，碉墙及顶部厚均 20 厘米，长 8.6 米，宽 4.8 米，整体大致呈"凹"型。左右两侧有 80×80 平方厘米的曲尺型墙体，为碉堡口掩体（现仅存残基）。碉堡左右各有一个进出口，宽 71 厘米，高 90 厘米，碉堡只有一个居于凹陷中央处 45×35 平方厘米的枪炮口。

图 3 西湖山北麓碉堡，摄于 2018 年 8 月 17 日

西湖山北麓碉堡（见图 3）位于现市运动场大门斜对面西园路的东侧路边，地理坐标为北纬 23°40′39″，东经 116°38″，海拔 20 米。被一花圃围在其中，可见地面以上部分高约 2 米，面积为 19.32 平方米，为一半圆形碉堡，有多处炮眼，碉堡上方排气筒是 1968 年加上的，为西湖防空洞的排气口。据当地老人回忆，碉堡地属田中园，建时为西湖山北麓，前面为荒野和水域，笔者 1964 年读初中时参加义务劳动开辟市后广场（现运动场），见西湖山的缓坡几乎延续至此不远。

（本文署笔名"杏夫"，刊于 2015 年 9 月 1 日《潮州日报》第十版"百花台"）

龙湖寨夏雨来故居 ∽∽

　　夏雨来是潮汕地区民间传奇人物，字时兴，外号夏狐狸，海阳县隆津都塘湖寨（现潮安县龙湖镇龙湖寨）人，明万历年间秀才，生于书香门第，官宦世家。他生性聪颖，机智多谋，是个有名的讼师，其怪癖众多，关于他的故事有很多，但虚实夹杂，真伪难辨，于是就出现了两个夏雨来的形象：一个行侠仗义，急人所难，虽常有些滑稽的恶作剧手段，却无异锦上添花，为其平添几分可亲的色彩，往往令人会心一笑；另一个形象则和戏剧中的恶少相近，仗着官家权势，凭借一点小聪明，为恶乡里，欺老戏幼，他的恶作剧也就多了一分让人厌恶的色彩。几百年来其古怪故事在潮汕地区广为流传。现龙湖寨中平东路（俗称夏厝巷）34 号便是其故居（见图 1）。

图 1　夏雨来故居，摄于 2004 年 5 月 17 日

该宅大致坐北朝南，以"四点金"为核心，其中一座兼并其他建筑形式的明代建筑，则为龙湖寨有名的夏氏府。其祖上有三代连续皆为明朝举人，朝廷命官，夏氏府是他们生长的寓所。故该宅亦是嘉靖庚子（1540）举人、桂平县令夏建中，隆庆庚午（1570）举人、诏安县令夏彦，万历癸卯（1603）举人、海宁县令夏懋学的故居。

（本文署笔名"杏夫"，刊于 2004 年 7 月 14 日《潮州日报》第八版"潮州文化"，成书稿略有改动）

潮安县革命第一老根据地卫生所

潮州市湘桥区磷溪镇西坑张厝角村至今还保存着"潮安县革命第一老根据地卫生所"（见图1）的牌匾，该匾长245厘米，宽38厘米，厚2厘米，为竖式，关于这块牌匾，其背后有一段鲜为人知的故事。

中华人民共和国成立前，潮安县有两片革命根据地，一片是登塘镇的林妈坡、猪屎溜一带，一片是西坑至大坑及其周边。中华人民共和国成立后，政府为了解决老区人民看病难、就医难的问题，也作为是对老区人民在抗日战争及解放战争时期为革命事业作出的巨大牺牲和贡献的慰劳，率先在此成立公办卫生所。

图1 磷溪镇西坑张厝角村诊所张树宜医师在潮安县革命第一老根据地卫生所旧址前留影

1951年12月，潮安县人民政府责成当时的文教科（兼管教育、卫生、体育等）建立潮安县最早的两家公办卫生所。

据广东人民出版社1995年出版的《潮州市志》252页记载：1950—1952年，潮安县设九区二镇，其中二区驻古巷（辖古巷、登塘、四车），四区驻磷溪（辖磷溪、铁铺、官塘），西八就在磷溪的管辖范围内，两家公办卫生所就设于这两个区内。

设于四区的是潮安县革命第一老根据地卫生所，亦称西八第一老根据地卫生所，后改称十三区人民政府卫生所，所址设在西八村，首任副所长王琳（女，事迹见《潮州市卫生志》67 页），有医师林邦贤、顾文彬，护士沈雪菲共四人。西八村设立卫生所，还与革命母亲李梨英在革命时期作出的巨大贡献有关。1958 年，磷溪卫生院就是以潮安县第一老革命根据地卫生所为基础，和磷溪中西医联合诊所及国药公私合营商店合并而成立。

设于二区的是潮安县第二区人民政府卫生所，据《潮州市卫生志》载：所址设古巷村"自得居"，全所人员三人，负责全区防疫、妇幼、基层医事管理工作，首任所（副）长许永泉。后来的古巷卫生院就是以该所为基础组建的。

谈到这里，人们不禁要问，那凤凰山是革命时期潮澄饶的革命根据地所在地，为什么那里没有率先建立公办卫生所呢？关于这个问题，得从行政区域的变迁来谈。根据《潮州市志》第二篇行政区域，第七章"区划演变"记载：1958 年 9 月，饶平县凤凰人民公社划归潮安县管辖。而此前1950 年初，饶平县凤凰区的炉内、田岭、南寨、锡坑、邱厝坟、三坑合、杉坑、大溪、石壁头九个自然村划归潮安县的第三区管辖。凤凰山革命根据地主体 1958 年才划入潮安县，这也是凤凰山未率先成立公办卫生所的缘由。

本文依据《潮州市志》《潮州市卫生志》的有关记叙，结合长期在卫生系统担任领导工作的陈德仪先生回忆口述，以及曾经在潮安县革命第一老根据地卫生所旧址工作的杨秀玲、张树宜两位医师口述撰写。

笔者 1975 年 4 月曾在该所短暂工作过，其时该匾悬挂于张厝角村华侨厝（从该所成立一直是挂于此），2011 年笔者再到张厝角村寻找该匾时，该匾已因卫生所迁址由老人珍藏起来，后经协商暂由张树宜医师保管至今。

潮州韩江堤市回眸 🌊

随着近年的旅游热度不断高涨，湮没了四十余载的"一里长桥一里市"的湘子桥市逐渐成为人们追忆的对象，特别是近期广济桥维修工程的开工，桥市形象的改造似乎指日可待。而与桥市特色相近的堤市，却在人们的记忆中显得模糊、淡化。其实，堤市的最后消失离现在仅二十多年。

谈及韩江堤市，城内人首先想到的就是北堤堤市。清乾隆年间周硕勋修的《潮州府志》（四十一卷·艺文）洪孝生《王太守修堤记》一文中记载道："北厢大和归仁堤长六百余丈有奇，障水田数千万顷，沿堤上下，居者鳞集……"北关乡，昔称北厢乡，文中所提堤段则是北堤。明清时期韩江水运鼎盛，北堤堤段沿江有石门斗、思妈宫、林厝等码头，商贾活跃，故居者鳞集。为详细了解北堤堤市的情况，笔者走访了当地几位年过七旬的长者，据他们介绍，韩江龙湫宝塔至竹竿山江段，民间称屠牛洲（因此江边昔时有屠牛场而名，又因此江段为韩江最宽处，如牛肚之大亦称牛肚洲，合潮谚"人心肝，牛屎肚"之意）。屠牛洲西岸从七丛松（现三棵木棉树）至竹竿山堤段是竹木杉排的抛锚地，而商铺则从金山脚一直延伸至崩堤隙（林厝码头上方，即原龙母庙处）约二里长的堤段，全盛时约有商铺一百多间。1939年潮州沦陷以后逐渐衰落，抗日战争胜利后堤市又兴旺，但那时商铺已不足百间，主要从事什货、米、鱼、肉、烟、茶、酒、糖果、海贝灰、木料等行业。20世纪50年代以后，随着堤防的整治及公路运输的发展，水运逐渐衰落，北堤商铺逐渐减少，至20世纪80年代初建筑工程公司灰窑关闭，北堤堤市宣告彻底绝迹。根据1995年出版的《潮州市志》第七篇第四十六章《坐商分布》中"民国二十三年（1934）潮安县城商业主要行业分布情况"所载，北堤顶登记入册的商铺有：

洋货商店广盛，北堤顶144号；酱园永盛，北堤顶155号；瑞盛，北堤顶62号；和合，北堤顶41号；两盛，北堤顶131号；肉店新盛，北堤顶140号；和裕，北堤顶204号；京果海味松记，北堤顶149号；广发，北堤顶 139 号；中药店瑞生，北堤顶 163 号；酒店源丰，北堤顶 135 号；祥兴利，北堤顶 81 号；糖饼盛发，北堤顶 168 号等十多户。

在北堤对岸的意东堤，其堤市的规模及繁荣程度比北堤堤市要大得多。"意溪因地理条件优越，明清以来是闽、粤、赣三省的杉木、竹集散地，商业比较发达，市场颇为繁荣。由于杉木、竹在这里集结，带来了香枝、木屐、家具等手工业的兴起和经营，各类商店分布于东津至橡埔的沿江堤顶和坝街一带，形成'丁'字形商业区。"有杉行、佣行、布铺、米店、屠业、冻果、烟酒、饮食、中西医药店、木工店、香枝、豆制品、饼食、理发、长生店等业。（据 1998 年编《意溪志》）这些商店共六百多户，而其中的三分之二分布于长达三公里的意东堤堤顶。中华人民共和国成立后在意溪设立的汕头地区木材站，专管全地区木材调拨运输的业务，从侧面看出意溪作为闽、粤、赣木材集散枢纽的地位及其带动的相关商业活动的繁荣及堤市兴旺。

韩江堤市，除上述外，还有南堤顶、涸溪堤顶以及龙湖、东凤、江东、庵埠、归湖等沿江堤段墟市，几乎有船停靠的地方都有堤市的存在，但规模不大，有的尚未成市，只是零星几个小商店，也都在韩江水运的兴旺时期扮演了小配角。

值得一提的是，便利的韩江水道是"红色交通线"的主要通道，早在大革命时期，上海党中央与中央苏区的主要联络线就是上海→香港→汕头→潮安→汀江→中央苏区，韩江堤市为革命时期红色交通站的设立提供了良好的条件。据原潮州市人大常委陈德仪先生叙述：珠海市第一任市委书记兼市长、老红军吴健民同志在革命时期任中共潮澄饶中心县委书记时，就以东凤堤市的南方书店为掩护开展地下工作，并将此作为"红色交通线"上的一个联络点。被誉为"革命老家"的江东佘厝洲也曾利用韩江边几间小店铺传递情报。

关于潮州韩江堤市未见专论，民间虽有"有堤就有市"的说法，但不大确切，如换成"有码头就有市"可能更贴切。但对史实不能采用臆断，在目前没有充分依据的情况下，有几条线索可供参考：

北关村是紧挨北堤的村落，其中的埠头美村创于隋朝，是潮州最早的古村落之一。"新土地、老土地"两村建于元朝。（据当地居民反映，曾见有村碑"宋、新土地"的石刻，后不知去向，而在现"新土地"冲锋池中有建于宋的该村遗址，近年下水游泳的人仍可摸及其残垣）这些村落的海拔都在 10 米左右，低的仅为 8～9 米。

据《潮州府志》载："越王走马埒，在县北十里，南汉刘祖安仁为潮长史时筑……上可容数百人。"可见，南汉时代（960—968），由竹竿山流入韩江的水流已被切断，北堤已筑就，且在北堤附近建有供地方长官演练的校场——越王走马埒。

宋绍兴三十年（1160），由知潮州军州事傅自修主持兴建凤水驿，这是潮州最早的一座规模较大、设备齐全的旅馆，凤水驿在城北韩江边（据《潮州市志》），说明在此或更早时期，韩江水运已相当发达，并具有水驿道的功能。

明洪武元年（1368）二月，明兵取道水路从福建入广东潮阳县及潮州路所属各县（据《潮州市志》），说明当时从汀江至韩江干流的航道已具备行驶大型战船的能力。

据《意溪志》大事记："明嘉靖二十四年（1545）东津堤俱溃。"而相传明弘治年间（1488—1505）意溪已有墟市。

潮州韩江堤市的兴起年代虽无确切的认定时间，但众所周知，最晚应在明末清初，韩江水运发达，北堤及意东堤位于无海潮影响的最前沿，从河港选址的条件看，这里港宽、流缓、水静、江深，当是最佳地点。于此，这里形成千里韩江的特大港是理所当然的，而其担负的是闽、粤、赣三省二十四县的杉木、竹、山货的集散及潮客各种物资的交流，有这样坚实的贸易基础，从这一时期起，潮州韩江堤市便兴旺了几百年。最近几十年，随着陆地交通的开拓，以及社会经济生活对杉木、竹、原材料依赖的减少，沿江修坝、筑水库、设水闸，使得水运逐渐衰落，堤市也随之式微以至逐渐消失。堤市虽然消失了，但作为一定历史时期内因政治、经济、交通、文化等诸多因素而孕育并发展成为相当规模的地区，它在潮州历史上的地位是不可低估的，而对堤市的研究，应属"潮学"的研究范围。

（本文署笔名"杏夫"，以"古代潮州韩江的堤市"为题，刊于2003年12月17日《潮州日报》第八版"潮州文化"）

潮州太平路的"自由女神塑像"

　　如果不是眼前摆放的这张老照片，你绝对不会相信，潮州太平路（现称牌坊街）竟曾经有座西方自由女神塑像。

　　据收藏"大祥自由女神塑像"照片（见图1）的何绪荣先生介绍，1981年他在百货公司做临时木工时，到大祥整理店容，在废物堆中拾得该照片，据其推测，并请教中华人民共和国成立前吴祥记的店员、今年86岁高龄的张得海先生，认为照片拍摄的时间很可能在1956—1957年间，理由有三：

　　一是，"大搞群众运动……"的标语已是简体字，国家是在1956年才公布简体字的，且内容有1957年"反右运动"的味道。

　　二是，"新大祥百货公司"（为区别于未改建前的"大祥"）汤平路一侧沿街原为平房，在公私合营后将连在一起、大小不一、高低参差的多个店面改建成整齐划一的二层建筑，改建时由于缺乏资金，成了"冠帽工程"，沿街表面为二层，内里仍为单层建筑。照片中的二层建筑很新，有可能是于改建工程完工时拍摄的。

图1　"大祥自由女神塑像"，照片由何绪荣提供

　　三是，何先生是1957年读小学一年级，入学前到太平路时常好奇地仰望"大祥"北侧洋楼三层楼上面的"自由女神塑像"，但入学后不久，就

再也见不到了。

据张得海先生回忆，立有"自由女神塑像"的洋楼在中华人民共和国成立前是元大金行，其建筑模式结构与英华商行（现仰山楼）均为荷式建筑，造型极其相似，且都有室外升降架，而图中已改建的"新大祥百货公司"二层店面在中华人民共和国成立前则有多个铺号，包括永成金铺仔、大祥分号、包子店、杂货修理店等。

吴祥记原在新大祥百货公司对面大街上的载阳巷北侧，大祥则是距其只有几个店面的南向同侧，后来大祥又购得大街对面的一店面设分号，才有了大祥分号，也才有了新大祥百货公司的概念。

（本文署笔名"杏夫"，刊于 2016 年 11 月 9 日《潮州日报》第六版"今日闲情"）

太平路上的几个"第一"

第一条斑马线

1958 年，根据当时的大环境，潮州城的交通标志也来了个"大跃进"。那时的潮州城内，不要说汽车，连单车都少得可怜，而且单车几乎都是进口的，克家路、莱利、三枪几乎是华侨家属的专用品牌，比现在的宝马轿车还稀奇，路上行过一辆单车能惹来几十双眼睛的关注。大街上最多见的是部队的马车，但也不是天天都能碰到。这样的交通流量，是用不上任何交通标志的，但为了"大跃进"，却也"玩"起了斑马线。首条斑马线就诞生在西马路、汤平路与太平路的交界处，嵌上

图 1　1958 年底，西马路与太平路交界处设置了潮州第一条斑马线，摄于 2018 年 8 月 19 日

几个倒置的碗脚，一夜间就"跃进"出了一条斑马线，虽说不规范，市民却稀奇着呢！特别是我们这些"奴仔"，放学回家的路上都会兜个大弯，在这斑马线上走个痛快。

第一条分车道线

潮州解放后，从管辖整个大粤东行政公署一路飞流直下，至1960年时则下放成为公社，一段时期内甚至连"潮州"二字都没了，只冠名以"潮安县城关镇"。1974年，潮州镇升格为副县级镇，约在1975年间，太平路中间设了分车道线，材料是用彩瓷厂的白色碎瓷片，由建筑师傅一小片、一小片地拼嵌成长方形的标志，一直从百花台延伸至南门古。借助这条分车道线，1977年底在太平路首次行起了公共汽车。

第一个民警岗亭

1954年，潮州市成立，此时从汕头市公安局调来三名交警到潮州，在汤平路、太平路、西马路三个路口指挥交通，这是潮州有交通警察的起始。1979年，国务院批准恢复潮州市建制，虽称潮州市，但比现在的湘桥区的面积还要小一些，人口也少得多。

当时为了完善交通设施，在太平路上建了两个交通亭，一个设在汤平路与太平路的交界处即原工商银行北侧，一个设在下市头东风饭店门口，交通亭很小，约一平方米见方，只够一个民警站在里面。警亭虽小但很别致，六角形，水泥结构，外面铺以水磨石、水刷石，还套了色，看上去不像一个警亭，倒像一件精致的工艺品，成为当时大街上的一个亮点。

那时的交通规则

20世纪50年代大街上车辆很少，行人成了交通规则的限制目标，那时三人并排步行或跑步，两人并排牵手，单车载人均是违反交通规则的，要罚款。而在明星照相店的橱窗上，还挂有三人并排、两人并排牵手违规的示范照片，提醒市民自律。

（本文署笔名"杏夫"，刊于2008年10月8日《潮州日报》第C3版"潮州文化"）

城内有条老鼠巷

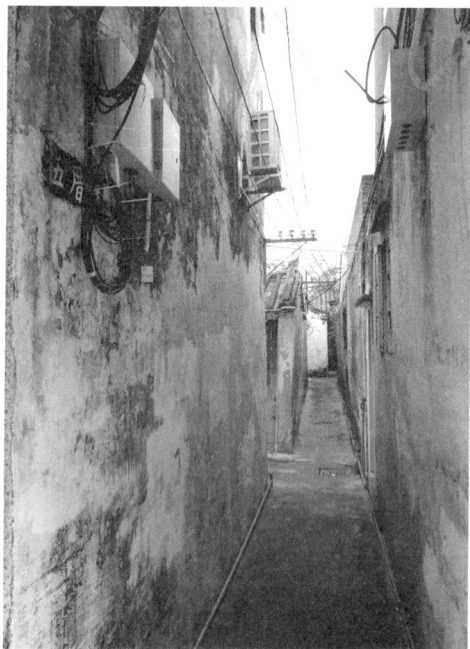

图1　西马路伍厝巷通往小江西巷

鼠年谈鼠，此（鼠）运亨通。

潮州人管老鼠叫"猫鼠"，潮州府城就有条"猫鼠巷"，雅称叫"伍厝巷"（见图1，为行文方便下文还称老鼠巷）。称其为老鼠巷不无道理，一百米长的巷道竟有六弯七曲，狭道顶多宽1米。在那"勒紧裤带"的日子里，两人迎面相逢还可勉强闪身而过，要是现在则一个胖子就得"慢慢行"了。这老鼠巷，确有一小户伍姓人家，但古居巫伯说小户之姓是万万冠不上巷名的，所以是先有伍厝还是先有老鼠，没个确切说法。这巷虽窄，但俗话说"行路就近，入港随弯"，它却是后铺仔、国王宫巷、李爷宫巷一带居民进出西马路的捷径。这巷道虽窄，但也有宽的地方，巫厝埕一段就有5米宽，是昔日游神赛会搭戏棚的好地方。

孩提时，外婆常使唤我们到西马路买东西，老鼠巷则是我们的首选便道。那时没有钱包，衣服是破的，口袋是"直通车"，两三分钱攥在手里是最便当的习惯，买泡茶三五分钱，买条裤头"树泥"（橡皮筋）一分钱，磨一支剪刀一分钱，都是在这"胡志明小道"完成的。一次，我连蹦带跳攥了三分钱去买茶叶，到了茶叶铺才发觉钱丢了，这可怎么办？那三分钱是全巷老人的集资款。唱潮州歌册（俗称笑歌）的老姑巴望着茶水润润喉、提提神，好"笑"一出"薛仁贵回窑"。而十几位老人也望穿眼了要呷一口几时没品的工夫茶。我往回头上路找了两遍，尽是空手。外婆是从不会骂我打我的，碰到这样的事她也只是温柔地抚摸我的小头，轻声地说不要紧、不要怕，下次注意就好。但"笑歌"的需要、老人期待的眼神、难得的三分钱，使我内疚不已。幸好第三遍找寻时，我在老鼠巷的第二弯水沟草丛中捡回了三分钱。等茶叶买回家已是黄昏，椅条已摆好，茶炉已生火，戏就要上棚（唱笑歌开始）了。

前些年，从国外回来的表兄还要我带他走走老鼠巷，边走还边谈着那"过去的事情"。小小老鼠巷，藏有一个个的故事，留下了多少人的足迹，拴住多少人的心。

除老鼠巷外，潮州还有很多特色小巷。如税契司巷、开元路砉臂巷、北门打石巷……但这些小巷都在历史的长河中消失了，愿老鼠巷这个历史遗迹不会重蹈覆辙。

（本文署笔名"杏夫"，刊于 2008 年 3 月 19 日《潮州日报》第 C3 版"潮州掌故"）

昔日潮安瀛洲大酒店股票

位于太元路北侧的瀛洲大酒店，人们习惯称之为瀛洲酒楼。过去，它是达官贵人、富商名流燕集之地，平民百姓往往都望而却步。此处虽然历经了七十多年的风风雨雨，昔日繁华早已不复存在，但是"瘦死的骆驼比马大"，从其旧貌中仍可依稀窥见当年的些许繁华。如今，潮州新的建筑物争奇斗艳，层出不穷，但是，瀛洲大酒店独特的建筑风格仍为人们所赞誉，堪称民国初期潮州建筑的代表作之一。中华人民共和国成立后，此处成为政府的办公场所，但其最辉煌的日子当数1979年8月1日，截太元路之西侧街道，以其为主修建而成的潮州市人民政府（县级镇）办公大楼。

新近发现的一只"潮安瀛洲大酒店"股票［见图1（1）］，更是佐证了它历史上极盛时期的一页。股票正面为股票证件及息单、存根，署明了股票发行人、持有人、股票编号、股票面值，并贴有当时政府的印花税标，股票及息单由股票持有人保存，存根则由发行人留底。股票证件的背面，则附着酒店股东大会决议章程，是发行人及持证人权利与责任的法理依据。另外，还有股票收据［见图1（2）］及息单［见图1（3）］。从该章程中，我们可以看到，瀛洲大酒店是一家有着一套较完整的近代管理模式的合资企业，其最高权力机构是股东大会，设有常务机构的董事会、负费监管的监事会，以及对酒店业务经营负全面责任的总经理。

瀛洲大酒店开设于1933年，其股票有600股，每股五个大洋，其募集资金3 000大洋，由杨哲人等九人发起并经营。杨哲人亲自出任董事长并兼总经理，店设大元路（状元亭巷），经营酒楼及旅店两部分业务。其股票设有最低股息，并对经营红利的结算、开销、派发作出严格的规定，对董事长、董事会、总经理的权力范围、责任范围作出明确的规定。所有这些，对比时隔七十多年后的当今，不少私营企业仍停留于家庭作坊式的管理，难道不值得深思吗？

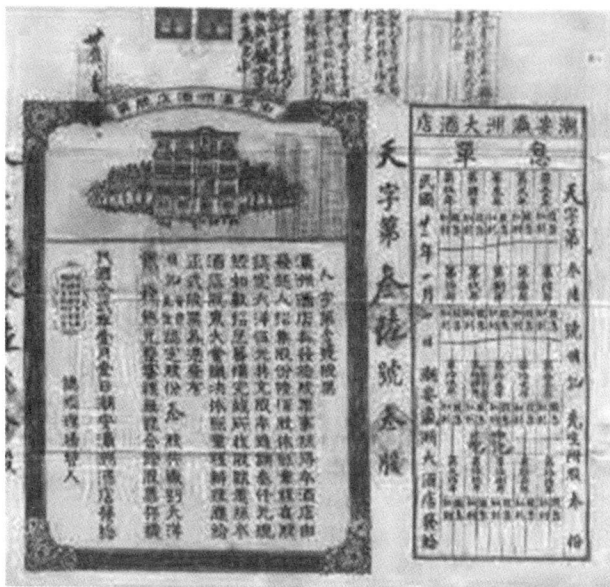

(1)

(2)　　　　　　　　　（3）

图1　瀛洲大酒店股票，裴文喜提供

（本文署笔名"杏夫"，刊于2006年6月21日《潮州日报》第C3版"潮州文化"）

近代欧式建筑物的升降杆 ∽

潮州古城的建筑物多为气派的传统民居，太平路沿街则多有洋派建筑。现太平路251号是原潮州市五交化公司商场的一部分，这座民初建筑物已有近八十年的历史，中华人民共和国成立前曾是"英华洋货商行"店址。该楼建筑风格独特，造型别致，装饰考究，大窗户，小阳台，镶彩色玻璃，窗沿配以繁复的欧式石灰饰。其最具特色的是与三楼阳埕平行，在楼顶飞出的悬空横梁及附件所构成的升降杆（见图1）。民初建筑物遗迹中的此类装置，在国内甚为罕见。

图1 "英华洋货商行"旧址楼顶飞出的悬空横梁及附件构成的升降杆，摄于2001年9月2日

这升降杆是做什么用的呢？我问过好几个潮州的老辈人，或说有时作起卸货物之用，或说用于悬挂商业招幡，或说是供节日庆典时悬挂长串的鞭炮，直垂至骑楼下，以显商家之不凡气派。

上述说法言之成理，但遗漏了一桩重要的用途。据刘成英（20世纪30年代韩山师范学院毕业生，《粤东桃坑刘氏家族史》的作者）等多位老人回忆：日军侵华时，英华洋货商行在潮州带头抵制日货，金山中学、韩山师范学院的学生抗日游行队伍曾在此开展抗日宣传活动，"抵制日货，一致抗日"的大幅标语就挂在这升降杆上，一直悬垂到路面，引得太平路上的行人瞩目，大长商人之志气。人们说，洋货行商人都大义抵制日货，各界市民愈该响应支持。英华洋货商行抵制日货的实际行动，一时被潮人传为佳话。

近八十年的历史一晃而过，这支升降杆经历风雨洗刷仍存在于人们的视野之中。升降杆，可以说是抗战时期潮州人抵制日货的证物，是爱国主义教育中一处不可多得的活标本。

（本文署笔名"杏夫"，刊于2004年12月22日《潮州日报》第八版"潮州文化"。本文刊登后，升降杆引起规划及文管部门重视，并采取保护措施。2007年牌坊街修复工程时列为重点修复项目）

前街村有唐绍仪墨迹 ❧

图 1 前街村唐绍仪墨迹

友人郑亿珊曾提及前街村有唐绍仪墨迹，某日得闲，我遂与之同往。在前街后路 29 号，在坐东向二进二从厝的老厝大门额匾上有"汾阳旧家"（见图 1）四个大字，落款就是"民国戊午年夏月，唐绍仪书"。该额匾为民初潮式建筑融合外来的灰饰线做法，字模仅简单拓线；"文革"时期推去表面；改革开放后物归原主，厝主人揭去灰层，在原字上涂上油漆。

唐绍仪（1862—1938），近代广东香山（今珠海）人，字少川，一作绍怡。清同治十三年（1874）留美学生。历任清政府天津海关道、外务部侍郎、署邮传部尚书、铁路总公司督办、奉天巡抚、赴美专使等职。辛亥革命时，代表袁世凯参加"南北议和"。1912 年 3 月袁世凯就任临时大总统，唐任国务总理，6 月辞职。1917 年参加护法军政府，1919 年任护法军政府代表，与北洋军代表朱启钤在上海议和，此后任国民党政府的国府委员、西南政务委员会委员兼中山县县长，1938 年在上海被刺死。故此额匾是曾任国务总理的唐绍仪在护法军代表任上所书，而在采访中，笔者尚未发现造厝主人何以得其墨迹之知情者。

据了解，潮州私家民宅之大门额匾，能得丞相、总理以上官阶者（包括曾任）赐墨的此前似未曾见闻，故该额匾弥足珍贵。据厝主人及村人介绍，造厝主人郭廷臣在安南经营药材时获利颇丰，遂回乡建厝。屋中原有寓意对先祖"郭子仪拜寿"家风传承及厝主人对健康长寿祈望而制作的精美金漆木雕，乃传家之宝。此厝当时被称为"新厝"，是因其新且大以别于老厝，而其名称沿用至今。所谓新厝，历史也已有87年。

另外，该厝自中华人民共和国成立后作为前街生产队址，墙壁面画上了公社时期各类表格，如固定财产栏、擂台栏、收支公布栏、社员工分栏等，这是市区建筑物中很少见的历史遗迹，亦具一定文物价值。

（本文署笔名"杏夫"，刊于 2005 年 6 月 15 日《潮州日报》第八版"潮州文化"）

"桥下听雨"别有韵致 ～

图1　湘子桥洞是"桥下听雨"的地方，照片来源于《潮州旧影》

"十八梭船廿四洲，二只铁牛一只溜""一里长桥一里市，廿四楼台廿四样"，这些描述湘子桥构筑特点和独特风貌的民谣，大多数老潮州人都能吟上几句，也会如数家珍地给外地参观者谈谈湘子桥的"第一"——"中国四大古桥之一"，而对于颇具韵致的"桥下听雨"（见图1）这一脍炙人口的休闲项目却知之甚少。

的确，由于那是六十年前的事情，且又为达官贵贾之专利，普通市民虽知道有此项目，但缺乏亲身体验，记得者少，传述者更少，确是渐为人淡忘的原因。究竟何为"桥下听雨"呢？

那便是在下雨之时，系一木舟于湘子桥两桥墩之间，船体半掩于桥腹下，半露于江之见天处。昔时韩江木船遮盖用的是竹篷，使风用的是布篷。此时，降下风篷，搭起竹篷，船下是两桥墩间湍急而来的"哗哗"水声，上面是雨打竹篷发出的"滴答"雨声，中间是雨落江面的"沙沙"响声，水声、雨声和江面雨打风响迷雾般的景色，与远处的笔架山、风台、城楼、堤城、凤凰塔相互交融，缥缥缈缈、梦梦幻幻，让人如入蓬莱仙境，如见海市蜃楼。而船中听雨者或盘足而坐，或似睡非睡而卧，或侧身"半斜月"状抚琴，听筝，品工夫茗茶，听潮州清唱，那情那景，雨不醉人人自醉，景不迷人人也迷。更有邀上朋友来个"茶三（人）酒四

（人）"，或春蚕吐丝（诗），或谈古论今，或打牌搓麻将，尽情消遣，借此忘却一日之操劳。系船于桥下，是"桥下听雨"之"标准型"也；而于雨时系舟于江中，凭水势慢慢地荡漾碧波，或顺流而下，或逆势而上，或圈江而旋，或江中稍停，尽赏江滨千家灯火，那是"浪漫型"的做法。达官贵贾在心血来潮之时，于晴天碧空之夜，也别出心裁地制造了"人工降雨"，"全天候型"的桥下听雨，即在入夜之时，让人在桥上均匀地将黄豆撒于篷顶再滑落至江中，以发出"几嗒、几嗒"之声，以此来模拟下雨的感觉。笔者曾问及桥下听雨来历之讲述者，为何不用砂石或绿豆？答曰："砂石太重且伤篷，绿豆太小声轻微，只有黄豆才有似雨落之感，且有肥了桥下鲤、观赏鲤鱼抢啄黄豆之趣。"

　　当你坐着豪华游轮饱览漓江两岸美丽的自然风光，当你在夜色下从玉渊潭或昆明湖的游艇上领略北京旧皇城韵味的那时那刻，你可曾想过：这高级游艇、这风光、这韵味在五十多年前，又岂是寻常百姓的玩意儿？时代的进步，已把贵族消遣变成了普通人的旅游项目。目前的韩江夜游在某种程度上已经把"桥下听雨"变为群众的休闲项目，但因其缺乏奇特性、趣味性、猎奇性，以及与其他城市水上夜游雷同而致使吸引力不够，外地游客甚寡，要真正使"桥下听雨"从贵族的神台上走到平民中来，吸引来潮旅游者的兴趣，成为我们今天旅游旺市的"自助餐"，那得在"原汤原汁"上下功夫。没有机械声是首要条件，木船、竹篷、手桨，那是必不可少的，如用现代音响来个多声道立体环绕声，代替"黄豆滴篷"，那别说"标准型""浪漫型"，就连"全天候型"听雨都不成问题。

　　"桥下听雨"应是潮州别有特色的一个休闲项目，与大都市的音乐喷泉一类项目，有异曲同工之妙，且多了一分古典的韵致。

　　（本文署笔名"杏夫"，刊于 2002 年 12 月 11 日《潮州日报》第八版"旅游时空"）

龙湫宝塔遗址 ∽

笔者1999年冬末几乎每天都渡江至龙湫宝塔遗址（见图1），拍得多张照片，并给《潮州日报》去电知会此事。记者刘潮生于2001年11月15日在该报第一版以我的叙述和照片撰写了《市民来电来信证实"龙湫宝塔"遗址——请专家鉴定》的文章。

龙湫宝塔遗址为南北走向的带状石堆，长约70米，宽5~10米。1999年冬，据当地石门斗近八旬的老者居严伯介绍，该石堆昔年在枯水期常露出水面，并可见部分石塔残基。20世纪50年代，被疑为与民国国旗有关联的北阁"青天白日"巨型摩崖石刻（为明清时期文物）连字带石被炸掉的同时，为防船只触礁，石塔残基也被水下爆破，此后该石堆很少露出水面。

图1 龙湫宝塔遗址

从 1999 年冬末至 2011 年底，只要水位低时，笔者和泳友都会渡江去对龙湫宝塔遗址进行详细考察，在乱石丛中，发现有几件较为完整的石构件：一根长约 1 米，口径约 50 厘米，状似平脚螺丝的石柱（见图 2）；一块石基盘，与寺院建筑的装饰物、古塔的构件甚为相似，其周围粗犷的佛像与开元寺唐代石经幢的佛像造型极为相似；一块八角盘状、直径约 60 厘米的石片（见图 3），中间还凿有一个直径 45 厘米、深 6 厘米的正圆形凹槽；一根横卧水边，长约 3 米、底径约 60 厘米的柱状物，它类似石柱，但两头粗细不一，根部较粗壮，尖端渐收缩成圆锥形，就像一颗瘦长的子弹头，从根部到尖端，还刻有一条有如枯藤绕树般的螺纹线，酷似笔者见到的泉州龟山代表生殖崇拜的石笋。

图 2　石柱

图 3　石片

该文见报后，市古城办、潮学专家对该石堆进行实地考察，根据文献记载，一致认为此处就是"龙湫宝塔"遗址，也认定涸溪塔（凤凰塔）是因"龙湫宝塔"毁圮，潮州为使外八景不因此缺失将其替补为"龙湫宝塔"。至于原"龙湫宝塔"何时建、何时毁、因何毁这些谜团，尚待慢慢揭开。

（本文刊于 2019 年 7 月 14 日《潮州日报》第六版"潮州文化"）

"海不扬波"摩崖石刻

如今的金山北坡山麓，陈厝楼遗址已改建为商住楼，成为"街市"。如果不是行家指津，根本就不知在山麓民宅后面石壁上还有"海不扬波"四个石刻大字。

图1　金山北坡山麓，民宅后面石壁"海不扬波"石刻所在处，摄于2003年5月3日

"海不扬波"（见图1）四字藏匿于现"金水台"变压器东侧，即陈厝楼21号民宅后墙金山北坡石壁上，因周围长满荆棘、蔓藤等，四个大字连同石壁淹没其中，久年不见天日，难得一见真容。据介绍，此四字可能为北阁天后宫残址遗物。1985年经市文物普查测量，每字高90厘米，宽75厘米，笔法浑厚，气魄雄壮，相传是潮州人刘存德将清高宗于乾隆二十一年（1756）为天后宫题额的真迹摹刻于此。据一位曾姓资深地方史研究员推断，"海不扬波"石壁处昔年为海边，唐时为古潮州港口。因"海不扬波"石壁前面在唐以前是韩江出海口，后又为韩江汉道（此汉道接下去是北河、西湖），虽然这些说法尚未从史籍中得以印证，但不论如何，"海不扬波"的来历肯定不凡。

"海不扬波"，是指圣人治世，天下太平。汉代韩婴《韩诗外传》卷五记载，周成王时，周公摄政，越裳国来朝，其使臣说："吾受命国之黄发曰，久矣，天之不迅风疾雨也，海不波溢也，三年于兹矣。意者中国殆有圣人，盍往朝之。"全国各地的天后宫有不少将"海不扬波"横匾悬挂于祭殿大堂，或刻于照壁上，以祈求天下太平，安居乐业。

（本文署笔名"肖岐"，刊于2003年6月3日《潮州日报》"潮州掌故"）

"老灰窑"新说

"老灰窑"，潮州人都这样称呼离金山二三百米处的北堤堤段。这里有个码头遗址，现也习惯被叫作"老灰窑码头"，是现时韩江人常年游泳的下水点。

"老灰窑"确实老，虽然其"年谱"无以考究，但"老灰窑壮了北堤筋骨，北堤扬了老灰窑名气"的传统说法可以肯定，这与清乾隆初年北堤的筑"龙骨"工程有密切的关系。昔年的韩江，海潮涨位常直逼北堤江段，这里港深江宽，又有金山作自然屏障，是理想的泊船之处。老灰窑码头、石门柱水驿、石门斗码头就处于这一带江边。装满海蛎的船只在此停泊，对岸意溪是潮州山货的集散地，烧灰所用的楸草从东岸运到西岸的老灰窑。得天独厚的地理位置为老灰窑生产贝灰提供了极其便利的条件，在堤顶建灰窑，那是顺其自然的事。由于采料方便，选料优先，经营有方，老灰窑的贝灰质量是顶好的，城内外居民造屋，官衙兴建工程，都喜欢采用。"欲食好鱼马胶鲳，欲用上灰老灰窑"成了一句顺口溜，现在年过天命的人们还依稀记得，二十世纪六七十年代还得靠凭证才能买到老灰窑的灰呢！听长者说，北堤龙骨用灰多数还是老灰窑的贝灰、石灰。

"老灰窑"是北堤灰窑的统称，最为出名的当数丰盛灰窑，是老土著杨姓人所开，据传最少也有二三百年的历史。最旺时丰盛日产成品灰几百石，甚至上千石，而装海蛎的船是由载重量上百吨的海船趁涨潮运入老灰窑码头，可见其吞吐量之大。"大跃进"时期，"老灰窑"改造为潮安县建筑工程公司（市建安总公司前身）的贝灰厂，产量更是倍增，至 20 世纪 80 年代，才因城建和环保的原因而结束其历史使命。

近年，佛山为凸显其"石湾陶都"的地位，别出心裁地重新修复了百年古陶窑，重现昔日石湾陶器烧制的场景。北京紫禁城后面更有鲜为人知的"紫禁城窑"，这个位于京城北郊距紫禁城二十多公里的故宫博物馆琉璃青砖厂，仍能再现昔日紫禁城琉璃青砖生产的整个流程，产出同质产品。与韩江堤围"龙骨"息息相关的老灰窑，如能依修复祭鳄台之法，请熟悉老灰窑的老一辈人确定准确位置，按原貌修复一条"老灰窑"生产线，然后重现历史上潮州建材生产、堤围修建、防洪工程等种种场景，自有其古城古韵。

（本文署笔名"杏夫"，刊于 2002 年 7 月 8 日《潮州日报》第八版"百姓话题"）

"新加坡亭"旧事 🌀

　　潮州人很少有没去过北堤的，而北堤原仅有的一座雨亭，去过的人大
多都受过其荫庇而免遭日晒雨淋。亭虽小，作用却大，因其为新加坡侨团
赠建，市民均称其为"新加坡亭"。

　　"新加坡亭"建于 1950 年，是新加坡潮安会馆赠建（见图 1）的，该
亭为钢筋混凝土筑就，方形柱、平顶半封闭式结构，其地板与堤同高，高
宽均约 5 米，东西向有水泥栏杆及长凳，作为防护及供往人们歇坐，南
北向为通道。此亭与西湖伴月亭相仿，并镌有多对楹联，内容为赞美家乡
山水。

　　图 1　"实叻英荷各坡联谊社"旧址为潮州侨联诞生地。建于 20 世纪 20 年代，由马
来西亚、新加坡潮籍华人陈神武、陈德升、陈本初、黄士杰、吴再铎与槟城潮侨邹达三等
发起筹建。中华人民共和国成立后，一直为潮州侨联所在地。北堤上的"新加坡亭"就是
由"实叻英荷各坡联谊社"赠建的，故称"新加坡亭"，摄于 2002 年 7 月 11 日

吾潮海外侨胞，素有"舐犊情深，反哺有日"的美名，对家乡公益事业贡献巨大，而远非一亭一路，仅在修筑堤防、兴修水利方面，就有清末泰国侨领郑智勇（二哥丰）慷慨捐献巨资重建北堤，成就了"二哥丰作堤"的百年佳话，而后又另捐白银 38 万两用于修复。1918 年地震损堤，后筑南堤 38 公里之龙骨。与此同时，海阳安七都旅游也由新加坡华侨廖正兴等发起，捐资叻银 40 多万，并成立七都修堤局，派专人驻潮监督拨款修筑南堤，使之得以巩固……新加坡亭，仅是海外赤子报国爱乡沧海中之一粟。

潮州有海外侨胞二百多万人之众。如能在有影响力的景区，将历代华侨对家乡的贡献予以展示，无疑对于"筑巢引凤"、招商引资、旅游旺市、创建国优等均有好处。处于北堤北端的原新加坡亭，是一个再好不过的景点，在不影响堤防、景观、交通的前提下，于原址附近重建新加坡亭，立上若干碑刻于其周围，褒扬华侨修筑堤防、造路建亭的功劳。这样，现在的华侨会自豪地感到"南北堤功劳簿上，有家乡人民的一份，也有我们海外赤子的一份""家乡人民永记海外侨民的贡献"，那么其荣誉感便油然而生。

（本文署笔名"肖岐"，刊于 2002 年 7 月 31 日《潮州日报》第八版"旅游时空"）

复现"木棉生榕"奇观 ～～

　　举凡年届不惑的城南居民，都知道现在韩江大桥西段偏北侧地段，其旧名为竹铺头，昔时是一处码头，为从韩江上游运来竹排的集散地。这里江面宽广，又有天然河湾，在此拆包竹排再将其拖上堤顶，南门竹工厂的原料多由此处供应，故有竹铺头之名。听老一辈人说，自打几百年前起，竹铺头堤上的一棵木棉树寄生了"鸟滴榕"，该树除了下半部分的粗树干外，上半部分几乎被"鸟滴榕"越长越茂密的枝叶所遮盖，不见木棉只见榕（潮音"榕"读"成"），而其倒吊树枝也有部分深入土壤，树木生根，镇住了"海仔"这处略显薄弱的城堤。又因其恰处在南北堤的衔接处，故民谣誉之为"一树护二堤"，加上"海仔"堤段少有决堤险象，遂有"竹铺头木棉——生'成'（榕）"的歇后语。

　　这句歇后语既点明了这处植物奇观，又含有自我宽慰和"世事自有其内在的自然规律"的隐喻意味，是潮州丰富多彩的民俗文化中的一个佳例。据说此树已毁于五十多年前，实在可惜。近年，又有人在原锯木厂发现了两株"木棉生榕"。最近城堤改造后，便不见其踪影，很是遗憾。而一位旧宅在原微电机厂旁的中年住户，拆迁后仍恋眷多年朝夕相处的"木棉生榕"，重返故地遍寻不见原存树木，也失望而归。

　　听园艺行家介绍，"木棉（寄）生榕"虽说奇特，细究之却是正常的植物嫁接现象。"鸟滴榕"生命力顽强，寄生于木棉树上即能获得充足的养分，生长神速，而被寄生体便降格为它的"培养基"。"鸟滴榕"后来反而居上，也就长得比木棉更为硕大了。

　　植物奇观中外皆有，千奇百怪，逸闻更迭，如曲阜孔府花园的一株"五君子柏"——一树五枝，树干中间长有一棵槐树，故亦称"五柏抱槐"，而成为孔府花园的"镇园之宝"。

　　竹铺头的"木棉生榕"植物奇观，能否再请园艺专家在旧址培植嫁接，重现风采？如是，则这句很有名的潮州歇后语便有了活标本；外地游客"学一句潮州话，讲一个潮州故事"，便有了一处鲜活的教学实例；求知欲强的青少年学生学习自然科学，便有了一页乡土植物教材……人们玩过看过之后，若能再得咀嚼回味"竹铺头木棉——生'成'（榕）"的内在寓意，不亦乐乎？

（本文署笔名"杏夫"，刊于 2002 年 5 月 6 日《潮州日报》第八版"百姓话题"）

再请火车"食水" 🌀

小时候，听老人说："潮汕公路过去是铁路，最初的火车食水'过儒啰'（很有趣味）。"说到这里，老人们还用手比画着潮汕农民打谷子用的"禾摔桶"（打稻桶）的模样说：火车食水就设在后来作为凤山军营服务社南端的位置，高高搭起的架子上置放着多个"禾摔桶"，水工到江里挑水过堤沿着木梯登上来，将水倒进"禾摔桶"里。火车来了，就借助竹筒将水输送进火车的盛水器里，这惹得附近农村及远在数里外的府城孩子前来观看。打那时候起，我们总盼着有一天看到火车，看到火车食水。广梅汕铁路的开通，终于圆了我们的梦，可老人讲的"火车食水"情景却不复见。

谈到火车食水，自然要谈到潮汕铁路。该段铁路始建于20世纪初，自意溪起经潮州府城、枫溪、乌洋、浮洋、鹳巢、彩塘、华美、庵埠至汕头，长约42.1公里。潮汕铁路自清光绪二十九年（1903）倡办，次年动工，清光绪三十二年（1906）完成第一期工程。自潮州府城至汕头埠（当时汕头尚未设市），全长39公里，后延建潮州城至意溪支线3.1公里，全线于清光绪三十四年（1908）竣工。潮汕铁路是我国第一条民营商小铁路，是由詹天佑设计、督造的，是近代中国交通史上的突出一页。由于意溪是清朝时期关联赣、闽、粤三省二十三县的水陆物流重镇，限于当时的技术和资金无法造桥，只得将意溪站设于竹竿山脚北堤西侧，而降下来往货物后再经船舶运送，火车也就在意溪站补给淡水。

曾为潮汕服务了三十三年，至1939年潮城沦陷才被毁的颇具特色的窄轨铁路，今天仍被70岁以上的老潮州人眷眷于怀。一位陈姓退休老校长把当年大圈头、瘦身子、大烟囱、顶冒烟的火车模样描述得惟妙惟肖——童年时把铜板放在轨道上面，顽皮地观察着铜板被火车碾扁的画面，他还历历在目，但最使他津津乐道的仍是老一辈人讲的"火车食水"。

目前，我国仍有窄轨铁路在营运，云南把其作为"十八怪"之一——

"火车不通国内通国外"，"汽车还比火车快"作为旅游景观吸引游客；东北地区则干脆把小火车辟为旅游专线；就连我省的河源、梅州等地也仍有窄轨铁路。

如何将潮汕铁路的独特史迹转化为旅游资源，笔者认为："火车食水"这段"折子戏"最具特色。虽然，老人谈的"火车食水"可能是用以弥补正式设备缺位的一种临时措施，但这历史的一瞬仍有其奇趣。如利用国内现有的窄轨铁路资源，可考虑在原凤山军营服务社南端辟建一潮汕铁路纪念公园。二三百米长的轨道，一台老式蒸汽机车头，几节车厢，几个"禾捽桶"，几个水桶，加上身着清末服装的挑水工，"火车食水"的场景则可生动重现。如让游客也穿上当时服装，尝试一下给火车"食水"的滋味，拍上一张"我给火车喂水"的照片，相信他们更是游兴倍增。何况，对老一辈华侨投资乡梓办事业的德泽予以褒扬，对近代中国交通史旧貌再现一二，对于今日的现代化建设也有相当的意义。

（本文署笔名"肖岐"，刊于 2002 年 3 月 7 日《潮州日报》第七版"百姓话题"）

"银丝吊金钟"

"银丝吊金钟"为潮州俗语，其典实出自潮州府城楼钟楼的大铜钟，其重数千斤，由一千年的古藤拴挂。其色似金，故称"金钟"，藤细长而名"银丝"。此说法渐渐传开后，凡古藤拴挂铜钟的做法都称"银丝吊金钟"。后来，潮州人把挂体与拴物大小差异太大的均以"银丝吊金钟"喻之。其喻义与太极拳术之"四两拨千斤"有异曲同工之妙。据说"银丝吊金钟"是潮州人的独创，与北京大钟寺的"报年钟"、苏州寒山寺的大铜钟用杉木拴挂相比，确有其独具匠心之处。

宣统三年九月二十九（1911年11月19日），革命军发动对清政权残余势力的攻打，至潮州府署，为越墙夹击负隅顽抗的潮州最后一任知府陈兆棠时，火烧鼓楼（镇海楼），而致潮州府署毁于一炬，史称"火烧府城楼"。"银丝吊金钟"自此也湮没于世。而潮州府署的属物，现在能见到的唯有幸存的三只形态各异的"府城猴"木雕，一只存于广东省博物馆，两只存于潮州市博物馆。

"银丝吊金钟"还有一段鲜为人知的逸闻：19世纪末，外国传教士以藤拴钟不科学、有危险为由，用铁绳骗走了古藤。

运移时易，创造出"银丝吊

图1　现开元寺大殿铜钟，陈友群摄于2018年8月15日

金钟"俗语的府楼铜钟及古藤已湮没近百年，幸而潮州城内还存有两口北宋铸造的大铜钟，距今约有九百年的钟龄，尚可让人们"以驴代马"想象其形象及丰富内涵。这两口钟是：

马王庙钟：原为资福院物，一百余年前马王庙废，而移于东门楼，现存于潮州市博物馆（海阳县孔庙）内，平置于展厅。

开元寺钟（见图1）：北宋为静乐院（元代改为宝积寺，现南春中学处）物，何时移至开元寺不详，现存于大雄宝殿东侧，用杉木拴挂。

　　　　（本文署笔名"肖岐"，刊于 2004 年 5 月 12 日《潮州日报》第八版"潮州文化"）

"龙骨"与"银包金" ～

　　韩江南北堤，是广东省第二大堤围，护卫着潮汕三市一百多万亩土地和三百多万人口的生命财产安全。千百年来，南北堤的安危，牵动着每个潮汕人的心，"堤安则民安，民安方能致富"是潮汕人的共识，也是其不惜巨资巩固堤防的出发点。

　　"银包金"是潮州人对堤围和堤城构筑模式及坚固程度的比喻，更有"北堤底层铸生铁"之说。"金"乃固若金汤之意，堤的脊梁是由防洪墙构筑成的，俗称"龙骨"；"银"是指堤围的表层，包括石、砖等外装饰层。这次南北堤史无前例的加固工程，使堤围的抵御能力达到了百年一遇，老百姓从此吃了"定心丸"。工程在勘探钻孔取样时，虽未见到铁堤，但的确发现了"龙骨"（见图1）。北堤陈厝楼段开挖路基时也实实在在见到了"龙骨"（见图2），其高约2米，其厚为外骨60厘米、中骨80厘米、内骨60厘米，两骨之间距离约80厘米，而几处吻合口及险段的"龙骨"就更厚了。"龙骨"实则是三道相互关联的防洪墙卧于经夯实的3公里长的北堤堤基上，就像龙的脊椎骨一样。笔者目睹了钻探及开挖现场，并拍下了照片，收藏了开挖及钻探的"龙骨"废弃物各一件，此乃几百年一遇之物，弥足珍贵。据建筑专家、学者及长者鉴定，"龙骨"为糯米、红糖、河沙、稻草根、贝灰经反复槌打、夯实的混合物，其强度足以

图1　北堤"龙骨"钻件，直径12厘米，高26厘米，重5 018克。照片由吴苗华提供，摄于2010年2月11日

与混凝土相媲美，且形态稳定，韧度、抗风化度均强于混凝土，可历数百年、上千年而不变。由于三骨有分有合，像一个坚固的钢丝网，牢牢地钉于堤坝的中心位置，其抗震、防洪功能实非一般建筑材料所能匹敌。

图 2　北堤加固时挖出的"龙骨"及碎件，摄于 2000 年 9 月 15 日

北堤"龙骨"，史料多有明确记载。《潮州市志》称：清乾隆十一年（1746）由朝廷拨款将北堤全线土堤筑成贝灰堤。而堤城"龙骨"则是清同治十年（1871）由潮州总兵方耀采纳本地乡绅杨湘、朱以锣的建议，把东城基挖深，中间用石灰石烧制成的石灰拌泥沙舂筑"龙骨"，城基内外仍砌石。南堤则是旅暹华侨郑智勇集巨资于民国八年（1919）所筑。潮州北堤长 2.8 公里，堤城长 2.3 公里，南堤长 37.8 公里，全长约 43 公里，全部筑上"龙骨"，其工程之浩大，在全部倚靠肩挑、锄挖的年代，艰巨程度是难以想象的，可见历代潮州人治水之智慧远见和坚韧意志。如有水利史专家能对此加以考证和研究，弄清"龙骨"之筑造究竟是"舶来品"还是原创，那将赋予其中华文化遗产和世界文化遗产的价值，必将意义非凡。

（本文以笔名"杏夫"，刊于 2002 年 7 月 16 日《潮州日报》第七版"潮州文化"）

保护古城是"创优"的基石 ～

近时，听一些市民说："没想到一段古城墙、一条甲第巷，竟有这样大的旅游价值，如果整个古城存在，那就更不得了。"

这话真的道出了潮州创建国家优秀旅游城市的关键点。

的确，若没有古城这个潮州文化的载体，潮州的旅游就没有目前这样的红火光景，更谈不上"创优"。

国内不少以古城为依托的优秀旅游城市也证明这一点，如与我市同列国务院 1986 年公布的第二批历史文化名城的山西平遥、云南丽江，由于其整个古城保护的水准已超越国家级，堪称世界级，于 1997 年被联合国教科文组织列入《世界文化遗产名录》，其旅游的红火程度是空前的，而一些历史上久负盛名的古城，由于得不到有效保护，或整体湮没。

近期，北京市出台了新的城市保护规划——保护旧皇城，其组成部分包括以紫禁城为主体的皇宫建筑、园林、低矮的四合院、众多的名胜古迹、寺庙、楼台、古城墙，并强调城市中轴线与以灰色基调为调和色的城市主色调融为一体，由原来 25 块保护区扩展为 64 平方公里的整体保护，一处不可替代的中国明清皇城将再现于世人面前，北京的做法无疑对各地传递了古城保护的价值及重要性。

成功的经验，失败的教训，都在启迪我们——保护和修复潮州古城是潮州"创优"的基石，也是府城在旅游热潮中立于不败之地的保证和跃升为世界文化遗产的跳板。

潮州要以"创优"为契机，以市委、市政府"保护古城，建设新城"的战略方针为指导，给全面保护古城创造条件。

（本文署笔名"肖岐"，刊于 2002 年 8 月 5 日《潮州日报》第八版"百姓话题"）

潮州韩江新桥命名之我见

笔者认为，有关桥的命名应不落平庸俗套，当具有民族特色、时代精神及地方特色，要能延续地方文脉，且通俗易懂又富有内涵，充分展现该地域的人文风尚。

潮州韩江新建桥梁命名首先应从潮州的广济桥（见图1）谈起。该桥是韩江第一桥，始建于南宋乾道七年（1171），时以孝宗年号"康济"为名曰"康济桥"，南宋后期至明初改称"济川桥"，明宣德十年（1435）经扩建后改称"广济桥"，而民间一直都有"浮桥"的俗称。明末清

图1　广济桥

初，"广济桥"又改名"湘子桥"。从广济桥命名史看，几乎都与"济"字有关联，"济"应是潮州桥名镇桥之字，也是韩江桥命名的文脉所在，为后人建桥命名奠定了人文基础。

据此，笔者曾不揣谫陋，对韩江新桥命名提出看法：

和济大桥（原北桥，现金山大桥）

济：为同舟共济，也有有益、有利、成功的意思。济：潮音通"志"，为志向、意志。取"济"与广济桥之"济"同字，乃文脉相承，意为韩江水长流不息，韩公风范代代相传。和："和"是中华民族文化的"内核"，有和谐、协调之义，取之理由有：①桥建于倡导建设和谐社会之时，顺应民心所望、民生之需；②桥虽长达3 574米，桥梁1 930.6米，但由于主桥的558米处采用无缝式五跨连续梁钢筋混凝土系杆拱桥，又是国内同类桥

型中跨度最大的，整体非常协调；③与周围景区金山古松、北阁佛灯、鳄渡秋风、祭鳄台及周边环境融为一体，象征以和为贵，谦和有礼，凝聚力强的民族精神及团结一致的优良传统。

"和""济"两字合起来，表示和衷共济，寓意全市人民团结一致、同心同德建设家园的决心。用"和济"作为桥名，体现了民族性、时代性，也延续了潮州桥梁命名的文脉。

安济大桥（现在的韩江大桥南桥）

南桥的下方三百米就是安济王庙（青龙古庙），以"安济"二字作桥名，甚合文脉，与地理位置契合，也彰显了潮州文化的地域特色。

梦济大桥（现在的潮州大桥）

"梦"具有时代感，体现了实现"中国梦""潮州梦""交通梦""韩江东西桥梦"等的愿望，具有积极的时代意义。

"济"：如上已释。

"梦济大桥"既有时代精神，又有地方特色，延续了潮州地方文脉。

溪济大桥（现在的如意大桥）

"溪"既道出桥的位置，也体现了东西两溪——磷溪和枫溪在新时期建桥使天堑变通途的巨大变化。

"济"：如上已释。

"济溪大桥"既合方位又延文脉。

给"鸡母埫"安个窝 ༄

南堤整治工程配套设施之一的古美滨江公园建成了，原城墙外围的居民迁居也已有不短的时间，一句"搬大水看鸡母埫"的民间俗语，却还鲜活地留在原下水门外居民的记忆里。

何谓"搬大水看鸡母埫"（见图 1），"搬大水"即"大水

图 1　下水门北侧是"鸡母埫"的遗址，摄于 2001 年 10 月 15 日

（洪水）来了，（大家）须搬家什用物"的意思，省略主语乃是潮州话仍保留古汉语某些语法特点的常例。下水门与东门城墙外围、偏近下水门约十多米处有一片低洼地叫"鸡母埫"，看"鸡母埫"是指看该处地表湿度的变化。若是"鸡母埫"的地面湿了（逢雨天，其湿度明显大于他处），即为"做大水"（洪汛到来）的征兆；若是"鸡母埫"水漶面积越大，则预示着洪水越大，必关城门无疑（关城门是潮州洪水超过警戒水位时的习惯做法）。由于"鸡母埫"的湿度对洪汛的预测相当灵验，可信度高，因此民间才有了"搬大水看鸡母埫"的约定俗成的说法。

"鸡母埫"为什么会成为无标尺的"水文警报站"呢？中国古代的圣贤早已说过"月晕而风，础润而雨"，水、土、风、日、雨，大自然的诸多现象总是有其必然的内在联系。就说"鸡母埫"，这处地方应该有地下泉眼的存在，而泉眼又与地下岩层有关联。当江水暴涨时，地下水往高处涌流，高于江面数米的"鸡母埫"遂出现湿润或水漶现象。这种情况，在

泉城济南是司空见惯的。何况，古时候韩江逼近潮州城墙脚，"鸡母塭"当是处于江中或濒临江畔。潮州古城的水井多与江水相连，近两年出现的"大街龙"（古城区东片）一带冬春两季水井干涸现象多与此有关，而开元古井等仍井水盈盈，则是另一番有趣的水文现象。

"三十年河东，三十年河西"。时过境迁，如今科学发达，天气预报准确，"鸡母塭"不再被当作"水文警报站"了。每当我周游大江南北，看到三峡石刻，或者无锡人用以推测水情的惠山二泉等景象时，就想起了潮州的"鸡母塭"。我们能不能给它安个"窝"呢？若能请熟悉此处的老街坊找准旧址，在原地予以修复，立个说明牌供游人观赏，让攻读天文地理的当代学子，知道在科学远未发达的年代，我们的潮州先民是怎样了解自然、适应自然，怎样劳作和生活的，这不也是一件有意义的事吗？

（本文署笔名"肖岐"，刊于 2002 年 5 月 20 日《潮州日报》第八版"百姓话题"）

"引韩入湖" 湖更美 ～

潮州市政府"引韩入湖"的创举，使沉滞混浊的西湖湖水变成缓慢流动的清澈韩江水，市民都说好。诚然，此举使西湖的自然风景更美。

近日笔者晨练时，听到有的市民对此提出一点建议，如：若能在"引韩入湖"之前，先对西湖进行清淤，则更完美。不先清淤，西湖淤泥势必顺流注入三利溪，这将大大减弱三利溪的排污排涝功能。三利溪起于西湖西端涵口，经现三利门出新桥西路再转入潮枫路，往枫溪、凤塘后注入揭阳榕江，此即潮州俗话说的"肥水流过别人田"。其实，古时候揭阳为潮州府辖地，此水道为一府之内的事。三利溪，一利排污排涝，二利灌溉，三利航运，自古以来是潮州至揭阳最便捷的水道。昔时，三利溪在河头与河尾溪相通，其船只可上达田东伍全，下达揭阳出海；20～30 吨的船在其中可畅行无阻，从揭阳运来的米，由潮州转运的杉木、竹都要经此水道出入，可见三利溪的作用颇大。随着时间的推移，三利溪的运输功能渐被便捷的陆路交通所代替，灌溉功能则因城市扩容过猛、污水过多而被淘汰。唯一不变的是其排污排涝的功能，而且显得愈来愈重要。20 世纪 80 年代中期，为改善城市环境，市政府开始整治三利溪，把阳溪改为阴沟，溪体也有所缩小。整治后的三利溪周边环境得以改善，但其排污排涝的功能受到限制，时有暴雨过后街面积水不退的现象。20 世纪 90 年代初曾人工清淤一次，但距今已有十五年未再作清淤。如果把大量西湖淤泥赶入三利溪，其淤泥可能越发增多，排淤更难。

西湖是有千年历史的古湖，这个长约 1 000 米、宽约 60 米、面积达近百亩的湖泊水域，贮积着潮州最优质的"池土"。昔年的西湖，是接纳了北门、中山路方向的污水，后排入三利溪的，20 世纪 80 年代中期已改为集纳纯天然雨水的西湖景区。从 1958 年的"大跃进"到 1970 年的"农业学大寨"，十几年间，西湖约有四次被抽干积肥，池塘淤泥每次收获皆丰。而从 20 世纪 70 年代至今，三十几年却再没清过淤，加上 20 世纪 70 年代末西湖边搭建临时民居遗存的杂土都清入湖底，湖中淤积不少。

20世纪80年代中期三利溪的改造工程，彻底改变了其周边的卫生环境，但由于历史和经济条件的限制，当时改造后的三利溪中约一公里多的阴溪岸边，有几百间铺面建筑物及几百户居民，其所使用的直排式卫生间均直通三利溪阴溪，而阴溪中的楼房柱桩，碍物阻水，更易使淤积物产生。

对西湖湖底清淤的同时，如在三利溪段的一些地方，如西湖与三利溪接驳处、新桥东、西路口、新安街口等设立若干疏井，将会为今后清淤留下余地，从根本上解决西湖至三利溪的淤积问题，保障市区的排污排涝。

实际上，西湖的历次整治，受限于当时的历史条件技术、资金等因素，进行得都不彻底，而西湖历史上的"欠债"也太多。上了年纪的人还记得，现在的电力宿舍收费处、县供电局一带是原来潮州电厂的所在地，柴油发电机产生的油污被直接排入西湖长达几十年。西湖的鱼因水体污染都有浓郁的油污味，即使在物资相对匮乏的年代，知情的人都不敢吃西湖鱼，即便白送也无人要。二十世纪七八十年代，西湖附近的居民从井里打水时，还时常打出成桶的柴油。而20世纪70年代末，从海南回城的知青在西湖边搭建临时民居时，施工产生的杂土都倒在石篱斜坡或倒入湖底，湖中产生不少淤积。可以说，西湖在一段时期内是潮州城区最大的排污地。

西湖过去也有过清澈的时候，20世纪50年代前，西湖四周的柳树婀娜婆娑，湖岸有宽阔的步行道。柳树成荫的岸边，是市民休闲的最佳选择之一，也是青年男女谈情说爱幽会的好去处。西湖池水清澈见底，碧绿洁净，那时是百姓游泳的好去处。20世纪50年代初笔者就是在那里学会游泳的，夏天晚饭后，家住西湖附近的人都喜欢到湖中泡一泡，凉爽一下。1965年夏初，当时的潮安一中还组织过一次大型的渡湖活动，一千多人的学校竟有一百五十人参加直渡，三百多人参加横渡。而"西湖渔筏"更不在话下，每天都有船只在西湖撒网打鱼。

但愿"引韩入湖"工程能使洁净碧绿的湖水重现，"西湖渔筏"名副其实。每年一度的西湖扒龙舟也将可举行，西湖泳场或可开辟。如能将岸边的杂土清除，还原宽阔步行道的原貌，夜光下情人相依，市民休闲，那该多好啊！

（本文署笔名"杏夫"，刊于2007年1月19日《潮州日报》第C4版"百姓话题"）

潮州走近"世遗"的思考 ꧁

　　最近，潮州市党委提出"在更高层次上打造历史文化名城"，并邀请上海同济大学阮仪三教授作题为"中国历史城市遗产的保护和合理利用"的专题报告，这是市名城建设保护利用方面新的工作思路。特别值得注意的是：作为联合国教科文组织遗产保护委员会颁发的"2003年亚太地区文化遗产保护杰出成就奖"的获得者，同济大学建筑与城市规划学院教授、博士生导师、全国历史文化名城保护专家委员会委员的知名学者阮仪三教授，在参观广济桥时，提出了"若干年后，广济桥应可申报世遗"的看法，其分量非同小可。看来，潮州完全可以创造条件、大胆尝试，因为，"世遗"的头衔对于提高潮州的知名度和促进其经济、文化及社会发展有着巨大的作用。

　　首先，让我们先来了解联合国教科文组织对世界文化遗产的定义。世界文化遗产，是一项由联合国发起、联合国教育科学文化组织负责执行的国际公约建制，以保存对全世界人类都有杰出普遍性价值的自然或文化处所为目的。世界文化遗产的保护与传承属于世界遗产范畴。

　　其次，且看看世界文化遗产入选的规则及现状。1972年11月6日，联合国教科文组织在第十七次大会上通过了《保护世界文化和自然遗产公约》（以下简称《公约》），其中规定："同一项目只能有一次申报机会，申报需符合国际逻辑思维习惯的方式，进行大规模的理性审视和总结……当然，有前提一个：应该有保护完好的遗产原貌，并且，世代传承、永续利用，是保护世界遗产全球战略的核心。"根据这样的入选规则，截至2006年7月底，全世界共有830处遗产被列入《世界文化遗产名录》，其中文化遗产644处，自然遗产162处，属于自然与文化双重遗产的仅有24处；我国目前拥有的单项或双重遗产地也仅有35处。

　　我国国土辽阔，人口占世界总人口的五分之一，是四大文明古国之一，但我国拥有世界文化遗产的数量，却排在西班牙、意大利之后。当然，我国较晚加入《公约》，起步慢、动作缓是其中一个原因。因此，国内多地都在积极创造条件申遗。

潮州是国家1986年公布的第二批历史文化名城之一，同批名城中的山西平遥、云南丽江已于1997年被列入《世界遗产名录》，而多个名城的单项也先后被列入《世界遗产名录》。审视潮州的文化遗产资源，其申请"世遗"成功的可能性是相当大的。

潮州有文物古迹七百多处，其中国家重点文物保护单位八处，国家非物质文化遗产12项——它们是1 700年历史长河中的宝贵积淀，是追逐"世遗"的底气所在。在具备条件申报文化遗产的项目中，尤其首推湘子桥，这是世界上现存最早的开合式石梁桥。二是韩文公祠，乃是中国建造最早、规模最大的纪念韩愈的祠宇，韩文公祠是研究韩愈学说和潮州文化的独特载体。三是许驸马府，该府可谓是中国乃至世界唯一的保存完整的宋代民宅。以上三者，从历史艺术和科学的角度来看，都具有突出价值，且具有考古价值。

从整体上讲，潮州古城从辛亥革命时潮州最后一任知府陈兆棠火烧府城楼起，直至2000年的这九十年间，古建筑都遭到了有意无意的破坏。拆城墙、倒牌坊，天后宫、汀龙会馆等大量祠宇渐渐退出人们的视线，据业内人士估量，潮州古建筑幸存者只有一二成。但值得庆幸的是，潮州古城基本格局尚存，且有多种国家级、省级文物作为基本框架，其得以修复的可行性很大。近期的广济桥、牌坊街修复工程的"修旧如旧"，让市民看到了希望。借助潮州古城这个最大载体而绵延不绝的潮州文化，以其独特的文化特点及影响而为世人所瞩目。潮州方言、潮州戏、潮州工艺、潮州菜和工夫茶，皆自成体系和风格。潮州为中国著名侨乡，港澳台潮人、旅居海外的潮籍同胞和外籍潮人约210万人，他们的祖先把潮州文化带到了世界各地，从某种意义上讲，潮州是中国古代文化走向世界的一处重要基地，这一点，是其他名城所不及的。这就是潮州总体来说具备申请"世遗"的资格和条件。笔者认为，为了走近"世遗"的需要，政府应考虑启动申请"世遗"的前期准备工作，形成领导重视、全民关注的局面，使"爱我名城、保护名城、建设名城、走近'世遗'"成为全市人民的共识。建议具体可以从以下几方面入手：

一、对照北京市重新编制的城市保护规划，整体保护面积达64平方公里旧皇城的做法，修订新的潮州市古城保护条例，最好将面积不足3平方公里的古城区进行整体保护，等条件成熟后逐步恢复古城面貌。假以时日，一座明清风格的古城将会出现在世人面前，这就是潮州旅游业发展

"造大船出海"的"航母效应",是潮州发展的最根本最直接的利益所在。

二、直接由市政府统一指挥,防止无序改建,使古城整体格局真实性和完善性得到保障。

三、全面进行一次古城文物普查,摸清"家底"(已基本完成),给文物戴上"顶盖",防止市民对文物的无心摧残。过去一些文物惨遭破坏就是因缺乏名分而得不到有效保护,旧剧不能再重演了。

四、根据财力区分先后缓急,逐步恢复古城原貌。我市连年来已经修复了东城墙、广济桥、东门楼、甲第巷和牌坊街等,但还有卓府、三达尊、内八景、书院池等几处古迹需要加以恢复。

五、潮州的崇神文化包括庙宇文化、姓氏文化、行业文化等,正是人们旅游追求"奇""特""古"之所在,要利用市民"拜老爷"的癖好,作为旅游资源加以开发、整合、包装。吸引更多的游客,特别是吸引更多海内外乡亲回来寻根、祈福、还愿。

申请"世遗"是一项复杂而艰巨的系统工程,任重而道远,但是功在当代,利在千秋。以上意见,或是愚者一得,请专家指正。

(本文署笔名"杏夫",刊于 2008 年 2 月 27 日《潮州日报》第 C3 版"潮州文化")

刍议潮州旅游 〜∞

潮州古城是潮州先民给我们的一份不可多得的遗产，是潮州人和潮文化的发祥地。我们有那么多的国家级、省级、市级文物保护单位，又有那么多的非物质文化遗产、传统工艺，有当今最著名的国学大师、汉学泰斗饶宗颐，这里还是韩愈的贬谪地和工作过的地方，历代名贤众多，但旅游业总是发展不起来，这不能归咎于客观原因，而要在主观上找原因。笔者认为：

一是缺乏长远眼光和总体规划。由于历史上的诸多原因，古城被化整为零，景点分散、小、乱、差。要着眼于未来，要立足"世遗"，要将古城整体保护利用起来，形成与丽江、平遥、凤凰齐名的古城品牌，以此带动旅游产业如餐饮、酒店、文化、手工艺等的发展，并互相促进。

二是要把旅游产业作为潮州的支柱产业来建设，成为潮州经济发展的一个增长点。本着"前不负古人、后对得起来者"的原则，解放思想，痛下决心，精心设计，真抓实干，把潮州古城建成一个整体的旅游区，成为子孙后代取之不尽的"聚宝盆"。

三是要在推广上下功夫。一曲《请到天涯海角来》唱红了三亚的旅游。潮州当地也有关于湘子桥的歌曲，但歌曲本身缺乏韵律感，不能朗朗上口。我们有东南亚、港澳台甚至世界各地的潮侨平台，应该加以利用，让侨胞知道他们的根在潮州，发动侨胞为我们做宣传推广。

四是在配套设施上，可借助民资，建设具有一定规模的宾馆和各项合格旅游设施。把视野放广，不要总是盯着市区，可以开发如韩江两岸的西林、绿竹、金洲岛等，拓展为旅游项目的开发地。继续开发民居客栈。单北堤上下有意义的老景点就有十来个。如"火车食水"（潮汕铁路意溪站）、"新加坡亭"、"老灰窑"龙母庙、"海不扬波"……深入发掘奇特景点，才能大规模引客入潮。

五是潮州的"拜老爷"风俗是一个宝。潮州古城有一城两府衙、两城隍、两学宫……又有一人两祠（昌黎祠、韩文公祠）。宗祠则多达百座以上，几乎涵盖了所有主要姓氏，有药王庙、火神爷庙等行业庙宇，又有四乡六里的"老爷生"（土神），这些既是潮文化的体现，也是人们祈求国泰民安、安居乐业、平安健康、家庭和睦的场所。他们拜的是祖宗、好官、名贤，庙宇文化有寻根、祈福、还愿的作用；宗祠文化有敦宗睦族、寻源报恩的功能，而行业膜拜则是净化心灵、端正行风道德，要利用这一系列文化现象为我所用。通过推广，让游客感受到潮州的"老爷"就是"灵"，争相到潮州去看"拜老爷"，这样游客肯定是会多起来的。

这样，在古城旅游"航母效应"的带动下，再整合周边的景点和足够的旅游设施，潮州就不再只有半日游"撒泡尿"，而是两日游、三日游，甚至可以长线游。

2012 年 3 月 13 日

振兴凤凰茶业之我见 ≈≈

——从斯里兰卡茶业得到的启示

去年《潮州日报》曾以"假冒'凤凰茶'充斥市场"为题对茶业的乱象进行披露，使我不由得想起了关于斯里兰卡茶业的一些信息。

斯里兰卡的国土面积只有广东省的三分之一，19 世纪初才从中国引种茶树。目前该国茶园面积只有中国茶园面积的 16.8%，茶叶产量却是中国的 40%，出口量更是中国的 108%。其制胜的原因很多，如优越的地理生长环境，重视茶种的选择，独特的拼配、加工工艺，良好的营销途径及策略，经营生产的品牌化规模化，等等。而其最突出的奥秘则是"让产品直接面对消费者，送样茶叶的质量和鲜味就能在没有任何多余成本的情况下得到提高"——这是总部位于科伦坡的迪尔玛（Dilmah）公司创办人 Merrill 的经验之谈。诚然，正是凭着这种对消费者高度负责的态度，该公司每年向全世界八十多个国家出口茶叶，并为世界二十多个国家的麦当劳提供红茶。

相形之下，作为茶叶的故乡，中国的茶叶在全世界却是种植面积第一、产量第二、出口量第四。因为是由农户分散经营，茶叶质量千差万别，还存在农药残留过量等问题，竞争力呈下降趋势。

从斯里兰卡茶业的发展结合当前国际茶叶市场的竞争格局，以及中国茶业的尴尬局面，再具体地说到潮州凤凰茶的混乱现状，问题已到了不容忽视的地步。由于在茶业界存在假冒地名、假冒品牌、以次充好、良莠混杂等恶劣行径，市民对于购茶早已心有疑虑，买凤凰茶都得托熟人、托朋友、托业界内行代买方才放心；也有人"惹不起，躲得起"，为免遭受骗，弃凤凰茶而转购福建茶、云南茶或江西茶。

按说，潮安县凤凰镇凤凰茶种植面积、产量只各占全国的 0.4%，却享有"中国乌龙茶之乡"的称号；虽说出口量不足世界茶叶出口量的千分之一，却远销到世界三十多个国家和地区，已经取得不俗的成绩。我们要珍惜这既得成绩，借鉴斯里兰卡茶业的发展经验，以高度的责任感对待消费者，以高度的诚信态度对待消费者，不能因锱铢之利掺假造假，自毁品牌。20 世纪 70 年代初，潮州曾以产量多、质优的煤油炉而闻名全国。然而声名鹊起之时却疏于把关质量，导致信誉日毁，落得个"潮州煤油炉——榄（劣质）灯"这个不光彩的调侃之语。诸如此类，非此一宗，"前事不忘，后事之师"，所以要以诚信为前提，再在科学种植、精心制作、提高工艺等方面下功夫，我们就能把凤凰茶的产业做大做强，让凤凰茶香飘世界，香飘世人的心中。

（本文署笔名"杏夫"，刊于 2005 年 3 月 22 日《潮州日报》第七版"百姓话题"）

太平路的一次耻辱游行 ~~~

　　昨天是"九一八事变"77周年，这个难忘的日子，让笔者想起和名声伯相处的那段往事。认识陈名声的人都知道他是水关脚大社（二办刺绣联社）的大头伯。1969年春末夏初，笔者由学校派遣，借调到此办事处做资料工作，办公地点就设于大社的一间办公室，因此得以认识当时在大社当绣工的名声伯。

　　有一次名声伯拿出他摄于1969年5月的照片给笔者看，他开心地说："这是我人生中值得纪念的一次照相，第一次是被日伪当局强迫照的，而这一次是在新中国我自愿照的。"

　　照片中的名声伯看起来比他的实际年龄要大得多，四十来岁的人好像是近六十岁了，现在看起来更加显老，这与他坎坷的人生经历有关。名声伯由于出生后有生理缺陷，面临家庭生活的窘迫，只有五六岁的他就得做零工，学拣纱、刺绣，十多岁时又遇到日本侵略中国，潮州失陷，本来艰难的生活雪上加霜。谈到日本侵略潮州，名声伯给我们讲了一段鲜为人知的受辱故事。回想起受欺侮的场景，平时老实巴交的名声伯立刻神情愤怒，好一会儿说不出话来，稍作定神后，才神情凝重地讲起日伪当局导演的那场闹剧：

　　"1940年，潮州失陷约半年后，城内十室九空，城内人大都逃到日寇难以到达的地区。近的去往仙河、文祠、归湖、登塘、田东，远的则去了福建、客顶，留下来的是搬不动的老厝和老弱病残，十万人的城只剩下两万人左右。时逢日本天皇生日，日本人借机庆祝，日伪当局为博得主子高兴，挖空心思设计庆祝天皇生日大游行，并把主意打向有生理缺陷的百姓身上，压轴的节目竟找来三个生理畸形的百姓，扮演祖孙三代向天皇祝寿的剧情。当时抓了一位老的约六十多岁，一位中年的四十多岁和我这个十来岁的。当时由各保甲长挑选，汉奸威迫利诱，软硬兼施，连推带骗将我们带到了百花台，不愿服从的我们三人被强剥外衣，穿上他们预先制好的衣服。我穿上红色马甲，当爷爷的穿黄色香云纱，当父亲的穿白色大袍，每人由两名汉奸押护，从大街顶一路下来，游行队伍由日本的摩托车开道，一会儿就到了设于太平路林长记酱园内的日本宪兵部（约'四进士亭'）前，平时那里门口的狼狗是我最害怕的，此时，更是全身瘫软，冷汗直冒，押我的两个人慌忙把我拽住，拿来个日本军壶，给我灌了些水，才定了神，然后由他们半推半拉行到南门口。"

站在一边的杜进茂伯（清末潮州二十四"绣花状元"之一杜进龙的儿子）也生气地说，日本人当时还威胁沿街店员打出"天皇万岁""日中友善""大东亚共荣圈"等标语，如不服从，便以抓去喂狼狗胁迫。

太平路的"太平"二字是潮州人祈求太平生活美好的愿望，但在失陷时期，只有耻辱。太平路及太平路的牌坊将会永远记下这段不太平的历史，留下耻辱的印记。

（本文署笔名"杏夫"，刊于 2008 年 9 月 19 日《潮州日报》第 C2 版"观潮"）

扶轮堂故事五则 🌀

扶轮堂位于潮州市区英聚巷尾，是昔时的助学机构，不知有多少人在其资助之下走上了仕途。物换星移，现在扶轮堂大门挂的是"青少年之家"牌子。有关扶轮堂的故事长期以来也流传在民间，脍炙人口。

一、扶轮堂祭祖——支声

扶轮堂祭祖，制度严谨，场面庄重，有专门的司仪。但是"花无百日红，人无千日好"，某日，司仪偶感风寒，嗓音喑哑，可这祭祖的时辰是万万改不得的，如何是好？祭祖司仪苦闷不已。此时，一阵"补鼎呵""倒酱油鱼露"的叫声此起彼伏。司仪"临时替补"的主意来了，他随即吩咐手下请补鼎工进内面试。补鼎工年轻气盛，底气足，音域宽，大有男高音歌唱家的声喉（若在当今，说不定是个歌唱家的好苗子）。讲价钱时，补鼎工思忖这是公益事，又难得大场面露一手，便爽快答应当"义工"。司仪当即交代明天按"江西猴教就"（原模原样地模仿，没有创新）的方式进行，即司仪于大堂柱后提示一句，补鼎工于大堂前跟着吆喝一句便可。

隔日开祭时，司仪提示"祭祖开始"，补鼎工即跟着喊"祭祖开始"，他丹田运足中气，憋足了劲儿，还使出平日喊"补鼎"时一手掩耳、一手执于左胯部、煞有介事地顿右腿的那副架式，那环绕立体声效果，连府巷头的人也听到了。司仪从未听到过如此宏亮的声音，情不自禁地喊出"支声"（这个人的嗓音）的感叹，补鼎工随即在堂前也唱了一句"支声"，全场对此突如其来的"支声"，大感愕然。

"扶轮堂祭祖——支声"，慢慢地成了广为人知的一句歇后语，意为不能随意跟风，随声附和，人要有自己的主见，办事才不致乱了套。

二、扶轮堂"石烛搬走"

扶轮堂的石烛（见图1），位于现英聚巷路心，20 世纪 60 年代因建潮州戏院，英聚巷南段拓宽，石烛有碍交通而在一句"搬走"声中移于东门楼前。该石柱高约 10 米，径宽 80 厘米。20 世纪 60 年代，潮州人不知是无意还是有心，用砖在其墩外砌至烛顶，形成 3 米宽、10 多米高的标语柱，四面方正泥塑出红底黄字的两句标语——"战无不胜的毛泽东思想万岁""伟大的、光荣的、正确的中国共产党万岁"将石烛保护起来。"忠字化"运动时，又在柱子外延伸建起了两块大型水泥标语牌，面积约 7 米×10 米，分别涂上标语。1970 年搞韩江改道工程时，东

图 1　扶轮堂石烛

门楼又挂上了南北走向的大型红布标语"快马加鞭学大寨，急起直追赶昔阳，打上凤凰山，征服韩江水，猛攻大平原，队队是大寨，潮安变昔阳"，加上东门楼周围的红墙，东门外广场成了红色的海洋。

改革开放伊始，标语柱外围的砖墙被拆除了，石烛重见天日，而其旁边的大型水泥标语牌，北面一幅刷上了日本东风表（香港总代理是城内彭厝巷旅港爱国侨胞彭十铭先生）的广告，南面一幅是蚊香广告。1985 年，潮州申报国家历史文化名城，对东门外广场进行整治，标语牌也寿终正寝。其后，江滨改造工程快结束时，石烛尚在，但不知何时，石烛却神秘地"蒸发"了。20 世纪 60 年代时石烛那一"搬"真的"走了"？市民偶尔站于原立石烛之处，不由为之叹惜。

三、扶轮堂照壁

扶轮堂照壁，上有彩色嵌瓷，既恢宏又精致。20 世纪 60 年代建潮州

戏院时，划入戏院范围，其拆除位置就在现义安路停车场场内北侧。

据说当年绘照壁画时，专门请来了外地有名的画师兼嵌瓷高手设计绘制。那壁画是百鸟朝凤，寓意凤城人才济济。从开始创作到完稿，每天总有一些人在围观，说三道四。有嫌凤画得不正的，有嫌鹤膝画得太粗的，有嫌太瘦的，有说头应大一点的，有说脚要细一些的……把画师说得晕头转向。画师暗忖：要把这些形象藏意于壁画中，便故意只画了九只仙鹤，等到谢土前，才嵌上第十只仙鹤的头，身子及尾巴都隐在前面仙鹤的身后，成了"十嘴九旮旯"的画面。待到人们发现时，"木已成匏瓢（靴）"，无法更改。

而"十嘴九旮旯"便成了潮语中"多话"的代名词，也暗讽某些人的好说闲话。

四、扶轮堂石狮——活

扶轮堂石狮（见图2）与石烛、照壁堪称"堂外三件宝"。该堂为清中期三进二厢房建筑物，这一时期潮州木雕、石雕等工艺已臻完美，作为九县一府助学机构的扶轮堂，对于潮州多出人才、快出人才贡献重大。操办者特聘名师精工设计，名匠精雕细琢，形成了现在展现在我们面前的这对活灵活现的石狮。对比现存的清代石狮，扶轮堂石狮确实不一般，其构图合理、体态稳重、线条活泼、做工细腻，雄狮口含石珠完整无缺，怪不得府城人都说"扶轮堂石狮——活"。这对石狮原放置于扶轮堂入门旁开两侧，与现在的卓府埕石狮放置相似。石烛就在其向外延伸处。向笔者叙述石狮故事的何先生是个潮州文物迷，从小就养成了痴心的"怪癖"，哪里有文物拆除、搬迁，哪里就有他的身影，他目睹了扶轮堂石狮搬迁的全过程。20世纪60年代初，石狮因有碍英聚巷的道路和潮州戏院的建设被搬到了东门外弦梯两侧，又于80年代中期再次搬至昌黎路学宫前府牌坊。他回忆时作如是说："石狮每次搬迁都用粗麻袋、粗麻绳严严实实地五花大绑，用人力板车仔仔细细地搬到目的地。"

扶轮堂石狮三易其主，并躲过了十年动乱，是潮州幸存不多而且未被抠牙去珠的一对，除了雄狮的耳朵被砍了一刀外，基本完整。它们的经历，确实也"活"！

"扶轮堂石狮——活"自然也成为一句潮州民间的歇后语。

图 2　扶轮堂石狮

五、杉绑石烛

相对于石狮的搬迁，石烛的搬迁就不是那么容易的事情了，为了使石烛能安全地从扶轮堂搬到东门外，操作者做了周密的安排。首先，在石烛四周搭起脚手架，用数根大杉围住石烛，麻绳捆绑，确认无误后，再用多根大绳将石烛拴住，使其腾空也不至于倒下，就像防台风时人们保护大树的办法。然后才拆开石构件慢慢放下石烛。这样折腾了好几天，石烛才被装上人力板车缓慢运往东门外。

（本文署笔名"杏夫"，刊于 2009 年 1 月 7 日、3 月 4 日《潮州日报》第 C3 版"潮州文化"）

歪门与地震 ~~

　　潮州人称地震为"摇地"，缘其发生时地动山摇也。府城小江西巷的一处歪门是出了名的。1918 年 12 月 13 日，潮汕发生的一场 7.2 级大地震，把这座普通民宅的厝石门震歪，其歪的程度在全城最为突出，成了"摇地出歪门"的代表性建筑物。此后，该门成了过往路人注目的一"景"。笔者每次经过小江西巷时，也常常情不自禁地扫上一眼。后来城市开发时，此座大宅被开发成了楼房，"歪门"就此人间蒸发，原来对歪门习以为常的路人，见不到歪门，在心理上倒觉得真的"歪"了。

　　年初，从柳衙巷信步而过时无意间发现一处门牌为 16 号的院落，其门斗框居然也是歪的（见图 1）。我想自己会不会是一时看走了眼，便伫立片刻，用手比画，左右倾斜的高低差足有 10 厘米之多，不免起了探其究竟的好奇心。说也巧，很少回老厝的屋主人昭雄兄瞥见我在比画，便热情地打起招呼，约我于当天晚上一叙，专门向我介绍这座厝的来历。柳衙巷 16 号院落，原是来自福建的石姓人家于清雍正八年（1730）购置的。其时，该屋已建多年，曾有人说这歪门楼是"虱母仙"所"骑"（意谓架构策划），实是以讹传讹。"虱母仙""骑"的是进内大埕石门斗，该宅坐北朝南，有内、中、外三道大门，门与门之间是门巷，间距 10 多米，三门

图 1　柳衙巷 16 号，摄于 2018 年 8 月 17 日

皆歪，而以外大门石门斗为甚，横门向东倾斜14厘米，左右二门柱分别向北倾斜12厘米和16厘米，门楣水平东高西低落差达10厘米。该宅歪曲的不只是内外两道大门，正座靠东从厝巷的大房墙壁虽厚达68厘米，因旁有阳沟，也向东侧倾斜达20多厘米，足有一桶之宽。科学地说，这是由于地基软硬（大门东侧有一阳沟）不均，经几百年来的风风雨雨，特别是地震等合力所致。

图2　北关乡北大巷歪门，摄于2005年4月8日

上文讲到的"虱母仙"，是距今五百多年前的元末明初农民起义军的军师何野云（至今潮阳存有其墓园），其乃潮汕地区颇具传奇色彩的人物。相传潮州有多处门斗为其所"骑"，如原金山脚严厝石门斗，石厝进内大埕门斗确是为"虱母仙"所"骑"，该宅应有五百多年历史，而从其建筑风格及遗存推测其与明初建筑的"三达尊"、下东平路林厝、石牌巷林厝皆有相近之处。"虱母仙"再古怪，也不会把人家的新厝门斗故意"骑"得歪歪斜斜的。

实际上，潮州由于地震所导致的歪门，不止本文所述的两处。北关乡北大巷2号（见图2）的从厝过道门，其长、宽分别为173厘米、78厘米，横向高低落差9厘米，纵向向西倾斜3厘米，向南倾斜4厘米，形成了平行四边形，即俗称糕粿形，是个典型的三维倾斜歪门，其倾斜也出在阳沟一端，也是地基软硬不均及地震等合力的产物。

这些例子对于当今潮州的建筑设计和地基打夯施工有一定的参考价值。

（本文署笔名"杏夫"，刊于2005年11月16日《潮州日报》第七版"潮州掌故"）

潮州铁路缘分述略 ～∞♪

据《汕头都市报》消息，从今年 6 月 6 日起，厦深铁路沙溪段工程已正式进入铺轨阶段，也是厦深铁路全部沿线六市中率先进行铺轨的路段，计划于 2013 年建成通车。厦深铁路潮汕站目前已完成站房的地基建设工作，旅客出入通道也已打通，现场有不少工人忙着抽取地面上的积水。在旅客出入通道的正前方，另一批工人在顶着烈日操作大型机械，加紧铺设铁轨，这是揭、汕、潮三市人民盼望已久的大好事。为此，笔者对潮州铁路缘分谈一点个人的看法，以示对厦深铁路的期待。

潮州，虽地处"省尾国角"，却是闽粤之交通要道，而且物产丰富，人口稠密，人杰地灵，为著名的鱼米之乡。自清末以来，此地都在国家修筑铁路的筹划之列。下面让我们来了解潮州铁路的缘分。

一、潮汕铁路（建成）

该铁路为窄轨（米轨）铁路，全线长约 42.1 公里，分正线和支线。正线为潮州至汕头，中间设枫溪、乌洋、浮洋、鹳巢、彩塘、华美、庵埠七站；支线为潮州至意溪。

该铁路自清光绪二十九年（1903）倡办，次年动工，清光绪三十二年（1906）完成第一期工程。自潮州城至汕头埠，全长 39 公里，并开始营运。后续建潮州城至意溪支线 3.1 公里，全线于清光绪三十四年（1908）竣工贯通。潮汕铁路由詹天佑设计、督造，是我国第一条民营商办铁路，在近代中国交通史上占有突出的一页。用支线将意溪联结起来，一是由于清朝时期该镇是赣、闽、粤三省的水陆物流中心，二是为方便枫溪陶瓷生产所需燃料（主要是山草）的运入和产品的运出。但限于当时的技术和资金无法造桥，只得将意溪站设于竹竿山脚北堤西侧，来往货物由驳船接送。该铁路在潮汕沦陷时被毁，共营运 33 年，现在的潮汕公路主路基就是当时的铁路线。

潮汕铁路有如当时的京津铁路、塘沽铁路、沪淞铁路，是市区连接外港的交通动脉，在潮州铁路史上有着光辉的一笔。

二、广潮铁路（未建）

原设计为正轨铁路，为广州连接粤东的大动脉，并南联潮汕铁路，该路由广州途经嘉应州（梅州）到达潮州府。

这条铁路是我国较早设计的一条线路，早在清光绪年间就已筹划，但丧权辱国的清政府却把设计、建设、经营的路权出卖给英国政府，时称广潮铁路。

三、广东铁路网粤东枢纽站（未建）

1911 年，辛亥革命推翻了清政府，孙中山就任中华民国临时大总统前后，在其"建国方略"和"实业计划"中，强调了铁路建设的重要性。指出"今日之世界，非铁路无以治国"，提出修建十万英里（16 万公里）铁路建设计划。其中潮安作为粤东枢纽站，承接广州—梅县—潮安（粤东北线：笔者自行命名，下南线同）和广州—惠阳—海陆丰—潮州（南线）两条铁路，并南接原有的潮汕铁路，东承闽侯（福州）—诏安—潮安铁路。

四、广梅潮铁路（未建）

从广州往梅县至潮州，南接潮汕铁路（拟复建）。这是抗日战争胜利后，国民党政府规划的，广州至梅州段与现在的广梅汕铁路走向、途经地相仿。但梅潮段的路径是梅县—丰顺（丰良）—留隍—意溪—潮安，没有经过揭阳，与现在运营的广梅汕铁路梅州至潮州段有较大差别。

五、广潮汕铁路（未建）

1958 年"大跃进"时期，在一切都要"放卫星"的大背景下，广东省规划了大量的铁路，其中粤东部分基本与孙中山的"建国方略"相仿。广潮汕铁路从广州途经惠州、海陆丰、普宁、揭阳至潮州，再转入汕头。

六、广梅汕铁路（未建）

改革开放后，规划中的广梅汕铁路走向是广州—惠州—梅州—揭阳—汕头，途中没有经过潮州。

建成的广梅汕铁路：1995 年 7 月 20 日建成的全长 480 公里的广梅汕

铁路，其走向是广州—惠州—梅州—揭阳—潮州—汕头。

七、漳潮汕铁路（未建）

2003 年，福建省与广东省将漳潮汕铁路列入交通设施合作项目，并计划于 2006 年开工建设。为此，潮州市早已于 1996 年成立的铁路办公室，负责参与漳潮汕铁路的设计勘测线定位等任务。

漳（州）潮（州）汕（头）铁路是福建省鹰厦铁路至广东省广梅汕铁路的省际连接线，也是国家规划建设的沿海铁路通道的重要组成部分。国家沿海铁路是规划中的我国沿海自北向南运输大动脉，北起辽宁大连，南至广西北海。

漳潮汕铁路计划自饶平进入澄海盐鸿，沿鸡笼山东侧山坡脚（设盐鸿车站），出站后分两路，一路沿西浦、新楼到潮州，另一路出站后跨国道 324 线后南下经冲头、盛州、北湾、南湾、仁和里、下牛埔，跨新津河后从陈厝葛进入汕头市区，分别接汕头站和汕头北站。（据 2003 年 8 月 19 日《汕头都市报》）

八、天汕铁路（未建）

2004 年有关部门及地区考虑建设平行于京广大铁路、京九大铁路的第三条南北大通道：天津—汕头铁路，并争取列入国家"十一五"铁路建设规划，其中有一方案走向为天津—济南—徐州—合肥—安庆—景德镇—鹰潭—金溪—南城—石城—长汀—龙岩—梅州—揭阳—潮州—汕头。

九、厦深铁路（在建）

起于厦门，终于深圳，全长 501.7 公里，共设车站 19 个；其中潮州市境段长 52.126 公里，投资约 35 亿元。厦深铁路潮州段线路自福建诏安站起，进入潮州境，途经闽粤交界的饶平县联饶，跨越黄冈河，在高堂镇设最大候车人数为 1 000 的新建客货运县级站，穿越黄肚岭、钱东，再穿越饶澄莲花山麓，进入潮安县铁铺镇和官塘镇、汕头澄海区隆都（长 4.36 公里），从潮安县磷溪跨越韩江东溪至江东、韩江西溪及龙湖、金石、浮洋等镇，在沙溪设最大候车人数为 2 000 的新建客运地级市站，至潮揭交界，向西延伸穿越桑浦山进入揭阳市境内。

十、厂矿铁路

厚婆坳矿区简便矿用小铁路，约 10 公里（已停运）。

潮州市糖厂简便小铁路，起自糖厂韩江码头至压榨车间，约 800 米（已停运）。

后 记

潮州与铁路的缘分有几个特点：一是起步早，步伐慢。始建于 1903 年，在全国是较早起步的城市之一。但在 1939 年潮汕铁路被毁后，至 1996 年才开通了广梅汕铁路，中间间断长达 57 年。二是雷声大，雨点小。即规划多，建设少。历史上曾规划了八条铁路线，建成的只有潮汕铁路、广梅汕铁路，厦深铁路还在建设中。三是始发少，停靠多。除了潮汕铁路，即使是厦深铁路设了潮汕地级站也仍然是中间停靠，广梅汕铁路潮州站更不用说了。四是水平低，人均少。现有的广梅汕铁路是普通单线铁路（相对于高速、双线、电气化），其在潮州境内的里程只有 37 公里，就是加上在建的厦深铁路潮州段 52.1 公里也不足 90 公里，人均只有 0.034 米，在全国是属于低水平的。而据权威部门公布的数字，到 2010 年底厦深铁路建成时，我国火车营运总里程将达到 11 万公里。按此估算全国人均约 0.081 米，潮州还不及此平均值的一半。

造成潮州铁路"缘多分少"尴尬局面的原因有：一是区域级别落差大。从清朝的九县一府一路降至 1960 年公社化的公社级（镇）——潮州人民公社，后称潮安县城关镇（"潮州"二字消失），1991 年才恢复地级市，但毕竟区域偏小。二是非资源城市，以前第一、第二产业不发达。

铁路是交通的大动脉，随着潮州区位优势的逐步显现，城市级别的稳定，城市的后发力量，海峡两岸加强经济合作，我们相信，潮州铁路的建设将会迈出新的一步。

（本文刊于 2012 年 8 月 2 日《潮州日报》第 C2 版"潮州文化"）

三

俗话俗说

"㾪"到亭倒

潮州人把争执叫作"㾪"（争辩的意思），争执剧烈的程度用"'㾪'到亭倒"来形容，这缘由怎生说来？

潮州人把牌坊称为"亭"，而城内的亭是出奇地多，区区 2.5 平方公里的古城，亭竟有 104 座，每平方公里内四十多座，亭的种类有石、砖、木三类，其中还有复合型的。走出巷头，行到街上，亭处处可见。因此，与人说话，走着走着，就能见到亭的影子，尤以太平路最为密集，近 2 公里的长度，竟有亭 41 座，平均不到 50 米就有一座，大声说句话，都有可能"惊动"了亭。

太平路倒亭巷（现"文宗方伯坊"北向 10 米）口，原有一木亭，曰六贤亭，《潮州府志·坊表》记载："六贤坊在大街（倒亭巷口），为弘治壬戌年（1502）进士杨玮、邱世乔、盛端明、李春芳、周钥、陈义立。"

亭是潮州文化的一种载体，府城人闲时有"大街看亭字，桥顶食炒面"的民俗，亭脚"锯弦"那是"天天读"的事，六贤亭自然不例外，巷内的住户、亭边商铺伙计、行街看亭字的人常于亭脚闲聊、学古（讲故事）、唱歌（潮州歌曲）。谈说间，常有一些闲人因小问题而论执不休，好比"《三国》中的名，《封神》中的骑"，有的人张冠李戴，却仍然倨傲鲜腆，甚至于"㾪"到面红耳赤，声嘶力竭，有的明知错了，还要胡搅蛮缠，你一句我一言，开口的频率越来越快，音调也一声声见高。周围的人被震得耳朵都发响。有人戏说，好歇了，不要"㾪"到亭倒，说真见真，说假就假。一次在街上发生了一场众多人的大"㾪"之后，突发的一场台风竟把坚固的六贤亭给吹倒了。人们撇开台风的原因，竟把亭倒归罪于"㾪"，亭倒后，六贤亭原来的东小巷也干脆把巷名从郭厝巷改为倒亭巷。久而久之，"㾪到亭倒"就成为潮州话中的一句俗语，既形容争论的激烈，也告诫人们不要为一些小问题而争执不休，以至于坏了事、乱了套，要适可而止。

（本文署笔名"杏夫"，刊于 2008 年 8 月 27 日《潮州日报》第 C3 版"潮州文化"）

半夜出阵日 ～∽∽

图中这口井（见图 1）看上去普通得很，井沿仅有 30 厘米高，井径口只有 50 厘米，但井内肚宽水深，是唐伯元旧居最为完整的两件遗物之一（另一件是唐氏本人亲植于其屋后、至今有四百余年树龄的波罗蜜）。关于此井，民间有一则"半夜出阵日"的传说。

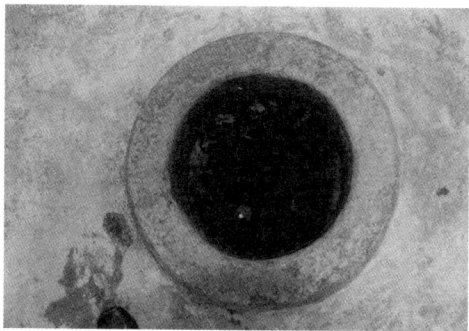

图 1　唐伯元旧居中，半夜出阵日的水井

唐伯元（1540—1577），字仁卿，号曙台，澄海苏湾都仙门里人，明万历二年（1574）进士。历知万年、泰和二县，升南京户部主事，历礼部主事、尚宝司丞、吏部员外郎、文选郎中，被后人尊为"岭南第一名臣"。其事迹在潮汕地区广为传颂，为民众所津津乐道。

传说唐伯元是天上文曲星下凡降世。他出生当夜，空中突然出现一道红光，直射澄海南峙山北侧苏湾都仙门里唐天荫（伯元之父）家中，透入内室，光彩夺日。红光的热量使井里的水都沸腾了，热水涌出井面。乡亲们见了，觉得很是惊奇，称之为吉水。果不其然，刚过午夜，漆黑夜空中飘出了彩霞朵朵，大地瞬间亮如白昼。众人惊呼："半夜出阵日啦！"此时，唐天荫家产下一男婴，稍后，彩霞也消失了。

唐伯元天资聪颖，勤奋好学，是一个品学兼优、人见人爱的好孩子。往事成古今，斯人已逝，唯存下旧居中的一口古井，配合着有趣的传说，引人幽思。

（本文署笔名"肖岐"，刊于 2007 年 3 月 7 日《潮州日报》第 C3 版"潮州掌故"）

下市头"脬龟"

　　下市是下水门市的简称，也有一说是下水门及以下大街市场的简称。下市头即指现在下水门街、开元街与太平路的交界处。

　　下水门是韩江潮州城段的主要起水点之一，货运甚多，从汕、澄、梅来往的货物多在此转运，这样的位置决定了下水门街及周边地区的繁荣。从城门进入下水门及下东堤，是小食摊的天下，炒粿、甜面、蚝烙，应有尽有。下水门街则遍布着日杂、米店、竹木制品店，而下东堤（包括桂芳街）是纸行、糖行、茶行最集中的地方。货栈多、交易场所多、旅馆多、内外商贸交易活跃是下水门地段的特色，自然衍生出了物流业。等着搬货运货、乘车接客的人多着呢。

图1　下市头，摄于 2008 年 11 月 11 日

　　下市头（见图1）地段比较宽阔，故聚集了担八索的（挑夫），拿竹槌的（搬运工），担溪水的（水工），拖板车、推鸡公车的（运输工），拖手车的（客运工），这些人或坐在铺脚的条椅上，或蹲于路旁，或干脆坐于路边，时刻等待财主的招呼（赚钱的机会）。用现在的话说，这里自然形成了一个民间"劳动力市场"，这些日赚日食的工人，一有生意，便立即跟着财主去打工了。由于脚猛手快，久而久之，形成了动作快捷，不讲儒雅的习惯，吃饭也特别快，热食、蹲食习以为常。为了揽生意，每天都奔跑好几趟，但得到的只是微薄的血汗钱，聊以果腹，矮人一等。这些整天奔跑劳作的

广义"跑街"（狭义"跑街"是指在主人附近跟前跟后的跟帮者）人，因"跑街"与"脬龟"谐音，因谐而讹，"跑街"就变成了"脬龟"，这些辛勤劳作的人的代名词也只是"脬龟"，因在下市头，故也称为"下市头'脬龟'"。更有甚者，下市头"脬龟"被喻之为小偷，借猪膀胱之名，暗讽底层劳动人民下贱、低劣。如《长光里》一书《降乩》篇就有"'后巷床裙'的香案，三杯'鸟嘴茶'，一个'下市脬龟'，一盘'咬破粿'"的描述。

时移世易，下市头时而有三轮车工友在此候客，但实际意义上的劳动力市场已不复存在，而人们还时常把"下市头'脬龟'"用来形容某些动作不雅、东窜西跳的人。

（本文署笔名"杏夫"，刊于2008年12月10日《潮州日报》第C3版"潮州文化"）

"祥"生"祥"死也狂然

　　吴祥记是潮州城中妇孺皆知的老商号,中华人民共和国成立之前的二十多年,其知名度一直高居潮州商贾榜首,何况吴祥记、大祥两间大百货商店旧址,以及义井巷尾的吴家大宅"皇宫"这三个标志性建筑物的历史遗址尚存,让潮州人时或谈起其辉煌。下面就谈一个与其辉煌历史有关的插曲。

　　甲子年(1924)潮城大街扩建,大街是商业旺地,拓宽后更是前景无限。吴祥记财东吴雪薰看准此百年难得之机遇,先后雇得余华章、王少兰、洪疏九等四大"家长"(人称四大天王),在太平路繁华地段把吴祥记大楼经营起来。时逢社会相对稳定,人民安居乐业,生意好做,这吴雪薰得天时、地利、人和,生意从一开始便扶摇直上。四大天王暗自思忖,财东这生意不就是靠我们才发财的吗?我们也不妨过一把做财东的瘾,于是,自筹资金在载阳路头北侧太平路东畔合股创办了大祥号商店,雇得"家长"施某等和几个高级职员,张罗着准备开张,但毕竟资金有限,货都摆不齐,更何谈流动资金,是继续办下去还是不办,四个人左右为难,急得团团转。吴雪薰早已看在眼里,认准时机将四大天王请来商量。四大天王担心财东责怪,怕大祥办不成,吴祥记这"金饭碗"又丢了,一开始还吞吞吐吐,不敢说出实情,一番疏导沟通之后,吴雪薰当场拍板决定给大祥注资,与四大天王合股创办大祥号商店,其中吴雪薰占了六成股份。这一举多得的举措使大家皆大欢喜。吴雪薰雪中送炭使大祥的经营得以为继,六成股份,足以掌权,又收住人心。吴祥记保住了,又添上个大祥,"1+1"还是等于"1",而且这个"1"比"2"还大得多,四大天王既当伙计,又当财东,过了一番"财东瘾",又保住了金饭碗,死心塌地为财东吴雪薰效力。这样财东、伙计捆绑在一起,吴祥记生意依然红火,大祥生意也如日中天。

　　这件事是吴祥记创办四年后发生的,而大祥开张不到两年后,施某等看在眼里想在心里，何不来个依样画葫芦，潇洒走一回，也当一当财东。如此这般一番筹资之后，便将地址选在大街大夫第对面，即现在的大餐室南畔二橱铺面，定名"南祥"。他们原以为父能生子，子定能生孙，有初一就有十五。即使有了问题，吴雪薰和四大天王肯定不会见死不救。但行内的人、市井的人却是一致不看好，大街虽旺，但各路段经营品种都截然不同。北有义华二爷在太昌路头（现农业银行），南有金华（现百货大楼），中有吴祥记与大祥。俗话说，做生意"不怕有人争，只怕无人撑"，人们买百货都习惯往大街顶百货区挤。南祥的选址是着着实实违了商规，更乏了人气。"今年番薯不比去年芋"，这一回吴雪薰既没有雪中送炭，也没有锦上添花，只是一个劲儿地沉默，与四大天王统一口径不闻不问。施某等人在一边忙着雇店员、筹开张，另一边又怕丢了大祥的"银饭碗"，忙得喘不过气，但想到要当财东，还是不亦乐乎的。可就在开张前夜，不知何人送来一对治丧用的蓝纸白字对联，"南来南去南蚀本，祥生祥死也狂然"，并用糯米糊结结实实地贴在南祥店门两边柱上。隔天开张，撕也撕不去，很是狼狈，匆忙打开一匹才上架的新红布，三下五除二来了个"贴红"。南祥天时、地利、人和皆失，不足一年，便匆匆收场。

"南来南去南蚀本，祥生祥死也狂然"这个对子中的"祥"字，潮语谐音有"奔走""拼命"之意。这个对子后来常被潮州人广泛应用于建议别人要"知足常乐"，不要一味跟风，不要朝三暮四或应安心本职工作等含义的劝说词。现在股市中的"基本稳住就是金"与之有同工异曲之妙，而这个故事还是万安和祥"家长"翁兆荣先生亲口讲与后来的同事何绪荣等人听的，笔者记而谢之。

（本文署笔名"杏夫"，刊于 2010 年 1 月 6 日《潮州日报》第 C3 版"潮州文化"）

"养呵"到趴上头拉屎 ✑

这是一句出典地点、年代都无从查考，却是人人口中都说的潮州方言俗语（"养呵"者，溺爱娇纵也），也是代代相传的"警世通言"。

相传潮州一乡里有个富甲一方的财主，天上飞的、地上走的、水里游的样样有，就连皇上用的东西，他也能想方设法弄来自己用一用。似乎这世界上没有什么东西到不了他之手，整天是一副扬扬得意、盛气凌人的样子。财主年已四十有余，膝下尚无子嗣，任其有金塔一样高的家财，传承无后终究是块儿心病。他娶了正房又迎偏室，千祈万祷却只得了一女。不久便又纳了一个小姜，本指望早得贵子，谁知却是"好摆雅，生无仔"（爱美却生不出儿子），依然"鼎仔"（肚子）凉凉。思忖再三后便抱养了一个男婴，权当"封围墙"，巴望能引来个"子孙满堂"。无奈却是"功夫饲鸡龟"（养鸡过于精细，下的功夫过多，反而养出长不大的鸡），成了"虾龟抽"（潮州方言中的哮喘病）。财主这下子急了，请来算命先生，说是"命中有子，戒急勿躁"。这一来，什么"送子观音""花公花妈"，财主是逢庙即拜，遇庙便跪。说不灵，也还灵，不多时，三姨太的肚皮"锥蕾"（形容女人怀孕后肚子大起来的样子）起来了，尖挺尖挺的，人人都说肯定是个"牯"（男婴）的，把老财主欢喜得像个孩童，数着日子盼到了足月生产那一天，果真生了个"马仔"四正雅（四肢健全，体魄健康）。一到满月那一天，老财主的门第内，男叫女笑，大鼎细鼎"吱焦嘹叫"（像蝉鸣一样吵闹），除了惯例的糯米干饭送全村，又宴请全乡里三天。

自知老来得子的千辛万苦和前面"虾龟抽"的教训，老财主对宝贝儿子的身体调养倍加注意，雇奶妈好鱼好肉催生奶水，派专工冬暖夏凉勤养护。这个小子倒也不负众望，长到三四岁时看上去竟有五岁孩童的模样。老财主对他娘儿俩百依百顺，总怕他有个三长两短。这孩子也"色目"（很聪明），正窍（正主意）无，倒窍（歪主意）多，看到乡里遍地的牛屎脯（干）、猫屎脯、狗屎脯，唯独无有"夏雨来吃屎脯"的人屎脯，不解为何人屎一定要拉入或倒下"灰东司"（厕所）沤肥，倒窍一来，非要亲自晾出个"人屎脯"来不可。于是，他胡搅蛮缠，非要骑在他老子肩上，一泡屎撒在老子的头上，并嚷着要等屎稍干了才能下来。可怜那时正好是"六月热毒天"，屎易干，却是臭气冲天，老财主着实受不了，三姨太见状，千哄万劝，才把老公救出重围，到淋浴间洗澡整理一番。打这以后，这个小子也就得了个"拉屎"的美名。

这"拉屎"渐渐地长大，四书五经总不读，竹竿擎横总胡来，竟然成了一方小恶霸。老财主眼看着这不成器、不知义的子嗣，咽下一口气呜呼而去，临终留下话，"养呵"到趴上头拉屎，一定要惹出祸来。果不其然，这富甲一方的财主的家当，就被三姨太生的"拉屎"仔玩尽花光了。

好事不出门，恶事传千里。潮州人便将这个故事传为教育子弟和处理人际关系的金玉良言了。

（本文署笔名"肖岐"，刊于 2004 年 8 月 23 日《潮州日报》第七版"潮州掌故"）

"早走起"与"晏走起" ⤳

　　潮州人把起床叫"走起"，也是睡醒的代称。睡眠是人的基本生理需求，也是健康的基本保障。为了更好地工作生活，睡得足、睡得稳成为人们的共同追求，因为健康是从睡眠开始的。

　　而在旧社会，"三从四德"成了妇女一生的枷锁，睡眠时间由不得自己，"早走起"与"晏（晚）走起"是由别人支配的。人们不禁发问，这话似乎重了点吧？不，不重！旧时刚过门的媳妇，对这话的体会就更深。如果家有三代：上有家翁家婆（丈夫的父母），中有丈夫，下有阿姑阿叔（丈夫的兄弟姐妹），这些都是媳妇必须侍候的对象。如果是四世同堂，还要加上老公老妈（曾祖父母）。具体的家事可多着呢！整天都围着家务转，劈柴、煮饭、打水、拣菜、扫地……以至于逢年过节，做粿拜神拜祖，样样怠慢不得，有时被侍候对象找碴，或稍不留神，还要挨骂，遭人白眼。在旧社会，大男子主义的丈夫不把老婆当回事儿，晚上还得让老婆侍候。侍候儿婿（旧时对丈夫的称谓）安稳入睡已很晚，还得"早走起"，打水、生火、做饭，预备好全家洗脸、漱口用水。俗话说"花无百日红，人无千日好"，辛劳太过，偶感风寒，头昏目暗那是免不了的，时或"晚走起"是正常的。有时儿婿硬要和着睡，也得"晚走起"，这样起得床来天已稍亮，公婆是不分青红皂白当骂上一阵不可，"蛮消蛮理"，天洞洞光才"走起"（不害臊，天亮才起床）。这羞话当媳妇的听了也得往肚子里装，连个屁都不敢放，如果嘴硬回话还得家法伺候。但"早走起"呢，那儿婿又不愉快，正香着呢，怎个就要起床，夫权重的大男子主义，连吓带骗地要老婆再和睡一番，而感情和谐的，也苦苦地来个哀求。还都是"饭烧菜烧"奈得个"不"字啊！这左右为难的事，当媳妇的不难吗！故而就有了"早走起得罪儿婿，晚走起得罪家翁婆"的潮州俗话。

　　而这句形容"媳妇难当"的熟语早已延伸于潮州人生活中、工作中，如日常生活中的中间人，私人企业中的小"家长"，上有老板，下有员工，就像夹心饼，干受罪。还如单位的班组长，有责无权，既要完成上级领导布置的任务，又要管理好下属的工作，照顾他们的情绪，往往是吃力不讨好，这些都不能不有点"早走起得罪儿婿，晚走起得罪家翁婆"的味道。

（本文署笔名"杏夫"，刊于2009年11月25日《潮州日报》第C3版"潮州文化"）

"大圆"与"派钱"

　　老潮州府城，人们的文化生活并没有现在这样丰富，什么电视、电影、大型演唱会、歌舞晚会、网络游戏……逢年过节，多是请棚戏了事。请棚戏是大手笔，那时才有看戏听曲的机会，平时要听只有到锣鼓馆去，去听各门头的十三组锣鼓队练习弦曲、锣鼓。但这单调无聊且断断续续的生手演奏，就像听抗旱的水车一样，很刺耳，所以人们盼望能在闲暇之时看场戏，听段古，过把瘾。看棚戏那"怡梨""老正顺"之类的名戏班子少也得一块几毛钱；而听段古也得几毛钱，几毛钱虽少，但常去听古，对工薪族也是一个不轻的负担。穿街过巷的饮食小摊上有现煮的粿条和饺汤，上面还漂着几片三层肉（五花肉）、肉丸，一碗才三毛钱，但是有人宁可省吃俭用也要听段古，看场戏，追求一下精神享受。

　　总外埕润伯是个"古瘾"，每天辛苦当搬运工，攒得几个钱，不是买甘草货，就是听古，日食日空，有时免不了还要赊账。三餐皆是胡乱咽饱，衣服破损也不管，稍有闲暇即奔西湖北岩听老杨讲古。那个小鱼市巷的老杨，穿一身香云纱大筒衫，手执葵扇，神态自若，快慢有度，声音雄浑有力，字字对韵入格，句句平仄讲究，只要你从西湖北岩走过，听到那"低音炮"，心里就舒坦，怪不得城内有人道"东门一个鼓，西门一个鼓，都不如老杨讲古，听了就着'糜屎肚'（心情郁闷、烦乱的意思）"。怪不得润伯这大老粗也听得那么上瘾。看那手攥着钱的润伯，刚给人家卸货得到钱便直奔西湖北岩，讲到"那周瑜跌下马来，箭疮复裂……咳！这一世英雄的周都督性命如何，请听下回分解"，便听到老杨"来来来，偿脸偿脸"的派钱声，而前述孔明如何三气周公瑾，周瑜如何受困于赵云、张飞、魏延和黄盖的"苦肉计"等情节却全然听不到，就得付钱。润伯心里又是一阵痛，派钱到了他这里，钱攥得紧紧的。老杨看出了他的难处，特许这次就不用"偿脸"了。是啊，上次讲到桃园三结义、董卓戏貂蝉、三英战吕布，不都是讲到收尾润伯才到吗？怪可怜的，穷人毕竟怜穷人啊！

看戏就不一样，高档又奢侈，一般人是不敢问津的，一张戏票就是几天的生活费啊！隔壁的财姆是个老戏瘥（戏瘾子），儿子在行铺（大公司）工作，虽是工薪族，但薪酬颇丰，人也孝顺，赚的钱都交与财姆安排，知道母亲有这瘾，也就多"拼搏"，惹得财主欢喜，多给几个钱，这钱也足以让财姆去看戏，而财姆家内理得井井有条，晚上有戏是必看不可，"外江""潮剧""杂技"……统统都好，只是非得等家务料理好了才去，因此常常是到了戏院，不是戏已过半，就是接近"大圆"（大结局）。那财姆还有个癖，就是好交际，见了人，总得搭个讪，那次老正顺在演"穆桂英挂帅"，财姆知道这机会难逢，一大早就去光华戏院，怎奈她脚缠绊死鸡（行动缓慢、拖拉），到了戏院穆桂英已战胜番邦凯旋了。

润伯与财姆，一个是爱听古，一个是爱看戏。听古的堵着（碰到）派钱，看戏的遇到"大圆"。这听古、看戏的遭遇——"听古堵着派钱，看戏遇上大圆"，常被潮州人喻为"坏运气"。现在股市上的好多股民卖出就涨、买入就跌，不是亏本输钱，就是紧紧套牢，这些"羊公忌（无财气的代名词）"式的遭遇，该也是"大圆"与"派钱"的现实写照吧！而润伯、财姆听古、看戏的故事只是我们见过的两个实例，真正起源该追溯得更远吧！

（本文署笔名"杏夫"，刊于 2010 年 1 月 15 日《潮州日报》第 C3 版"今日茶话"）

"提携"与"堵着"

潮语"牵攒'哥娃'"是"提携"之意，"堵着"意为碰运气，为行文方便，也让潮州内外人士都能看得懂，故本文还是以"提携"与"堵着"行文。

旧时县衙里的轿夫，相当于现在的县政府专用司机，大小算是"一套班子"的"成员"，也称得上专业技术人员，在旧时却不是吃"皇粮"的准公务员，用现在的话来说，就是合同工。一天，县太爷出巡办公差，扛轿的两个轿夫，一个高挑瘦削，一个矮墩肥憨。瘦高的名叫"提携"，矮肥的名叫"堵着"。别看他们两个一肥一瘦，一高一低，但扛起轿来倒也合拍。肥弟在前，瘦哥在后，那安排堪比现在的汽车：发动机在前头，车头稳，车身自重足，行驶起来就不会轻飘。瘦哥在后，人瘦力不瘦，倒起到了后驱动力的作用，所以那轿在他俩看来如手中玩物，要快就快，要慢则慢，稳稳当当。这样默契的搭档轿夫，当然成了县太爷外出之首选，所以两人的上岗率也总比别人高，而且"提携"扛轿观头顾尾，起落轿、开轿帘都抢在先，挽扶县太爷上落轿动作干脆利落，直讨县太爷喜欢。

扛着县太爷办公事，也有不必严肃板脸的时候，抓住时机，两人总喜欢边扛轿边聊天。县太爷一人坐在轿里本来就闷，有人谈天说地倒也不那么单调无聊。一次，他们就将话题扯到"堵着"和"提携"，"堵着"说"堵着"好，"提携"说"提携"好，两人争得面红耳赤。县太爷坐在轿里也听得不耐烦，便官腔十足地说："太爷把这个案判了，'提携'好！"回到县衙边给"提携"写条子，边口中念念有词："衙内刚有个缺份，明天早上你就拿这个条子到'人事部门'报到。""提携"拿着条子，对"堵着"说："你看，不还是'提携'好吗？今天拿到这条子，明天我就是吃皇粮的老搭档啦！等我站稳了脚跟，再'提携'你一把，怎样？"末了，他想到自己去报到时的风光也该向"堵着"炫耀炫耀，就邀"堵着"隔天陪着他一起去报到。

怀中揣着县太爷赐的条子，"提携"喜出望外地拿着刚领到的扛轿钱直奔市场，买了几只大闸蟹，一瓶烧酒，回家与老婆一起庆祝，怎知"天有不测风云，人有旦夕祸福"，"提携"肚里久时未闻鱼腥，烧酒闸蟹一下肚，随即来了个"虎烈拉"（霍乱早期的称谓，此处借喻泻得很猛），隔天连床都起不了，等到"堵着"到他家时，只能有气无力地吩嘱他代为报到。

那"堵着"拿着县太爷给"提携"的报到书到了县衙人事部门代为报到。任凭"堵着"怎样解释，人事部门都说只有照本办事。县太爷白纸黑字朱印，清清楚楚写的是：请给带文本人安排差事，月俸金×斗米。认准了"堵着"是报到书的主人。正是"龟殊鸟自有飞来虫"（形容倒霉蛋也有意外之喜，常用来安慰落魄之人），没等"堵着"再行辩解，人事部门就将他带去领衙门工装。"提携"早上吃了点药丸，下午稍安，但一直等不到"堵着"回话，于是由老婆搀扶着到县衙，只见"堵着"正神气地站在衙门口办差。见到"提携"来了，"堵着"连忙向"提携"解释，但"提携"怎样都听不进去，只是一个劲地骂"堵着"不是人。唉！哑归哑，理归理，看官看到这一幕也来评一评，是"堵着"好还是"提携"好？

（本文署笔名"杏夫"，刊于 2010 年 8 月 18 日《潮州日报》第 C3 版"潮州文化"）

"艰苦过"与"艰苦就着刮"

谈到潮州俗语"艰苦过"和"艰苦就着刮"（生病了就用刮莎疗法治疗），那得从潮州府城内的三座祠堂说起。

昔年，城内有三座都是坐北向南，分金完全相同、风格基本相似的祠堂，那就是小鱼市巷的江厝祠、大鱼市巷的许厝祠和昌黎路的郭厝祠。这三座姓氏宗祠，是明末至清初建筑规模较大的祠宇，沿着三巷一字排开，好不排场。

图1　大鱼市巷都司府西厢房，摄于 2012 年 12 月 20 日

江厝祠，主体位于现小鱼市巷 4 号，坐落于小鱼市巷与打银街的交界处，南北约 40 米，东西约 25 米，面积约 1 000 平方米。为三进建筑，斗拱抬梁式木结构，大门正面镶有"江氏宗祠"石匾，照壁为曾厝巷林厝祠的后寨墙，内有三个天井，抗战期间毁圮。至中华人民共和国成立时仅存残瓦断壁，后被改建为简单的公产房，20 世纪 90 年代由房管局再度主持

改建为楼房。

江厝祠东面有一小屋，住有黄姓发伯一家，发伯以卖熟番葛薯芋为生，人好生意好，芋头很香，而其切芋的刀薄而利，切的芋片薄如纸，几乎能透见对面的人。在那个物质紧张的年代，几分钱就能吃到芋，只是还粘不满牙，只到喉不到肚，"骗嘴拐喉咙"（形容太少没吃够）。

与江厝祠一街之隔便是大鱼市巷的许厝祠，后来的西马路小学就是由许厝祠改建的。许厝祠是三祠中最晚消失的一座祠宇，现在三十岁出头的人应该对该祠的第一进水磨般的石柱及大门口做工精细的石鼓仍有印象。该祠与江厝祠同为斗拱抬梁式木结构建筑，南北约 55 米，东西约 30 米，面积约 1 650 平方米，有四进二从厝，三山门。其东侧在民国以前为都司府，辛亥革命后被作为潮州府产拍卖，都司府更为陈姓民宅（陈庆基堂）。还是都司府时，其靠近许厝祠一侧有一单斜瓦顶的一厅两房的西厢房（见图 1），放置着南校场行刑的刑刀。小时候听老一辈人说，每逢南校场杀人，刽子手总是骑着马来这里取刀，完了又搁回原处。所以，久而久之，人们都传说这里时常闹鬼。

郭厝祠，即现位于昌黎路的潮州影剧院旧址。该祠南北约 56 米，东西宽 40 米，面积约 2 240 平方米，为四进二从厝一后包裹，为准驷马拖车（驷马拖马是一种大型的民居宅院，又称"三落四从厝"，整个建筑像一驾由四匹马拉着的车子），是三座祠堂中最大的一座，中华人民共和国成立前已废圮，但其石柱、石门斗仍在，至 1961 年改建成为电影院才夷平。

三座祠堂从西向东，一字排开，"江许郭"三字，因与"艰苦过"谐音，也被潮州人取用为逗趣之材料，而且又引入了"艰苦就着刮"的民间刮痧疗法。不知是先有"江许郭"，还是先有"艰苦过"。

现在，江许郭三祠已不复存在，也无法复制，但"艰苦过"一词却永远被载入潮州俗语。

（本文署笔名"杏夫"，刊于 2013 年 1 月 17 日《潮州日报》第六版"潮州文化"）

"妖娆自己来"

"一、二、三",再来,"一、二、三……"已是数十次重复"芝兰花手"的动作练习,连续半个月来的老一套,千篇一律的示范和刻板的教法使小宝这个悟性颇高的"戏仔"有点不耐烦。事实上,她已学得不错,戏班里的人也看出小宝的演艺天才,称赞她的"芝兰花手"动作中规中矩,相当到位。就一瞬间,身姿微斜,眼角含笑,手指柔软地一卷,拇指捻住中指,小指一翘,食指一"扦",天生丽质的流线型弧度与花旦唱腔完美配合,使人家赞叹不已。而戏班老先生仍然重复那死板的要求。小宝很不耐烦,但她有礼貌地对老先生说:"先生,你教我的行板,妖娆我自己来。"

这就是流传在潮州很久的熟语"妖娆自己来"的来历。这句话虽出于戏班,但已被借用于各个可以使用的行业了。此话的含义有多个层面,主要说明对事物的认识,要旨、规矩一定要清楚,而运用则要靠各自发挥,给人以创造的空间,允许一定程度的个性发挥,才不至于扼杀有发展前途的业务苗子,社会才会不断地进步,但同时也要防止骄傲自大、不按规律办事。

联系到教育方式,让学生懂得学习的重要性和做人的道理,从而发挥学生的创造能力,发掘潜能,这与"妖娆自己来"的典故有异曲同工之妙。反思我们目前的填鸭式应试教育,学生为得高分,一切问题按老师教的,或按课本的"标准答案"行事,不敢越雷池半步,创新的棱角都早给磨圆了。我们是否可以从"妖娆自己来"中体会出一些有深意的东西来,进而延伸至社会生活的更多层面?

(本文署笔名"杏夫",刊于 2006 年 1 月 13 日《潮州日报》第 B4 版"百花台",入书有增删)

"月怕十五，年怕中秋"

潮州有一句妇孺皆知的俗谚，叫作"月怕十五，年怕中秋"。此语言简意赅，浅白易懂。

中国农历平年有十二个月，闰年有十三个月，农历大月为 30 天，小月则为 29 天。每个月的十五日一过，就意味着该月份的天数已过半。若从另一个角度来说，每个月的月亮都是在十五日那天达到盈满，过了十五日，则渐次亏蚀。

就全年来看，中秋节时一年十二个月中已过了七个半月。秋高气爽，月朗星稀，正是中国农业社会过"收获节"的最佳时节。有新派美学家用 7.5 除以 12，其得数恰与西洋美学中的"黄金分割法"的比值 0.618 相近，遂以之论证中秋节为一年中最"美"的一天，此论倒也新颖别致。

普通人没怎么研究过高深的理论，仅从"光阴似箭、流年易逝"的角度来看，过罢中秋节，平年只剩下四个半月（闰年只剩下五个半月），反正皆是过了一年的大半，若是慵慵逸逸、漫不经心地过日子，眼睫毛一眨，一脚就"踏"着年的"尾巴"了。不知是潮州的哪一位先贤，便造出这么一句饱含哲理的大白话——"月怕十五，年怕中秋"，它告诉世人——时不我待，做事要有计划，要抓紧时间按期完成，免得到头来白混了日子，一事无成。这句催人奋进的话，不是板着脸孔的一味训斥，而是以人皆有之的生活体会给人来个"温馨提醒"，有一点年关"倒计时"的现代气息，也有一种亲切的人情味。这似可窥见潮州民俗文化特点之一斑。

（本文署笔名"肖岐"，刊于 2004 年 10 月 20 日《潮州日报》第八版"潮州文化"）

烧烧，二毫免票

　　"烧烧，二毫免票"这句熟语，笔者问了好几个年轻人，他们都直摇头不晓得是什么意思。对于拣精择肥、不知稼穑艰难的年轻人来说，他们怎知道这是产生于 20 世纪 60 年代初一段特殊时期、特定环境下的一句"名言"呢？

　　20 世纪 50 年代后期，国家实行计划经济体制下的统购统销政策，人们都要"按计划吃饱饱"，勒紧腰带过日子。街上的胖子少，"三高"（高血压、高血糖、高血脂）病人更少。60 年代经济困难时期，城镇居民的粮食供应定量更少了，能填饱肚子是人的最大期望。可是，吃一碗粿条汤，买一个包子，都得搭上粮票。走亲串户也得自带口粮，用手帕包上二两米做客那可是常事。可是到了年底，县镇总得开个十天八日的物资交流会，运气好的市民，可以在交流会期间捞得一点意外收获，如吃上一碗五分钱、不收粮票、没肉的粿条汤，一小盘蚝煎，几个无米粿。物资交流会大多安排在秋收完毕、"十月冬"后的农闲时候举办。当其时，农民得闲且有点钱，市民也开始张罗备办年货。交流会的摊档，从太平路"百花台"下一直摆到南门古，延展到昌黎路、卫星路、竹木门街、汤厝巷、西马路，而免票供应的主食，是逛交流会人们最"看想"（惦记）的对象。"林权记"大包子，个头特别大，是现有莲花井脚大包子的近两倍，清一色的肉馅，腿心肉加上腐乳汁、葱白、白糖的传统制法，香喷喷引人垂涎。平时，能弄到"一两"面额的流动粮票，积攒上两毫钱（潮人称角为"毫只"），首选就是直奔"林权记"铺前买一个大包子慢慢品尝。如今逢交流会，免收粮票且只收两毫钱，不吃白不吃！顿时，百货大楼对面的"林权记"排上了长龙，大街挤了个"肠梗阻"，"喂，烧烧，二毫免票！"的叫卖声与欢呼声交织在一起。

　　这"烧烧，二毫免票"后来也渐渐地成了潮州的一句熟语，意谓"碰上了便宜事"。

丰衣丈三六，足食十八五 ～

　　计划经济时期，一应物资都在限制供应的范围内。于是，每个家庭拥有多种票证，如每人每月煤油一两，红白糖各一两，煤炭 25 斤，猪肉两角（钱）。当时的成年人，每人每年分得布证 1 丈 3 尺 6 寸（见图 1），粮食为每人每月 18 斤 5 两（见图 2）的定额。

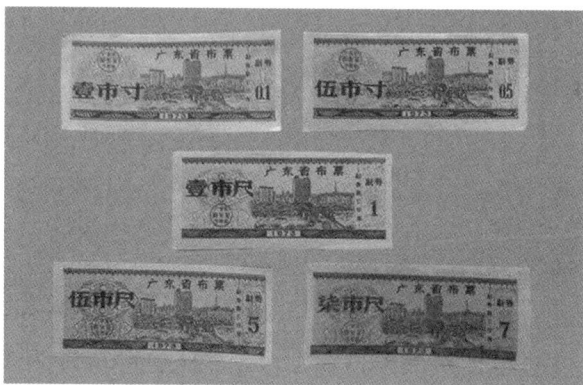

图 1　那个年代每个人一年的衣着在此

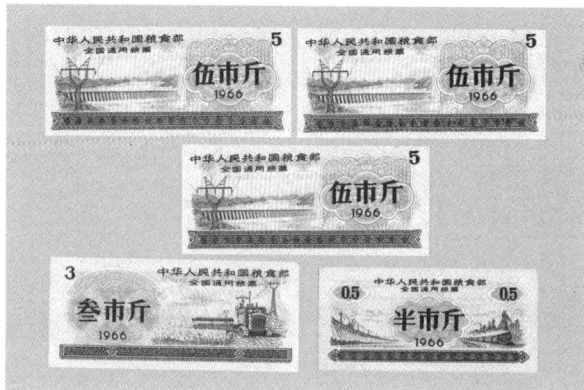

图 2　那个年代每个成人一个月的口粮就在此

18斤5两，对现在的人来说是足够吃饱的。但是，在缺油少脂的年代，能填进肚子的并无其他副食品，每月仅吃这点儿粮食实在是紧巴巴的；而1丈3尺6寸布，只够一个人每年置一套新衣服的。为了省吃俭用，大家也特别朴素。衣服是大人穿了孩子穿，大姐穿了小弟穿。那时的衣服颜色不是蓝就是灰，根本没有男女老少之分。为了"鹭腿削肉"、占一点小便宜，到布铺找熟人剪块布尾便成了精明之举——这无非是为了能够得到一点儿不计布证的布！

明白了以前困难时期人们过日子的难处，我们更应珍惜今天丰衣足食的好时光，建设幸福的和谐社会。

（本文署笔名"杏夫"，刊于2007年9月19日《潮州日报》第C3版"潮州掌故"）

"亲像人"与"亲像俺"

　　青龙古庙称得上是潮州人的精神殿堂。昔时，此处也是乞丐的一个好去处，就像现在的佛教净地开元寺和旅游名胜湘子桥景区，无形间成了乞丐聚集、纠缠讨乞的场所。

　　潮州人逢年过节都要做粿"拜老爷"，逢上青龙古庙"营老爷"的日子，四乡六里的信众都要带着粿品至青龙庙祭拜，祈求一年平安；拜后乞丐总会一拥而上，向主人乞讨粿品，大家也乐得将粿施舍之。昔时，青龙古庙的拜亭有半阁楼，乞丐夜宿于此，饿了就下来在钱财焚化炉旁讨粿吃，也算是食宿无忧，自在惬意。

　　仙洲是韩江上的一座小岛，盛产白萝卜。这白萝卜，正是城里人正月蒸制"菜头粿"的好材料。每天从早到晚，总有仙洲的农人挑着菜担、赤足蹚过冰冷刺骨的韩江水，进城叫卖萝卜。当农人望着不远处乞丐在庙前晒太阳食热粿的场面，不由得生起羡慕之心，徒叹"我等还不如乞丐清闲，躺着吃粿享福"；而有些乞丐自忖不劳而获，面对农人的辛苦劳作和自食其力，也难免有愧疚之意，听了农人的感叹，便说："人哩荟得亲像俺，俺哩荟得亲像人。"意思是：人家说比不上我们，其实我们哪里能比得上人家，若是比得上，也就不用出来做"乞食（丐）"了。

　　潮州俗语"大老爷宫乞食——嗝（难）比"，即出典于此，比喻世人看事论理因不同的立场和观点，无法相比较，其中况味，约略相当于今天的时髦话"屁股决定脑袋"。

潮州人筵席礼俗述略 ⁓

潮汕菜是粤菜三大流派之一（余者为广府菜、东江菜），因其用料广博、烹调多变、色味俱佳、酱料讲究、品种繁多而风靡神州大地，享誉海内外，香飘五洲。近年来，研究潮汕菜者众，文献资料颇多，但与之相辅相成的潮州餐俗文化却鲜少有人涉猎，也未见现成资料。笔者收集民间历来餐规俗例，按请客、设席、接客、摆席、入席、席间、退席等依次略述，以冀抛砖引玉，望方家正之。

一、请客

没有电话、网络的时代，请客多口头通知或送请柬，也有提前约定的，如长辈生日、忌日。"请斟杯薄酒"是口头请客的惯语，请柬则相应之"敬备薄酌"。如无足够理由，受邀者应欣然接受，确有不便也应以"对不起、孬意思"等婉辞。即便平时串门，人家有请，就算是吃过了或无意受请，也要施以谦辞"用过""饱在"，而不可直言"勿""不要"，免得扫人兴、得罪人。

二、设席

昔时请客吃饭绝大多数都在家宅，也有借用公厅（如宗祠、乡祠）的，其由有四：一是酒楼少，二是不时兴（流行），三是"俭钱（节约）"，四是显得"闹热（热闹）"，丧事可去晦气，喜事则"吃兴丁"。因此，非达官贵人讲排场外普通人家少有上酒楼的。上酒楼的事主只派个"跑腿"报个宾客名单，按上、中、下宾交酒楼布置了事。在家的则这样安排：

设席规矩按厅内侧为大、外侧为小，按左是大畔、右是细畔的原则安排，主桌设于家宅大客厅正堂内侧，大的客厅可摆上八桌，靠正堂外侧是次桌，"七"是潮州人最忌数字，"白事才做七"，除丧事外忌摆七桌。如客人有增有减，只能在座位上增减。喜事摆桌取双数不取单数，有"好事成双"之意，特别提醒的是潮州人对"四"并不忌讳，倒有"四平八稳""四通八达"之意，以上是喜事的摆桌数字宜忌。而丧事的摆桌数字则是宜单不宜双。

碰到客人多，大宅人家可摆到内客厅、外客厅、左厢房、右厢房、从厝、外埕。若客人多、家宅又坐不下，可借用邻宅摆桌，参照家宅规矩设席，只是入座客人多为外亲、乡里叔孙。潮州人有"好借人送丧，孬借人拜堂"之说，那是因为借人家作白事，晦气可随其带走，借人家做喜事，"兴"气却随之而去。可潮州人又有"金厝边，银厝边""远亲不如近邻"的说法，十分珍惜邻里关系，故很少拒绝人家做喜事借客厅的，只是末了讨对潮州柑"大吉"，讨点糖"甜甜"，心里也就平衡了，但实际上，不等你开口，借者早已准备好了柑糖，这是潮州人约定俗成的规矩。

三、接客

要将内外庭院打扫干净，摆设床桌、椅凳，预备茶水以招待客人。请人喝茶，要称"饱杯茶"，而不是现在的直称吃茶。要客、长辈则坐在厅中太师椅，一般客人、平辈、下辈则于二厢、内埕，甚至大门外埕停歇，配以相应主人（如长辈对长辈，女客对女客）招呼（接待）叙家常世情，谈天说地，其乐悠悠。做得工夫（细致周全）的还有冬热夏凉面巾擦脸扫尘，做法是用木桶装水，放上几条新面巾，捞起拧干，须双手捧与客人。面巾多人多次使用，没有现在的消毒概念。而这种做法已是大户望族之礼了。

做人客（客人）要在约定时间提前赴席，以示重视和尊重，万不得已因"脚缠死鸡"迟到了，要作揖入座以示歉意，但这多少还是有"不恭之嫌"。现在请客吃饭，迟到、早退、餐毕即回是常事，实际是不礼貌，也无乐趣。

四、摆席

摆席要在客人到来之前就摆设完毕，方桌宜用椅条，圆桌宜用圆凳、椅头。要客、长辈坐太师椅、交椅。餐具摆设依次为箸、碗、匙、碟，箸须横置于座位中间近桌沿处（不能直放，那是拜祖的放法），碗居箸前面左旁，匙横置其前面右边。碟盛酱料，每桌四份，均放于二位或三位中间。

菜式：喜事要头甜尾甜，十二菜式在桌以前就算得"滂霈（丰盛）"了，但现在有至十六菜式或更多的，盘碗均须双数，如八盘四碗，四盘二碗。丧事则是单数，"功德菜"是不能少的。

五、入席

席位：潮州人做桌餐台有四方床（桌）、圆床（桌）两种，四方床俗称八仙床，可供 8 人用餐，大的可就座 12 人。八仙床以靠正堂一侧为大，对面次之，再次为其左、其右。圆桌也以靠厅正堂一侧为大，以左右侧顺序次之。各种桌式，末位是"洒（倒）酒""敬茶递烟"位，末第二位是让菜位，负责上菜、摆菜、退菜、换碗、换匙、换箸、添汤等。现在，人们为了方便，喜欢以圆桌无正侧为由，随意入座，减少让座的麻烦，其实是与时俱进的做法。

入座：入座前全桌人须基本到齐并有礼貌地稍站，等主位安坐完毕，其他人方可依次坐下，桌数多的，须等首席入座完毕后，其余各桌才能按顺序坐下候餐。

六、席间

上菜：开席上菜当以首席为先，而每道菜又得先摆在首位座前，等下道菜上后，才依次摆退。开席要由首位夹头筷，如首位不喜欢吃或不想吃，也须象征性地用箸点一点，以示开席，其他人才能下箸，茶酒亦然。有整只鸡（虽已切碎，但仍摆有鸡首，鸡尾也一样）、整尾鱼都必须头朝首位。

喜桌上菜如太快，桌面放不下盘碗，可重可叠。若是丧桌切不可重叠，必先退下前菜，有空间才放上新菜，以避"重丧"之忌。

基本坐姿与食态：潮州人有"坐如山（或坐如钟），食如海"之说。上大场面如此，在家吃饭也一样，忌随意离位走动，东张西望，捶脚掷手，大声呼喊。何谓"食如海"，就是要像大海那样虽有吞风吐雨之势，但要镇定自如，坐稳己位，啜纳有度，不宜显露声色。咀嚼时牙齿不得外露，更不能发出"吧唧"之声，不然会被视为无财气，偶遇骨哽喉，也得静静离席，自行处理，不能在席上剔齿，更不能用手掏口中牙间瘀物。

另外餐间不能随意上厕所，这样才有财气，"矢气"（打嗝）也得忍住，将声音调到最低，吃汤忌出声，忌席间多话。

盛饭规矩：盛器要用碗，不可用小盘、碟，否则有吃后"肠肚浅"之忌（心胸狭窄，易生气），不用钵盛，有下人、粗人之虞，将来不能成为文雅之士。即使用碗盛饭，也以八九成为佳，太满了，会说是拜祖（潮州人拜祖公的杯饭是双杯饭相向堆高），最忌的莫过于在饭碗上插双箸，那是死人"饲生"的盛饭形式。

餐间几点忌讳：

其一，忌全部吃光。平时用餐讲究吃干净，不浪费，过去也是如此，但上了"桌"就不一样，讲究儒雅，不能像秋风扫落叶一样一扫而光，要留有少许的压盘底。鱼要留下头、脊骨、尾，如果全部吃完，会有"吃光"之忌，吃光的人"凶龙"（厉害之意），寓意"吃空""没家底"。

其二，忌灶上吃、砧顶吃、鼎中吃、锅中吃，这当然是指就餐者，并非做餐者。有的人平时在家中见到鼎中、锅中烹调菜肴，喜欢拿起勺就吃，从生食到熟，这是性急的表现。在现实中，喜欢饭未熟就到喉的人，多性急、易怒。

其三，忌连筷重筷。现在的小孩，上餐桌见到适口的菜，一要再要，父母公妈也帮着夹。这在过去，文雅的就以一句"一之为甚，其可再乎"警示之，而百姓家多以"一箸就够，孬再夹"止之。

其四，忌探底或翻菜。潮菜讲究用料搭配，即使是寻常百姓家做菜，也讲搭配，如最常见的芥蓝炒猪肉，这猪肉有时用的是胜粕，而胜粕又有方胜、水胜之分[1]，猪肉又有三层、梅肉、腿心之别。这样就餐时就有人选精拣肥，只挑自己喜欢的吃，有的料在底层，还来个"海底捞针"。也有的吃肉吃腻了，专拣着芥蓝菜吃，而芥蓝又有心、叶、茎之分，于是你选我拣，把整盘菜弄得乱七八糟，长辈见了都说"随缘随缘"，挟到什么就吃什么。此中还有层意思，说喜欢挑盘中菜的人，挑精拣肥，长大做事总会朝三暮四，成不了大器。

用箸的忌讳：

其一，忌敲锅敲钵。敲打食具，是"衰型"（不祥之兆）之象。

其二，忌箸打孩子。孩子会因此"糜皮"（没出色）。

其三，忌折箸。过去的箸都是红漆，"箸重"（盛箸的罐）上面写上"千子万孙"，箸到了冬节（冬至）才能替换。箸即是子孙之意，箸是万万折不得的，就是平时清洗也得仔细。折箸比起砸锅砸碗还要严重，有断子绝孙之忌，如有人生气时"掗折箸"，那是犯了大忌。

意外：先前潮州人吃菜的餐具，除了箸，基本是瓷器，这就难免会失

---

① 胜粕，用肥猪肉煎猪油时剩下的固体物，方胜是肥猪肉，水胜是猪内脏。

手打碎。若遇到这种情况，桌中就会有人立即满脸笑容说一声"扣掉缶，子孙一大围""缶开嘴，大富贵"。这样一来，失手者不致尴尬，主人也不致心中不快，甚或有人即兴吟诗，惹得满席大笑，反而餐间乐趣横生。餐间不慎失手将箸掉下地，有时当事人也很尴尬，但一句"胶落箸，加一顿"却使大家在笑呵呵中化解掉。

敬酒、敬茶：潮州人热情的客套亦是调动席间气氛的一种做法。下辈敬上辈、同辈相敬，多以"试味""饱点仔"，上辈夹给孙辈，多以"惜落顺势"之词。受者多回敬以谦辞"对不起""有劳大驾""当起""那就笑纳"等。如受者客气推透，敬者会以"勿惜嘴"相劝。另外潮州人敬酒讲礼貌，喜欢以"随意"之词，少有豪饮、暴饮，以免醉酒而扫众人之兴。

斋人，忌食牛、羊……者：不喜欢某些食物的人，如有人不慎夹忌物相敬，总是以"善哉、善哉"婉辞。特别指出的是，蛇、狗之类以前是上不了大雅之堂的。

七、退席

喜桌餐毕，主人要请客人喝上几杯工夫茶，然后才送其退席，客人也应向主人致谢道别，排座位越后者要越慢离席。主人陪客人，要辈分地位相当。退席前，如确实餐毕，就餐者要把碗轻放，箸横置其上面以示吃饱。要摆齐，否则有"三长二短"之忌。而日常家餐则是每个人吃后要将个人餐具包括碗、碟、筷、汤匙收拾好放到碗桶（洗碗盆），女眷则负责收拾饭桌洗碗。丧桌餐毕退席，要不辞而别，不得回头走，主人也不必送行。

相敬不如从命："吃桌"餐中敬酒、夹菜万万不能一推了之或用"免用""饱死"等词。一是忌，二是无礼。先以"恕哉"婉推，恕有宽恕之意，是谦逊之语，"却之不恭"。确实推之不去，只能受之，但可用"相敬不如从命"等词回敬，暗示对方不可再相敬，这样既不伤和气，又其乐融融。如果硬推不受，此君会被人认为无教养。

潮州有"海滨邹鲁""岭南名邦"之称，是礼仪之乡，特殊的地理环境、文化积淀孕育了潮州人儒雅的特点。潮州人餐俗吃中有乾坤，是道德礼貌的一种外在表现。

潮州人用餐有吃桌、吃饭之分。吃桌是"旁沛"，有年有节，有客人或受人所请，比较规矩，而吃饭是指家中日常用餐。但不论吃桌、吃饭都有例俗（规矩），只是多少和宽严之别，一般来说，吃桌的例俗多且严，吃饭的例俗少而宽。钟鸣鼎食大户人家如此，人丁稀少小户亦然。但不论如何，这些都是礼教在潮州饮食文化的具体反映。如"恕哉"有宽恕之义，那是儒家之礼；"随缘""随意""善哉"为佛门之理；"一之为甚，其可再乎"有道家的味道。因此，潮州人餐俗又包含着儒、佛、道的精髓，是潮州饮食文化中一个不可忽视的组成部分。

（本文刊于 2009 年 5 月 27 日《潮州日报》第 C3 版"潮州文化"）

潮州乡俗顺口溜 ⌇⌇

孩童之时，常跟着大人哼几句俗谚语顺口溜，那时还没意识，只觉得儒雅、顺口。现在回想起来，着实"儒极"，而这乡俗顺口溜，版本有很多，范围亦有宽有窄，大至潮州府城四乡八里，小至一村一巷。下面略举收集到的几个版本。

版本一

涸溪榉竹篙（水运工人）；

意溪撑排哥（放竹排、杉排工人）；

东津出屐桃（做木制品，特别是木屐）；

府前饭的禾（小戏班）；

北门啰破柴（木材燃料加工业）；

池湖饭滴的（红白事、迎神赛会）；

花园挤牛奶（畜业）；

上埔打索哥（麻绳加工业）；

下寺骑吊锅（灌溉农业）；

前街骑虾箩（捕虾业）；

后街拿厚刀（竹篷业）；

陈桥十亩夹草支（种植业）；

后人家腊蔗——无目（清明后无日）（后人家腊蔗田地土好，出产的腊蔗落节圆而大条）；

羊鼻岗山后乌腊——无粕（羊鼻岗山后乌腊蔗也因其地土多，多汁而无粕，吃后很少蔗粕）。

版本二

池湖吹滴的（小戏班）；

花园挤牛奶（畜业）；

陈桥扶草支（精细农业）；

新铺骑大皮刀（皮革业）；

后人家挽大吊窝（灌溉农业）；

凤眼背大市蓝婆（做生意）；

十亩骑绞刀（园艺农业）；

陈头许尾中间张（指市郊吉利乡的三个姓氏分别居住在乡头乡尾乡中间；

牛仔较犁吉利乡（指吉利乡是殷实的种田农民）。

版本三

老汉今年七十九，撑张船仔满街走，走路熟，池湖阿兄"本（吹）"横笛，横笛好"本"又好听。学角人做靴，做靴好穿又好"力"。宫前金兄买粿汁，粿斗"蜂（香）"胜又蜂葱（猪油炸香葱）。名胜境，人庄安，庄安庄安圣。新街头，人磨镜，磨镜照人影。冒伯卖糕饼，糕饼齐齐甜。东门外，人卖盐，卖盐生砂徽。桥顶人抽锤，抽锤好相抬。昨夜做戏做祝英台，做了二三班，意溪人锯杉，锯杉做二畔。府前人饲蚕，饲蚕呤经（耕）丝，东门街人卖樟丝，樟丝一头红一头乌。南门外，人编桶圈，桶圈好圈桶。府前卖篾脯，篾脯耕幼篾。桥头卖碗碟，碗碟革饶季。西门人凿对，凿对好种米。开元人挽齿，挽齿用臂（麻）药。西门外，人拍（打）石，拍石使重锤。枫溪人烧缶，烧缶用白土。双忠宫，人裱豉，裱豉响叮中，我是上轻松（原版是：我是"领"你的老祖公。笔者改）。

版本四

凤眼背大市篮婆（昔时麻风病人聚集地，麻风病人由于受到社会歧视没有具体工作，有的丧失劳动能力，缺乏社会救助，生活贫穷，只能拎着大市篮四处求乞）；

景山扛棺材竿（丧葬业）；

上埔骑剪刀（手工业）；

宫仔担鸡鹅（三鸟养殖业）；

仙子园骑牛皮刀（皮革业）；

后人家挽吊窝（井灌农业）。

城内小至一条小巷也有民谣，像曾厝巷、小鱼市巷都曾将巷内各门楼所事主业编成民谣，如曾厝巷"林厝祠，隔壁华侨屋上儒，内畔有个叫三弟，隔壁王振利……"。

这是儒雅潮州的一个侧面。

潮音误趣笑料多 ⁓⁓

前不久，笔者路过市区一繁华商业街，突然一档主从店中快步走来，热情地邀余入店内喝茶。笔者于是自然而然地望一望其店匾，是用"叶根友简体"打印出来的"梦星缘"三字，也算工整大方。看看余之神情，店主神采起来，风趣地说："不是'梦星缘'，是'绿豆梦'。"我懵了！这"绿豆梦"从何而来呢？店主答曰："那是老人读老书，字从左向右读，'缘'很像'绿'，'星'走眼有点像'豆'，故曰'绿豆梦'。"这误读将店名叫歪了，但使路人对该店模样多看上一眼，甚至要进店看看，费点功夫。

观夫古今内外，误读的事无奇不有，就拿我们潮州古城来谈吧！中华人民共和国成立前就有人把"通津街"看为"道律术"，把"江西何瑞奇医科"读为"红面阿端哥酱料"。现在潮州人还普遍保留初一十五"拜老爷"、求平安的习俗，随着时代的迁移，有的作了简约对待，也有人一年拜几次。拜的是什么，是天公爷，是土地爷，就这"土地爷"也有的竟把它读为"士他爹"。而误看的有潮州熟语"肾衰目花，时钟楼看做莫斯科"，就是唱腔也有把《春香传》中的"你明日欲登汉阳道"的唱段戏唱为"你明日欲去买节莲藕"甚或"你明日欲去当强盗"。把《荔镜记》中的"又逢着那春宵月圆好佳节，一处处张灯结彩不夜天"唱为"又遇着那李逵买条雪条罗拼，一句句孬听的话啰骂伊"，这虽是以谐音曲意篡改，但似无恶意之言，这样有时在生活中却带来一些诙谐之音，好像是闷热夏天的一丝清风，让人们都报以爽朗一笑，那倒也有益无害。

2010年5月的"世界大笑日"，笔者撰有一文。在这篇文章中，提倡以笑解愁，以笑解恨。缓解现代人的紧张生活节奏和压抑暴躁的心理，减少社会的不稳定因素。潮州文化底蕴深厚，既有规矩正宗的中原文化遗存，又有民间的"咀嗳咀笑"（诙谐），是盛产"笑料"的地方，而且每个时期都有创新发展，真可谓与时俱进。上面的一点小笑料只是笔者信手拈来，全不费功夫，目的是开个头，让大家都来发掘潮州笑料宝藏，让大家工作之余，茶前酒后谈笑开怀，为生活增添一点轻松谐趣。

（本文署笔名"杏夫"，刊于 2010 年 5 月 21 日《潮州日报》第 C2 版"观潮"）

潮州星期无"新闻"

几天前，与武哥聊起家常，问忙吗？答曰：俺每周上五天班，早晚还得当司机，周六周日两天当全职保姆，很忙！唉！我不解，近六十的年纪，还那么忙干吗？什么五天司机，两天保姆，磨苦债呀！他无奈答曰：不是苦债，是天职！你看能不做吗？夫人五天去对手（姻亲）家当保姆（带外孙）助理，俺两亲家住处足有三公里的距离，夫人不会开车，我就义不容辞当起了司机。双休日，外孙轮着到外婆家，我们便理所当然地当起堂堂正正的保姆。我乍一听，蛮有道理啊！这可让我联想起来了好些年前"潮州星期（天）无新闻（媳妇）"那条与时俱进的民谚俗语，其道理不是有点相似吗？

《潮州日报》创刊于 1992 年 9 月 1 日，时称《潮州报》，对开四版，每周两期；1994 年 1 月 1 日起改为日报，开始也只有每周六期，星期天当然就没有新闻版，而刚好同期其他媒体也没安排新闻节目。无巧不成书，这个时候，潮州的媳妇正悄然兴起了一股星期天偕夫携子回娘家的浪潮。这"新闻"与"媳妇"潮语谐音确有点相似，说得快的、咬字不准的、不讲究的，"新闻"就说成了"媳妇"，星期天媳妇不守在夫家，不约而同地回娘家，与报纸等媒体星期天无新闻不期而合，故而时有亲戚、邻里、朋友星期天问及公婆，公婆也喜欢诙谐地答曰：新鲜出炉潮州俗语一条——"潮州星期无媳妇"。时移世易，现在《潮州日报》不但天天发刊，日日有潮州新闻，而其他媒体星期天也有新闻节目。但"潮州星期无新闻"的俗语却还在沿用，原因是潮州媳妇约定俗成星期天偕夫携子回娘家的规矩没有变。

从文化的层面去分析，"潮州星期无媳妇"这句民谚俗语并无贬义，它反映的是一种社会现状和人文生活，是当今计生政策下的一种使内外公妈都有享受天伦之乐机会的选择，也是社会与家庭和谐协调的一个标志。

（本文刊于 2010 年 9 月 3 日《潮州日报》第 C3 版"今日茶话"）

溪心水赢过蜘蛛涎 〜〜〜

意溪镇橡埔村辖内的别峰和松林峰间有一座小山形同蜘蛛，因之得名蜘蛛山。该山有一泓清泉也随之而称"蜘蛛涎"，即便是百年大旱，此泉也照样汩汩而流，清澈见底。因其泉水不含杂质，清冽甘醇，用以煮饭、煲汤特别相宜，且以泡茶尤称绝佳。此泉虽离村有数里之遥，但自古以来左近村民都喜欢舍近求远到蜘蛛山取泉水饮用。

溪心水（见图1），望文生义，应是韩江凤台以上江段（潮州人将此江段习惯称为大溪）的江心水，但"溪心水赢过蜘蛛涎"的原意则专指竹竿山上下江段的江心水，此江段（属高厝塘江段）为韩江水系江面之最宽处，达1 000米左右，匆匆而来的江水，流到高厝塘江段就必须放缓脚步，老老实实地接受沉淀处理，就像经过自来水厂的沉淀池一样。韩江是高沙量江河，为江水的净化提供了相应的条件，而原本已是极少污染的优质上游水，经沉淀净化，再纳入江宽水深的竹竿山江段，江水自然是洁净清澈，甘醇无比，除非狂风暴雨，一般是不会混浊的。况且韩江水丰源足，常年可大量取用，受益者众。这就是溪心水赢过蜘蛛涎之缘由所在。江心水采集极为讲究，又为确保水质设置了门槛。采水须在天气晴朗、风平浪静、黎明拂晓、来往船只稀少之时，泛舟于江心主流处采集吸满甘露之江心水，取水者则轻轻地用水瓢轻荡水面，将至清之水一瓢瓢地装入陶瓮或木桶，然后提到江边。

昔时韩江流域森林覆盖率高，两岸林木茂密，江水常年清澈。即便于台风洪水之时，一天便渐清下来。近年封山育林，生态得以恢复，韩江洪水期的情况也证明了这一点。

加之，韩江在未建梅溪闸之前，是一潮汐型江河，就像现在的钱塘江、榕江一样，海水夹着江水可直达湘子桥上下，因此，经过自我净化又未混杂海水的江心水自然就是最上品了。

图 1　远处就是溪心水最佳取水地，怪不得潮州水厂的取水点就设在附近，蜘蛛山就在远处群山中，摄于 2018 年 8 月 21 日

（本文署笔名"杏夫"，刊于 2003 年 1 月 20 日《潮州日报》"潮州掌故"）

北关人放排——就势拗势 ～～

现时，韩江上罕见排筏，而二十多年前还可见到。说起排筏，就得谈及放排。潮谚云："一惨担鱼栽；二惨撑杉排"，可见撑排是数一数二的苦行当。从上排到下排，须数月时间；若赶不上春水，甚则需要一年。长期与排共存，与水为伍，水上生涯使排工都患上风湿病。这些排筏，近者是从梅江来的，远者则来于闽赣的竹木产区。在陆路交通未臻发达的年代，水路是唯一的运输通道；即便在今天看来，水运价廉，仍为运输竹木之首选方式，何况竹木扎成排，放入水中任其漂流浸渍，析出涩汁之后，具有防蛀、防变形等特点，一举多得。

韩江北堤七丛松至竹竿山处，江阔流缓，在未有梅溪闸之时，虽有海水涨潮但还在其下端，故自然而然地成为排筏的一处理想抛锚地，而由柴炭、潮客交流形成的北堤堤市，为抛锚待流及佣请北关放排师傅的排工提供了方便。每逢春江水涨，此江段两岸以至头塘，千排云集，绵延数里。

江面天然宽窄加上历代筑堤防洪，城东六里多长的江段，由二里多宽骤窄至一里多，湘子桥刚好卧于其最窄处，水流最湍急，故常有排筏撞礁冲桥墩以致排散人亡之事发生（以前在龙湫宝塔旧址东面有大礁石群，20世纪60年代初疏通航道时已基本炸平）。

熟知潮城江段水流情况的北关（昔时称北厢）人，在长期的水上作业中掌握了避礁石、闯桥洞的过硬本领。虽然水位的高低，江底沙层的厚薄，风向、风力都可以影响江水的流向、流速，但千变万化都难不倒熟谙水情的北关人。一上排筏，他们便双目紧盯水势，双足立筏如履平地，双手灵活运篙，举重若轻，泰然处之，原排排工则在其乐队指挥似的手势下，配合着掌舵、划桨。开始即顺流而下（此即就势）；行至青天白日处（为北阁佛灯区中一处摩崖石刻），便拗正方向，不让竹排流向西畔以致其撞礁石。至近湘子桥处，撑向西岸第六桥洞，再逆水拗个势，就不致碰撞（此即拗势），因这桥洞水势虽大，水流却较为平直，可以一鼓作气顺流流到竹埔头码头，或直抵汕头。若遇水势突变，如旋涡、浪高，这顺势拗势就得灵活运用，有时需连续几个拗势才能来个顺势，但这一整套操作要领，都统称"就势拗势"。雇请北关水手需要费用，但那就势拗势、稳操胜券的方法，使他们得以安全闯过湘子桥直达下游，倒也抵值。故停泊于意溪的竹木排筏，亦得佣请北关水手撑排过桥。就势拗势，是北关人撑排过湘子桥洞的操作方式；这跟日常生活中处理人事关系的灵活变通也颇有几分相似。

时至 2003 年韩江还有放排人（见图 1），而近十几年则匪见也。

图 1　时至 2003 年韩江还有放排人，摄于 2003 年 5 月 1 日

（本文署笔名"杏夫"，刊于 2003 年 11 月 12 日《潮州日报》"潮州掌故"）

东门外闪师 ～‰

"嘟！嘟！嘟！"随着一阵急促的哨声，此前的无序、嘈杂、喧哗，陡然无影无踪，全场鸦雀无声，就连"老喉痧"那忍不住的咳咳声也显得那么的低沉。随着吹哨者的脚挪一挪，手撑一撑，旷埕像吹"鸡奎"（嗉囊）似的大了好几倍。里三层外三层的人们这时异常肃静，他们按序坐着、蹲着、半蹲半站着、伸长脖子从低到高依次一层层排列，好像是事前训练过一样。是什么人有这样的威慑力？没有见过把戏的人，不知这就是闪师。

"喂！前面老先生，后面老师父，左右两畔师兄师弟，众位乡亲老大，小弟这厢有礼了。"话音刚落，闪师颇有礼貌地深鞠躬连作三个揖，又扑通一下来个五体投地，口中念念有词："小弟无先请示，来此宝地，班门弄斧，不是之处，望众位看破（宽容之义）。"这"看破"不知说了多少遍，一直到环埕一周回到埕中央，闪师又突然捡起早已预备在地上的铁链，往自己的胸膛拍了一下，然后舞动铁链，行到人们前面，让观众验明铁链真身，又侧身紧挨观众。让人们确信无疑的同时，再把演示场地拓宽，立定才开始他的把戏。

那铁链在他手中像是一条麻绳，忽而抛向背部，"啪"的一声，忽而抛向胸部，又是"啪"的一声，只见前胸后背各一道红痕，随着"啪""啪"次数的增多，整个上身都变得通红，人群中开始有人高呼："功夫硬！硬！硬！""是真功夫！"而叫得最卖力的是那个"以拗"（兔唇），发音虽歪，却一个劲地嚷。听到大家的赞叹声，闪师劲头更是十足，舞着铁链，来了个前腾空，又来了个后腾空，又突然卧倒在地，来个白马翻肚……那敏捷的动作，利落的功夫，让观众看呆了。看看观众惊愕的眼光，诧异的表情，闪师又夸起口来，"俺是枪刀剑戟，长拳短拳，南掌北腿，十八般武艺，件件能，样样精，这耍铁链只是小技。"人群中有个光头尖声地叫起来："师父不是天下第一，肯定是天下第二……"那闪师知道，兜售药物的机会来了。他将预先放在地上的浸有毒蛇和红花等中草药的药酒从瓶中倒出，深深地呷了一口，随即口中吐出一口似是瘀血的东西，让人们看：刚才的瘀血已排出。接着向人们夸药酒的来历，说此药酒乃是华佗遗方，从祖上传到他这一代传了120代。下面有老者嘀咕，"春秋的孔子到现在才七十几代，而华佗才是东汉末年啊！1 700多年能传120代吗？"闪师似乎听见了什么，诡辩说："我们是一人传一人，到我这里是120人，不就是120代吗？俺祖上就是那个守华佗的狱卒，华佗临终前将所有的医技都告诉了俺老祖宗，老祖宗怕被曹操抓着，隐姓改名才保全性命，并将秘方代代相传，传到了俺手上。"说得好像很在理，大家像吃了迷魂药似的继续听着他那三寸不烂之舌"车大炮"（吹牛）："俺这药酒像暹罗辣椒膏一样，好吃又好搓（擦），既能去瘀又能生津，刚才的瘀血不就是一下子排出来了吗？我吐出的血就是铁链鞭身积的瘀，不管你伤多久，伤得多重，一抹见效，再抹防身，三抹强筋壮骨，"边说边倒些药酒在手掌，往身上擦，又再呷上一口，"你们看，我的肌肉不是比刚才更有美感？"看场中有人蠢蠢欲动，"我要买""我要一瓶""我要三瓶"……一时间洛阳纸贵，抢购声此起彼伏。闪师认定，揽钱的机会到了，随即从戏囊中取出一箱用规格不一旧瓶装的药酒，霎时间药箱变成了钞票箱。突然，看场刚才那个裤筒长短不一的中年男子嚷道："我还没买到！""哦"，闪师随将戏囊中剩下药酒瓶悉数取出，"九瓶。""我全要了，这是十瓶的钱，来个整数更方便。"刚才有几个路过走过的，怕机会错过，也跟着嚷："我也要，我也要！"那闪师见状就来了个三一三十一（悉数分光），然后说："全卖完了！"

卖完了，不就结束了吗？你看那闪师又怎个变法。只见他口中念念有词："内外妇儿外伤痔，疑难杂症百病治，只因今日有缘分，来到潮州救黎世。哎！今天本来是只卖药酒，不卖药丸，看到俺潮州人好趣味，有义气，小弟感动不已，今天就破个例，药丸也拿出来应酬。"随后就往另一戏囊中取出药丸，并指着药丸说："此乃千年老龟精，百年野山参，九蒸老熟地……一百零八味精选地道名贵中药五年秘制，十年窖藏。本来是御方，先前京师的官员都难得到，现在我违了规矩拿出来应酬大家。'医者父母心'嘛，悬壶济世呀！俺潮州的普通百姓，在场的各位不是很有福分吗？这药是一包治病，二包养身，三包长寿，久服长生不老，有食有补，无食空心肚。"闪师边说边走，来到一个小伙子面前："咳！兄弟，你天庭开阔，眉头企企，鼻椎耳垂，将来大有作为，只是面色晦暗，咀话猫嘶，来，我给你号个脉……哦，是肾气亏虚，目灰灰时钟楼看做莫斯科，幸得今天有缘相遇，不然的话，说不定哪一天，你会水不涵木，大病来临……"闪师接着又说道，"救人一命，胜造七级浮屠。现在送你一服御方秘制'长春丹'保你平安长寿，前途似锦。"

人群中，那个长短裤筒的人带头嚷："师父好心，俺好意买啊！"闪师面对挤破铺窗的局势，大嚷"先得先，后得后，慢来对唔住，依个发售"。不消一袋烟时间，袋中数十包药丸也卖了个精光。

戏歇棚拆，只见闪师转入东门内，走进西巷仔，"以拗"、长短裤筒和光头几个人正等着他赏钱，闪师也爽快，逐个发了饷。哦！原来他们都是"水脚"（卧底）。

而刚买了药丸的北关伯遇见城内药材铺的熟人阿喜，告诉他得了宝贝，阿喜告诉他，那不是宝，是六味丸，是大丸搓小丸，每袋才值一角钱。他两块钱买的，太冤枉啊！北关伯卖了一担芥蓝菜只落得换一粒六味丸！

实际上，闪师们就是夸大其词，无中生有，使用恐吓法、激将法、诱惑法、双簧戏……使人们一时失去理智受骗上当。因此人们又把闪师称为"做把戏"（把戏无真）、"打锣钹"。难道这行当就没有真功夫的吗？有，但毕竟是凤毛麟角，"假作真时真亦假"。

闪师的套路除了舞铁链，还有吞剑、吃玻璃、吃铁钉，也有耍猴、耍狗、斗鸡、劈砖、断石板的，其形式五花八门，都是抓住人的好奇心，用各种貌似惊险动作为诱饵，使观众产生兴趣入局受骗，兜售些假冒伪劣丹膏丸散，获取不义之财。

闪师为什么要在东门头的繁忙地带"做把戏"呢？那是由于东门外昔日是韩江唯一桥梁——广济桥之西岸，两岸的交通除了水运之外，靠的就是这桥。从韩东来的人，近的意溪、铁铺、官塘、澄海、饶平，远的江西、福建，必经此地，附近有上水门、下水门、竹木门等码头和旅社货栈。在"热过东门头"的年代，东门外广场上人流众多，空间宽阔，成为耍把戏人的首选之地。而昔日的新街头、西门古等，凡是人流多，空间开阔的地方都是闪师活跃之处。

嘴尖舌利、花言巧语、善于诡辩是闪师的特点。久而久之，潮州人把会出鬼主意的人称为"闪师脯"，又把行为诡秘、不务正业的人称为"闪师仔"。

原东门外广场北侧的东关旅社前面（见图1）、南侧的东门车站前面（见图2）是闪师最活跃的场所。

图 1　东门外广场北侧东关旅社门口是闪师活跃的场所，摄于 1999 年 8 月 19 日

图 2　东门外广场南侧东门车站是闪师活跃的场所，摄于 1999 年 8 月 19 日

（本文署笔名"杏夫"，刊于 2009 年 12 月 13 日《潮州日报》第 C3 版
"潮州文化"）

边防检查鸡 ⟋⟍⟍

　　阿十孝顺、聪明能干，那"十"字就是其近十全十美的简称，而非序号。他少时想当个手握钢枪保边疆的边防战士，因为当时社会关系复杂，便断了他的梦。小学毕业（20世纪50年代小学入学率很低，能读到毕业的不多，而且有人甚至十至十四五岁才开始入学）后，到建筑公司当工仔。阿十生来国字脸，一副好嗓子，不过半年便被选入了文工团。隔年，就能演"乌脸"。人帅嘴甜，"热死了"团里"姿娘仔"，演穆桂英的阿兰捷足先登，与他结为百年好合。和爸妈及弟弟住在一起，一家日子倒也过得安稳。

　　那"放开肚皮吃干饭"不愁吃的时光只有几个月，接下来便是勒紧裤带的长日子。"足食十八五、丰衣丈三六"，油二两、肉两角、鱼一角，一家人只能按计划吃饱饱。糊口的东西都进了公共食堂，大家的裤带勒到最紧，可裤子还是直往下掉。阿十的母亲素来身体虚弱，吃不饱，得了个营养性水肿——"大脚房"。阿兰妊娠反应才十多天，反倒胃口大开。想到母亲、想到娇妻、想到未来的孩子，阿十想了很多，可在那个时代再想也没有法子。幸好，原先家中养了三只鸡，两雌一雄，忍痛杀了雄鸡，连鸡骨、鸡血、鸡屁股都吃得一点不剩。一家五人六命着实改善了一番。刚过了两天，肚子又犯起愁来，再宰吧？不行！那是万万不可的，它们是家里长期的营养库，只要不是孵卵期，两只母鸡一天捡个鸡蛋不成问题，平时为了减少母鸡的孵卵期，还经常拿鸡毛穿鸡鼻孔，用冷水往鸡身上泼，催它快些醒来，可以生蛋。人们吃的是那看不到米粒的"飞机粥"，有时从食堂领回一份粥，还没到家，路上就把它喝个精光，还要钵底朝天地舔上点儿剩底的米汤。末了，顺着钵沿再狠狠地舔一遍，哪还有母鸡吃剩饭的机会。天无绝人之路，附近郑厝池边那一百多平方米的闲地，大家互相互让地开垦一点菜地。水，池中有的是；肥料，就用自家的屎尿。阿十也弄得了半厘地，在希望的田野上，种上速生的萝卜、地瓜。萝卜、地瓜可填肚；菜叶可养鸡。省点粥汤加上农村亲戚给的糠，拌起来就是顶好的饲料，起早摸黑到西湖拔些嫩草添添，鸡也活了下来，可就是得四五天才下一个蛋。阿十急了，早上起床，伸长食指和中指直往鸡屁股探查，看看鸡有没有下蛋。下班回来又来一次，生怕鸡蛋下了碰破，那该多可惜啊。这探鸡屁股不是好玩的，冷不防鸡要拉屎，喷上满脸是常事，阿十无奈只能苦笑一声。

厝边的人看到阿十这样认真准时地给鸡做"产检"，不亚于边防战士准时交接班认真的检查制度，都说他边防军当不成，倒成了"边防检查鸡"！

（本文署笔名"杏夫"，刊于 2008 年 3 月 19 日《潮州日报》第 B4 版"榕荫纪事"）

四

艺苑游赏

黄蜡石十二生肖 ⌒⌒⌒

金鼠拜年

金鼠这厢有礼，给大家拜年了。瞧我这福相，一扫"尖头尖腮"的老形象，够稳重吧？连尾巴都变短了，只剩下个尾巴茬儿，主人特意给我安了一支木制的尾巴。其实，在上万年前我就料到，人间终究有"老鼠爱大米"的一

图1　金鼠拜年，摄于 2017 年 3 月 28 日

天，我是在潮安世田的山坑修炼成如此模样的（见图1）。

我个子最小，却排行老大。当年确定生肖排行时，是我动了点脑筋，在队列中冲乱了预先的排序，大胆骑到牛哥的头上，才成了十二生肖之首，将原先排在第十二位的我的克星——猫，挤在生肖排行之外。

侃来说去，我这尊仅有 12.5 厘米 ×8 厘米 ×7 厘米的蜡石精灵，就祝诸君鼠年行好运，好事不断吧！

（本文署笔名"杏夫"，刊于 2008 年 2 月 8 日《潮州日报》第 B4 版"百花台"）

"丑丑"贺年

美最忌俗。我先自报家门，在下芳名"丑丑"，大家或许一时猜测不出我是谁，但是只要稍加端详，从那若隐若现的倔犟劲儿，你自会发现：此君丑中带美，该是一个牛头吧？没错，正是在很久以前，在下修炼于饶平青岚，

图2 "丑丑"贺年，摄于 2017 年 3 月 28 日

一场地动山摇之后我被弄得身首分离，只剩下这颅骨啦……我是一块黄蜡石，体积只有 14 厘米 ×7 厘米 ×6 厘米。我全身金黄，两眼有神，倔劲犹存。瞧我，样子很丑，本命属丑，二丑相加，自称"丑丑"（见图2）不是很恰当吗？

时逢己丑年，蜡石"丑丑"也跟着俺牛家族的父老乡亲给大家拜年啦！

说起老牛当值年官的事，可真有趣。记得当年，我家牛族祖爷爷，以勤劳、吃苦、善良、诚实的品性，被动物界推荐参加了选拔值年官的考试，笔试评"优秀"，体检夸"壮硕"，看来拔头筹是"两只指头捏田螺——十拿九稳"了，谁知半路杀出个小老鼠，胆大包天地跳到我祖爷爷的头上，这么一来，牛只能屈居第二。

从远说到近。如今，鼠去牛来，就盼一切都跟着"牛"起来。牛的剪纸年画，"牛言牛语"的春联，都大行其道。就连新娘的嫁妆，也忘不了加上一把牛角梳，让人梳出秀气，梳出财路，你说多酷呀！证券市场更是人尽皆知，"牛市"就是行情走好的代名词，纽约、深圳的证券交易所，还不是都在门口置一尊犟牛塑像，示吉祈祥？我给大家拜年祝福，大伙若是能回我一声"'丑丑'你真美"，我也就心满意足了。

（本文署笔名"杏夫"，刊于 2009 年 1 月 23 日《潮州日报》第 B4 版"百花台"）

神虎贺岁

光阴似箭，转眼又到了庚寅年，这是福虎临门，人人如意，神虎镇宅，家家平安的好年头，而说起俺族当值年官的那些事儿啊，话头可就长了。

据说远古生肖中，有狮子而没老虎。由于狮子太凶残，名声不好，玉皇大帝便将老虎提升为候选对象。我族向来谦虚好学，从猫师傅那里习得抓、咬、剪、冲、跃、折等十八般武艺，成为林中勇士，又曾在比武中摘取桂冠，因此荣任天宫的殿前卫士。但是，山中无老虎，猴子称大王。自从我族上天宫成神虎，地上的飞禽走兽便胡作非为，给人间带来灾难。土地爷奏请玉帝，派老虎下凡，镇住了

图3　神虎贺岁，摄于 2017 年 3 月 28 日

猴、熊、马，立了大功。后来又镇住了东海龟怪，再得一功。俺额上的"王"字便是功勋印记，我族也因此获得了当值年官的资格。我可以骄傲地说：我们虎族能当选中华十二生肖值年官，是努力奋斗得来的。

人们固然称道"龙"的神威，然而，有"龙"的去处往往伴随着"虎"。什么生龙活虎、龙吟虎啸、虎踞龙盘、藏龙卧虎……演义小说中称猛将为虎将，元帅在营帐中坐的是虎皮交椅。民间把可爱的小男孩称作"虎小子"，奶奶、姥姥还千针万线地制作了虎头帽、虎布鞋给孙子穿戴呢！

本神虎这厢有礼了，祝诸位读者新年事业有成，虎虎生威！

金兔呈瑞

"寅去卯来腾瑞气，虎归兔到发祥光"，庚寅年就要结束了，虎哥哥即将把值年官的帅印交给兔妹妹。可俺是在青岚深山野林中修炼了不知多少个世纪的小精灵，过惯了无拘无束的隐居寂寞生活，最怕见那熙熙攘攘的场面，怎奈兔族总部把通知都发到俺的手机、电子邮箱了，不出山行吗？

潮州人有"跟伙"的习俗，那就顺了这个"重在参与"与"同类相聚"的意，不然似乎太不近人情了，也不尽忠职守。听说俺要出山当值年官，主人忙给俺装了个木雕底座，既稳当又神气，摆在大场面也不会给人家看扁，并嘱咐俺要秉公为民。带着主人的期

图4　金兔呈瑞，摄于 2017 年 3 月 28 日

望，俺就要出山啦，就在即将出山当值年官的神圣时刻，首先给诸位读者拜个早年：钱多钱少，常有就好；人老人少，健康就好；家穷家富，和气就好；一切烦恼，理解就好；人的一生，平安就好。也算是送给大伙儿的新年祝福语。

末了，您猜猜俺这小精灵是啥模样？俺是一枚 13 厘米 ×8 厘米 ×2.5 厘米大小，体重只有 250 克，浑身金黄，产于饶平青岚的黄蜡石（见图4）。

（本文署笔名"杏夫"，刊于 2011 年 1 月 27 日《潮州日报》第 C2 版"百花台"）

双龙聚会

龙，作为我们中国人独特的一种文化图腾，已经扎根和深藏于我们每个人的潜意识。眼前这方产自饶平青岚的黄蜡石，体积只有 13 厘米 ×13 厘米 ×7 厘米，其底部为琥珀色，上浮的赭色部分形成双龙图案（见图5），两个龙头和谐对视，两条龙尾交相缠绕，亲密无间。让我们在欣赏黄蜡石的同时，一起来感受龙文化的灵气。

图5　双龙聚会，摄于 2017 年 3 月 28 日

（本文署笔名"杏夫"，刊于 2012 年 1 月 27 日《潮州日报》第 A4 版"百花台"）

群蛇抱团

古时候蛇是一种象征着尊贵的动物，被视为龙的原型，能潜于深渊、呼风唤雨。在传统神话故事中，蛇能活五百多年，而且古代神话中的女娲也是人首蛇身的形象，这更给蛇赋予了灵气。

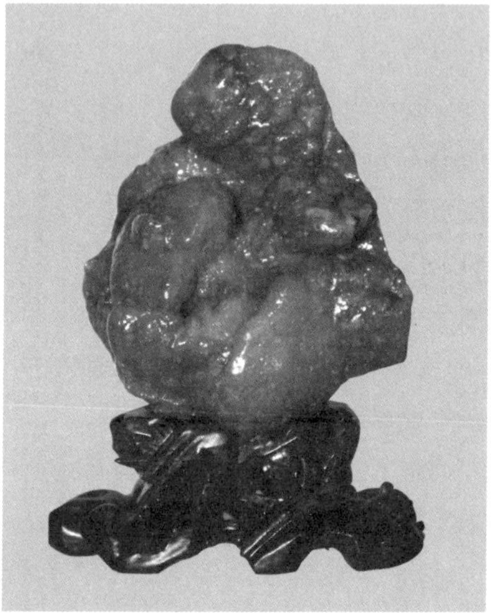

我们看到的这块石头（见图6）很小，只有 10 厘米×7.5 厘米×2.2 厘米，重仅 152 克，也就是三市两，但石小乾坤大——首先，它是典型的饶平青岚蜡石，石色橘红，质地细腻、通透，石体完整，在不足 50 平方厘米的石面上，却能观察出大小不一、形态各异的五六个蛇头，有下俯的、有上仰的、有平视的，抱成一团，形成了一幅有趣的群蛇抱团图。

图 6　群蛇抱团，摄于 2012 年 12 月 20 日

在欣赏这枚蜡石的同时，也让我们领略了蛇的灵气。

（本文署笔名"杏夫"，刊于 2013 年 2 月 10 日《潮州日报》第七版"今日闲情"）

一马当先

龙马精神是中华民族自古以来特有的，蕴含着奋斗不止、自强不息和积极进取之精神。

马又是能力、圣贤、人才、有作为的象征。图中这方骏马蜡石（见图7），长 10.5 厘米，宽 8.5 厘米，厚 4.3 厘米，重约 240 克，产于饶平青岚，色泽蜡黄，质地柔润。其造型、色泽与

图 7　一马当先，摄于 2017 年 3 月 29 日

圆明园的马首铜像颇为相似，嘴巴、耳朵、眼睛几乎一应俱全，是一件蜡石精品。

金羊贺岁（羊扬得意）

羊是中国远古先民崇拜的吉祥物，羊在古汉字的释义中寓意吉祥，羊也具有仁义公平、亲善祥和、权力与财富的吉祥之义，且象征着忍耐力强、前进不止，

这是一尊产自潮州饶平青岚的山陵石（见图8），长16.5厘米，高11.5厘米，最宽处仅4.5厘米，重量不足500克。其质地坚实，石表手感温润，色泽呈金黄色，其形状酷似一只前后四蹄

图8　金羊贺岁（羊扬得意），摄于2015年1月10日

并立、温驯可爱的绵羊，头、颈、身、蹄各部位均清晰可辨，其形象亭亭而立，似向人们恭贺新春，可谓之为"金羊贺岁"，给人们带来吉祥和温暖。

神猴献瑞

最神通的猴子是"齐天大圣"，其故乡在花果山。

最吸引眼球的猴子是旅游者的伙伴，工作地点在峨眉山。

最朴实无华的猴子是抱着几个孩子的石猴（见图9），我们的家就在饶平青岚。经过千万年历练，我们已是金丝满身，神猴献瑞来了！

图9　神猴献瑞，摄于2016年1月13日

晨鸡报晓

鸡是人类最喜欢的家禽，人们对其大为褒扬，赞美之词多如牛毛，甚至将其地位抬上天与凤凰平起平坐，鸡脚也成了凤爪。鸡还是祭祀的理想贡品之一。而当需要借物喻情时，又有"鸡犬之声相闻，老死不相往来"之语。赞美抬高的也好，戏谑贬低的也罢，鸡毕竟是人的盘中餐、口中食。

图 10　晨鸡报晓，摄于 2016 年 1 月 13 日

而在这里闪亮登场的是一只既不能称为凤凰又不会争斗的雄鸡，也不可作贡品、任人宰杀可食。它浑身上下金黄，体表质地温润，且完整无损，憨厚可爱。它就是产自饶平青岚的山陵石，土名铁壳鹭的潮州蜡石。一尊形似母鸡的金黄色蜡石（见图10），重 1.42 千克，高 17 厘米，宽 13 厘米，厚 9 厘米，约莫人的手掌大小，是合适的把玩件。

钟声敲响，丁酉新年来临，晨鸡报晓，它似乎在向人们鞠躬、拜年来了！

石犬"旺旺"

我是来自青岚山的精灵，名字叫"大拇指狗熊"（见图11），是由若干块组合石组成的天然蜡石。别看我的个头只有 27 × 18 × 12 立方厘米，却经过了以万为单位的年代"百炼成形"，吸收了日月的精华、天地的灵气。今年是丙戌年，是我们家族的本命年，我带着憨厚的脸蛋和翘得高高的尾巴，给大家拜年来

图 11　石犬"旺旺"

了，祝诸君"股胜旺旺（狗声汪汪）"，"狗（够）运亨通"！

（本文署笔名"杏夫"，刊于 2006 年 2 月 4 日《潮州日报》第四版"都市随笔"）

"野猪"送福

我与一般画家笔下那种胖墩墩、傻乎乎的形象不同；与被圈养的那伙儿"除了吃就是睡"的族亲大异。我们野猪一族，托近年生态平衡的福，山青草绿林又茂，我们的"活动场地"越来越宽广，我们家族自然越来越兴旺了。但是，我的有些族亲看到山民不敢随意猎杀国家三级保护动物，也就毁食庄稼、破坏人家辛苦建设的家园，伤人咬畜，未免做得太过分了。

图 12　"野猪"送福，摄于 2017 年 3 月 28 日

就审美的标准而言，我是身材适中、嘴尖足健、肤色赭黄的大帅哥；从做"猪"的德行来看，我安于职守，不贪吃、不捣乱，只晓得静静地伏在主人的书桌上，伴他看书；或者雄踞博古架的多宝格，像模特儿般高贵地凝视，深沉地亮相，百分百的艺术家气质。

我出生于饶平青岚的偏僻山野，虽说体积只有 12 厘米 × 8 厘米 × 4 厘米大小（见图 12），却分明不亚于从石缝中蹦出来的美猴王孙悟空，我是经过千万年地壳变化的锤炼才面世的，多不容易呀！丁亥年，轮到猪"值年"，在下有礼了！恭祝：小朋友储钱的"扑满"早日满，养成节俭好习惯；养猪户，饲猪只只大如牛；做饰品的老板们，产品"珠"光宝气畅销世界；画画写书人，"朱"笔一点名垂青史……一句话，祝各位人十圆圆满满，事业有成抱金猪！

（本文署笔名"杏夫"，刊于 2007 年 2 月 24 日《潮州日报》第 A4 版"都市随笔"）

黄蜡石·中国情 ᷙᷙ

这是一块完整无缺、未经加工、具有清晰的中国疆域轮廓的潮州黄蜡石（见图1）。中国人是黄种人，其人文始祖称为黄帝，中国的广袤土地叫黄土地，眼前的这块蜡石又恰巧是黄色的，更因为其表面有类似祖国版图的轮廓，集

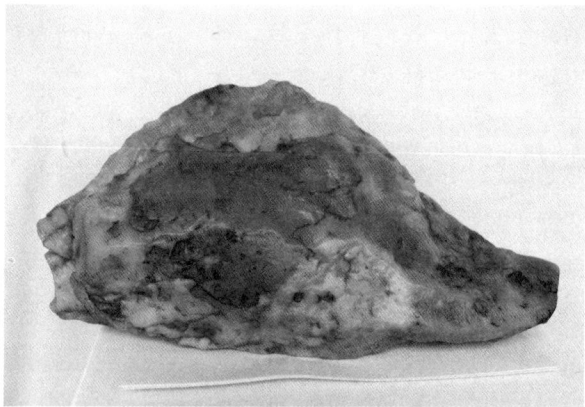

图1　黄蜡石·中国情，摄于2017年3月28日

诸多的中国元素于一体，我们不妨将此石命名为"中国情"。

蜡石是广东较出名的观赏石种之一，以潮州、台山、阳春及粤北各县市为主要产地，其中，潮州、台山的蜡石因质优色美更为出名。潮州的青岚、水吼、世田、凤凰都有顶级的蜡石产出，故赏石界有"岭南不如广东，广东不如粤东"之说。

清代顺德人梁九图在《谈石》中提道："蜡石最贵者色，色重纯金，否则无当也。"这方产于潮州青岚山的蜡石，其照片曾刊登于2003年由张衍赐先生编著、岭南美术出版社出版的《当代中华奇石谱·黄蜡石》一书第112页，题名为"晚霞满山"，大小为37×19×13立方厘米，金黄晶莹的色泽流光溢彩；柔润通透的质地似玉胜玉；几近完美无缺的造型壮观雅致，无论近看还是远观，都美不胜收。更精彩的是：石体正面左侧那略微隆起的红色区域，酷似中国疆域轮廓，图之面积约16×18平方厘米，而且，其大体比例相当准确合理。按读地图上北下南的常规方位来看："北方"与"蒙古国"，"东北方"与"朝鲜"，都有着明显的国界线。"山东

半岛""辽东半岛"互为犄角之势所"合抱"的"渤海湾","南方"的"珠江口",都极为相像。令人称奇的是,"东海"上的"台湾岛"位置颇为恰切,只是颜色分布上呈北赭南红,"台湾"东北方向有放大了的鱼状岛屿,像是"钓鱼岛";再往东北,即是"琉球群岛"。"南海诸岛"及海域也在"图"的下方位置,只是部分延至蜡石的底部。全幅图中,满版的金黄色中赫然有唯一的一个橘黄色大点,刚好落在近"渤海湾"的首都"北京"的位置上。这幅中国疆域图可谓鬼斧神工,妙到极致。

自从友人卢伟鸿先生将此石割爱相让,笔者间或凝视良久、轻轻抚摸,甚至浮想联翩:有朝一日,海峡两岸统一之时,这块黄蜡石上"宝岛台湾"的赭色部分,也许会与大陆的色泽变为一致吧?

啊,我爱家乡黄蜡石,我爱蜡石"中国情"!

(本文曾以"黄蜡石·中国情"为名,刊于《地图》2006年第3期。并署笔名"杏夫",刊于2006年7月14日《潮州日报》第B4版"百花台")

书画有值　傲骨无价 ～

2007 年，胞弟告知我，蔡瑜画展将于正月初三举行，喜事也。遂与家人拿出蔡老在笔者成家、安居、立业时所赠之画，先自小展，饶有一番情趣。

笔者于书画是门外汉，不敢妄谈。且林桢武先生《水墨淋漓见精神》、郭辉民先生《取法自然、笔到情生》二文，把蔡老的学艺渊源、艺术经历、艺术特点已剖析得淋漓尽致，实无余言之地。可在二十多年与蔡老的接触中，感人之处莫过于其人格精神，如不赘述几句，便是遗憾。

蔡老一生坎坷，童蒙喜画，萌芽自抗日宣传画，丰满于广州市立美术专门学校，开枝散叶于中华人民共和国成立初期。1957 年"大批判"，蔡老被迫披上"大黑旗"，被打倒在地，再踏上一脚，搁笔二十年，直至"拨乱反正"才获得艺术新生。特殊的人生经历，铸就了蔡老倔强、孤傲、清高的性格，不气馁、不沉沦，更不会趋炎附势。他选择了一定程度的离群索居，把全部精力融入对文学艺术和书画的追求以及对个性的张扬中。蔡老对我们说："能碰上那场'大批判'，实属我的荣幸，假若是在今天，大家都不可能有这样的机会。"超凡脱俗的言语并非他对现实的埋怨讽刺，而是一个艺术家在历经难得的锤炼之后的感言。是啊！假若李清照没有尝遍人间疾苦，就不可能凝练笔下写不尽的愁。那"寻寻觅觅，冷冷清清，凄凄惨惨戚戚……这次第，怎一个愁字了得！"的千古绝唱恐怕就不会产生。陈景润甘受寂寞，几乎与世隔绝，终日与数字为伴，才完成了哥德巴赫猜想一次重要的突破。

《文学基础理论》这样说："文学的本质特征是通过形象、典型来反映生活，从中也表现了作家的思想情感。它是一种特殊的审美的社会意识形态。"文学作品然，书画亦然。赏蔡老的画，美的享受是第一层次的感觉，再深层次的便品出了他的德行。他的画以淡雅为基调，就像潮州古城灰白的主色调一样，与大自然融为一体，越品越香。那坚韧不拔、折而不断的野藤突显了他的人生经历；那宁折不弯、拔节直上的竹节，大方磊落、错落有致的竹叶映照了他的品性；那笑傲霜雪的寒冬蜡梅彰显了他的思想内涵；而满纸红梅是他高年画展喜悦之心的展现；3 811字的孙过庭《书谱》临摹件是他锲而不舍之学术精神的写照；二尺见方、一草一行的"正气"二字正是他毕生的追求，也是他人格特点的总体体现。

在重学历、头衔、光环的今天，蔡老凭着早年在广州市立美术专门学校的学历，其深厚的文艺理论和对字画诗词的全能，获得"博导""终身教授"是绰绰有余；其脱俗的画艺、已臻化境的艺术高度当之为"特殊津贴"专家也不过。但这一切似乎与他都不相关，更谈不上"顾问""院长""委员""代表"，唯有淡泊以对之，诚如蔡老所说的"我是用心、用意志、用毅力作画"。而"亲贤人，远小人"是他待人的准则，为人耿直温存，但对小人却疾恶如仇。向其索画者若是小人，标价再高，也拒之门外，而对贤人，却乐意馈赠。

在艺术品以平尺计价的年代，时有以千万元、甚至上亿元的天文数字成交的名字画，而蔡老的傲骨却不是以平尺能计算得了的。他的作品是一剂空气清新剂，是一种精神，能启迪人们在这个浮躁的社会中寻找心灵静谧之所在，在自己的学术领域中"贵以专""精以勤"，以达到精益求精。从某种意义上讲，他的傲骨是无价的。据承展商介绍，蔡瑜画展热烈而持续的场面在潮州画展史上是空前的。"桃李不言，下自成蹊"，我想这就是对蔡老"德艺双馨"的最好诠释。

参观完画展，细赏了书画，笔者敬赠蔡老十字——"水墨写人生，淡雅藏铮骨"。

（本文刊于2007年5月27日《潮州日报》第B3版"周日书屋"）

吴松龄《李时珍采药图》赏析

1995 年秋天，表兄方松生（吴松龄老人之侄婿）给笔者送来一幅画。开卷一看，是《李时珍采药图》（见图 1，以下简称《采药图》）。作者竟是大名鼎鼎的鼻烟壶内画、粤派壶内画一代宗师、奠基人吴松龄。我被这精美的画面吸引住了，爱不释手。为了能每天凝视此画，更主要是不辜负吴松龄老人和表兄的用意，以李时珍为榜样，济世救人，我立即将其拿去装裱，悬挂于诊室中。就这样，这幅画伴我度过了十八个春秋。

《采药图》为竖式，长 136 厘米，宽 68 厘米，是 1995 年盛夏吴老于 74 岁高龄所作。下面谈谈笔者对这幅作品的肤浅看法。

图 1　吴松龄作《李时珍采药图》，摄于 2013 年 11 月 12 日

一、布局合理，主题突出

《采药图》围绕"李时珍采药"这一主题谋篇布局，李时珍人物形象占据画面的主要位置，是典型的作画"三七停起手式"，但不只是呆板的套法，为了突出高山峡谷的险峻和给采药所处外部环境的表达留下足够的空间，"停点"在不违原则的基础上，处理得偏低、略中一点。李时珍是画作主角，吴老采用全身像的画法让其身体各部位的协调配合体现动作和表达神情，对面部作逼真详尽的刻画，对神态作惟妙惟肖的素描，使李时珍"济世救人"的精神境界跃然纸上。对于画中的主要搭档——"药"的

表达也比较充分，高悬的蔓藤，满筐的草药，路边的花木，位置恰当，勾画有序。而山峦云彩等则以渲染写意的手法表达。由于主次分明，层次清楚，繁简得当，整幅画作显得丰满而不壅塞，疏朗得体。

为突出表现李时珍"虽然体弱，仍不惧苦累和危险，长期背筐采集药物"（画中款文）的献身精神，吴老是寻阅了众多李时珍画像，深入解读李时珍的医药实践活动，才使其人物更加逼真，让人一看，那就是撰著《本草纲目》的李时珍本人。

二、刻画精致，笔法细腻

吴老自幼喜画，12 岁便开始作画，更得汕头著名画家黄史庭的指点。他早年从事过牙雕、微雕工作，而后又有机会接触壶内画，并为粤派壶内画艺术奠定了基础，以这样的功底创作《采药图》，其精细程度可想而知。

画中的重要区域，是李时珍的人物形象，而重中之重是其面部细节。上面谈到了形似，但更重要的是神似，纤细的线条勾画、浓淡不一的色调、细腻入微的刻画，让人物形象鲜活起来。眉毛和胡须随风微微地飘拂，双眼静静凝视，若有所思，认真地观察着每一件物品，思考着、鉴别着，好像不放过任何一种可以治病救人的药物，寻源探理，静中见动。而手中的锄头则随可以用来采集药物，为了防雨防晒，他背着斗笠；为了及时解渴，他腰扎水葫芦；为了在崎岖的山路行走和攀爬山崖，他卷起裤腿，脚着草鞋……一切可以衬托主人翁形象的元素都不轻易放过。即便是用意笔描绘的山雾云彩、远山等，也不是草草几笔，而是精致有余。

至于对《采药图》中主要衬托物"药"的描绘，也是勾画有序，至精至微，就连图中唯一一只飞鹤，也将其膝部稍隆起的细节刻画得栩栩如生。在临床中，我常指着该鹤膝对类风湿患者现场解说，"你的病膝与鹤的膝很是相似，中医就叫作'鹤膝风'"。

三、平实高雅，气韵传神

若以现代画派的眼光来看，《采药图》是过于平静了。这幅画虽无惊天动地的地方，但很是平实，笔调讲究、处处用意，着色准确、搭配得体，是典型的文人画。

南齐的谢赫早就提出了品画的艺术标准"六法"——气韵生动，骨法用笔，应物象形，随类赋彩，经营位置，传移摩写。用这六条法则来衡量鉴赏，笔者认为《采药图》够格。

画中李时珍面容矍铄，两眼炯炯有神，身处崇山峻岭之中却步履坚毅，身怀医学绝技却永不满足，不断探索，而这一切都来源于线条勾画流畅，着色搭配合理，工笔与意笔有机结合，手法娴熟有序，线条和色彩的浓淡、虚实、隐现、粗细、曲直等的变化和合理布阵，使人物既传神，又接地气。山溪流水潺潺，峻岭远在天际，绝壁近在咫尺，其气势、意境也烘托了李时珍的人物形象。作为陪衬物的草药和松鹤则以生机、意趣取胜。

吴老的画作灵气十足，平实中见高雅，既传神又传气。

综上所述，《采药图》是一幅用鼻烟壶内画功底创作的中国画，毋庸置疑，是不可多得的传世之作。作为一幅凝聚了笔者和吴松龄大师、泽浩兄、松生兄人生缘分的大作，值得珍惜。

2013 年 11 月 24 日

《韩江南北堤工程碑记》书法赏析

《韩江南北堤工程碑记》（见图1）位于东门与下水门间靠堤城的一侧，是韩江南北堤工程纪念碑的重要组成部分。纪念碑正面为广东省原省长卢瑞华题写的"韩江南北堤"五个大字，碑记位于其左侧之朝北处。该侧碑高约3.6米，宽2米，碑文正文部分长165厘米，宽130厘米，为潮州书法名家郭爱华所书。笔者下面就该碑记的书法特点，浅谈自己的一点看法。

一、章法严谨，自然得体

《韩江南北堤工程碑记》共有739字，其中标题9个字是篆书，正文730字，由竖30列、横26行

图1 《韩江南北堤工程碑记》碑文，摄于2013年9月1日

组成，遵循古法，平头启章，自左至右，竖行排列，疏密得当，工整有序。全文皆为正楷，但楷中有变，如文中"南北堤"三字共出现四次，但郭老在书写时，都有轻微的变化，而"一九九九"三个"九"字接连出现，其中颜、欧等多位书法大家的写法都有所体现，故避免了大幅楷书产生的呆板乏味、混成一团的弊病，这正符合书法艺术"统一、变化、整齐"的三原则。即便是略懂书法的人都知道，在大幅楷书中稍变则过，不变则呆，其变化实非易事。

在版式上，正文字数横竖比例为6∶5，近乎正方形，但好在其中23

行是满格，最后三行字数则疏朗，再加上上方的标题，整幅书法，肉眼看去刚好是一张稿纸的比例，舒服得体。粗看碑文是字字独立，但由于其笔法娴熟，加上笔断意连，上下顾盼，碑文简练、朗朗上口，让人欣赏起来却有连续不断之感，实是视觉的享受。

二、源于传统，博采众长

郭爱华老师天资聪颖，幼嗜书法，又得名师王显诏点津，书宗"二王"，广涉各家碑帖，几十年临池不辍。《圣教序》《兰亭序》《九成宫》《多宝塔碑》《书谱》《石鼓文》等是其常临之帖，故正、行、篆、隶各体皆通。《韩江南北堤工程碑记》一文，虽经石刻有所失真，但仍可辨出其中各字来源之碑帖，如"月""有""年"等均可见"二王"的痕迹，"成"字几乎是《九成宫》中"成"字的翻版。"韩江南北堤工程碑记"九个字更是经典的篆体字，既有古韵，又大方得体，诚为大场面之上上作。

三、书写端庄，书风清新

笔者曾多次驻足于此碑前欣赏，也曾听观瞻者的评议，大都认为碑记的字写得既端庄又圆润，整幅书法，中锋用笔，起笔藏露结合，以藏为主，运笔自然，秀气潇洒，落笔驻笔干脆利落，绝无矫揉造作之象，故观赏之时，似有一股清风迎面而来，这种书风，正好与当前书法界浮躁现象形成鲜明的对比。

古人曰：字如其人，《韩江南北堤工程碑记》正是对郭爱华老师其人格、其书德的最好写照。

附记：

郭爱华（1943—2007），男，潮州市人。广东省书法家协会会员，潮州市书法家协会副主席。1962 年毕业于潮安师范学院，从事教育工作多年，从小喜欢书艺，曾师从王显诏。数十年临池不辍，潜心研习各种书体，有深厚的功底，精通楷、行、草、隶、篆各种书体，犹擅行、草书。存世精品不少，其中位于东门与下水门间靠堤城的一侧的《韩江南北堤工程碑记》一文即为郭爱华先生所作。

（本文署笔名"杏夫"，刊于 2015 年 11 月 3 日《潮州日报》第十版"百花台"）

请来老师好习书 〜〜

——《书为心画》教学光盘观后感

2005 年，我参加了中国书法协会书法培训中心第十三期书法班的函授学习，并一直按教材的要求临习。我由于工作繁忙曾错过了两次面授机会，心想若能得到中国书协培训中心老师的直接指导该有多好。其间适逢由十五位国内知名书法家参与讲授的各字体临摹与创作教学光盘录制并发行了。我急切地邮购了一套，专心观看学习后，大有"胜读十年书"、相见恨晚之慨。

我自幼喜书，小学书法课临颜体，初中参加学校书法比赛得过三等奖。其后从医潜心于"医道"，遂中断了笔缘三十余年。近年重返墨池，不知从何入手，胡乱临了半年的《兰亭序》。有学友告诉我，中国书协书法培训中心是最权威的书法教学机构。然而现在社会上名目繁多的书法培训机构良莠不齐，当你心有犹疑无从选择时，最妥当最便捷的办法就是参加中国书协培训中心的学习。这样可以少走弯路，避开蹩足教材和"半桶水"老师，走上习书的康庄大道。

我参加了培训中心近两年的学习，虽离老师要求尚远，但对书法总算有了点粗浅的认识，明确了学习方向。通过观看《书为心画》教学光盘，我的体会很深。具体来说，有如下"三取"之得：

一、取道正源

张旭光老师在教学中强调："学习书法必须从传统的经典中去学习。截至目前，还没有第二个更好的方法或路子能够代替，这是书法学习的特殊阶段。"书法艺术的特点，就在于它的技术来源必须建立在对前人墨迹的临摹和借鉴之基础上。临摹，首先要读帖，整篇通读，读透其每个字的用笔特点，理解了如何入锋、出锋、断笔、衔接后再动手；经过多次反复的读帖，从对临到背临，再到用心领悟的意临，也就达到了书法书写的初级阶段。

面对浩如烟海的历代碑帖，初学者往往不知学习哪一本才好。中国书协培训中心的教学计划，精确地总结了前人的习书经验，为学员选好了范帖。其准确性、权威性是无疑的，使初学者省去了选帖的时间并避免了盲目性。我由于可习书的时间少，第一阶段篆书选了《石鼓文》、隶书选了《乙瑛碑》、草书选了《书谱》、行书选了《圣教序》和《兰亭序》、楷书选了《多宝塔碑》。

书法艺术包罗万象，是中国传统文化中最复杂、内容最丰富的一种文化形式，坚持传统，最深层的是坚持中华民族的传统文化。刘文华主任讲得好："书法或日常写字浸透着我们民族的血液，维系着中国人的情感，它是我们生活中离不开的伴。要学好书法，就要有深厚的民族情感。只有基础打牢了，才能在其上面建起书法艺术的高楼大厦。"

二、取心平衡

要端正学习目的。习书法者众多，不可能人人都能成为名家。虽然有"不想当将军的士兵不是好士兵"之说法，但其实岂能人人当将军？只能是一种思想动力罢了。研习书法属脑体结合的特殊劳动，通过手的捻、转，抑扬顿挫等多种手法，完成黑白相间的卷面。史有"书者寿"之说。笔者曾对十几位常习书法者进行多年观察，发现他们糖尿病、高血压、高脂血症的患病率远比同龄人要低，当然，这也有饮食、情绪等方面的原因。临床上有几个高血压病人，吃了药但血压总降不下来，但是配合练习了书法以后，血压居然降了下来。这说明，书法本身是一项有益于身体健康的柔性运动，就像打太极拳。

"心理平衡"是联合国教科文组织定义的健康四大基石之一。如果我们能以平衡的心态来学习书法，定位在修身养性、调节生活这个基本点上，潜心研习，循序渐进，慢慢积累，厚积薄发，自然而然地会把字写好。到那时，其中一些人成为名家也不是不可能的；即便成不了名家，能在习书过程中受到文化的熏陶，换个好心情，达到《内经》所说的"恬淡虚无，真气从之，精神内守，病安从来？"那也是不小的收获。把书法作为健康的津梁，不成名，但健康，何乐而不为呢？

三、取法自然

书法艺术专业性强，它是作者思想、艺术、文字等修养的综合表现，来不得半点虚假。须认真学习，取法于自然。

初习字时，看到一些好的字总想临写，但由于种种原因不得法，无甚效果，查书法辞典也只是生搬硬套，结果生硬、刻板、无韵味，也未能提升水平。有时刻意求雅、求正、求奇、求险，却总是事与愿违，就像一位中医，若不遵循辨证施治的原则，组成配方没有"君臣佐使"，肯定误人误己。刘文华主任说得好："没有能力的积累就写不出好作品。单凭胆量写，并把作品拿出去，只能暴露自己的缺点。"取法自然的核心是法于阴阳。"阴阳者，天地之道也，万物之纲纪。"书法之道亦然。从名家的演示中看到，他们能够调动一切与书法作品有关的因素、书写方法、工具、载体的效应，从而充分焕发书法作品的魅力，以达到真、善、美的高度统一。按我的理解，这其中最要紧的是"阴阳"二字，如柔与刚、白与黑、淡与浓、粗与细、实与虚、大与小、正与奇、美与丑……能达到这诸多矛盾的高度统一，如中医理论之"调和阴阳，以令平和"。

审美上，也应与时俱进，反映现代社会先进文化，创造出具有时代气息的作品，这样才更有艺术的生命力。目前，中国书协提出了"坚持传统，鼓励创新，多种风格，兼收并蓄"的方针，这是符合书法艺术健康发展的基本规律的。我想，通过对《书为心画》教学光盘的学习，体会老师的悉心指导，只要勤奋研习，假以时日，可以预期中国书坛将会有一些充满时代气息的好作品、好书家出现。

附记：

笔者于2005—2008年参加了中国书协高级书法班、高级草书班的学习；2007年参加了全国首届中医药书法摄影大赛，获书法类入选奖（全国72人）。

形神飞动　畅抒情怀

位于潮安、丰顺交界处的潮安区赤凤镇白莲村，坐落着一处岭南罕见的近代民宅建筑精品——刘氏祖遗"顺德居"。

该宅以"四点金"为核心建筑形式，吸收了潮式"百凤朝阳"和客家围龙屋等多种布局特点，共有房间、厅堂近百间。这座豪华富丽的民宅，除了典雅繁丽的木雕、石雕和灰雕等工艺之外，一个突出的特色是其重视书法的美饰。

其大门门额上的"大夫第"为楷书，浑厚沉稳，气势总摄全宅，隔埕与外门楼内背匾额上行云流水般秀逸的行书"兰桂腾芳"（见图1）互为呼应。而"大夫第"门前的建屋文为隶书（见图2），恰似谨饬的书吏，在有条有理地述说着建屋的缘起，这是第二组的呼应。"大夫第"背壁双侧的"福""寿"两个四尺见方大字（见图3）采用遒劲严谨的魏碑体，上面三尺宽的"福""寿"，又再一变而采用古雅的篆体，端的是福寿绵绵，多姿多彩，而采用斜对称的阴刻、阳刻，更体现中国传统文化的"一阴一阳谓之道"。

其他，像左内厢房门的瓷嵌字"安贞"二字为赵体"半行"，丰腴软润，别具阴柔之美，适于内眷居宅的特点，而"修竹""月影"四字为草体，俊逸凌飞，正符合书斋品味……

全宅的门、窗、墙肚各处部位，遍布着多种艺术风格的书法，几乎囊括了中国汉字的所有书体，而且形神飞动，各个都很符合所饰部位的内涵和寓意，使整座建筑平添了一股书卷气，提升了整座豪宅的文化品位。

（本文署笔名"杏夫"，刊于2009年9月3日《潮州日报》第C1版"文化"）

图 1 顺德居背匾 "兰桂腾芳"

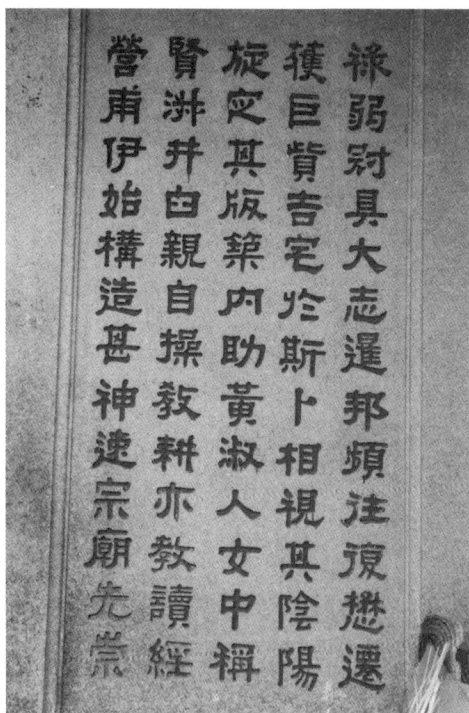

图 2 顺德居建屋文石刻之一

图 3 "福""寿"二字

五

琐事杂忆

潮州昔时社区生活文化琐记 ～～～

潮州有句俗谚，叫作"金厝边，银亲戚"。为何"厝边"（邻居）胜过亲戚？老一辈的叔伯婶姆自然会娓娓而谈，怀念昔时古城社区生活文化和厝邻关系的和谐。

昔时的潮州府城为平房老厝居多。这些百年以上的老厝组合成一条条小巷，小巷汇成大巷，大巷直通大街，街则串向七个城门头，城墙沿着城门而围，就成了潮州古城池。一系列的横巷、小巷、巷头、巷尾组成或密或疏的居住群体，类似于现在的"社区"。巷道如人，有脸有嘴有"肚肠"，小巷不论长短，总有院落错置其间，外埕、大外埕、埕下（如"盛厝埕下"）等，成为居民聚会活动的中心。埕内所接民宅，多者几十家，少则三五户不等。每座宅必有门楼亭（俗称"拜亭"），每条巷必有巷头亭。入夜，小巷门楼自关门户，大巷头亭则有专人守卫，类似于今日之"保安"，更兼打更，顺便给深夜出入的街坊开门关户。朝不见暮见，哪有谁说不出谁家大人小名、谁家小孩模样的呢？野蜂狂蝶想惹事闯非却也难矣！夜不闭户、路不拾遗的风气，真真切切地存在过。

这小巷大埕，如巨树分桠横枝的再分杈，它联结着细如叶子的每家每户，却又把百户十家有序地输送到府城这棵"大树"上去。这小巷深处，离大街最远，汽车开不进，江轮驶不进，或许最保守最古老，却又保住了不少独特的社区生活文化。

每家每户谁不栽花植树？虽无经营苏州园林的实力，却也晓得咫尺天地如绣锦缎，上下纵横安排得妥妥帖帖，花多秀气，如桂花、芝兰、茉莉、杜鹃；树多小巧，如龙眼、石榴、枇杷、桑葚，总之是取其体量较小者，不占过多场地，何况中看又中用，经济实惠。才尝东家金黄枇杷，又啖西家冰糖龙眼，你送我一篮桑葚，我送你几个石榴，互通有无，取此补彼。最妙者是家家栽有缸莲，炎夏时，莲叶田田，莲花亭亭，叶采之煮绿豆汤食以解暑，花摘之冲冰糖饮以去燥，便觉绿色天然食品，非君莫属；

环保讲究，舍此其谁？小巷人家，各个略懂些许医道。"半人有恙，三户不安；一个染疾，七人挂虑。"青草是现备的，耳化脓有虎耳草，足扭伤有五爪三七，眼泡肿有白菊花叶，不分赵家李家，谁需用谁去摘取。人员是临时配的，倘若谁有个麻烦病情该上医院——自然有人张罗担架，有人在旁护理。

小巷人家最讲究干净清洁。初一十五，时年八节，扫客厅、洗水沟是免催免叫，众人自来的。"脏字没多高，赛过一把刀"，谁肯人前背后遭人非议？时时勤拭洗，桌几椅凳固然雅洁可鉴，就是灶台鼎脚也纤尘不见。烧柴烧草，草木灰浸成的"栀水"即可洗衣服，来个"质本洁来还洁去"！女人用茶籽饼洗发，用芦荟（俗称"膀投"）梳头，丝毫不比今天的洗发精逊色。

俗话说："一方水土养一方人物。"府城人家，户户有水井，由于地质各异，出水量各有不同，如李家的井水最宜煮食，几乎全巷人都到李家水井打水作食用；杨家的水井最清凉，全巷人夏天的冲凉洗浴用水则皆来自杨家水井；张家的井水水量最充沛，那么浆洗衣物、洗净家具大扫除时，全巷人不约而同直奔张家取水……

坐在巷中，眼不能看四方，耳却能听八面。制作抽纱顾绣的阿婶阿姆，喜欢围聚在一起做活儿，让其中个把粗晓文字的唱唱潮州歌册，借助这潮州特有的弹词，浇自己心中块垒。读书郎们想了解世界局势，天文地理，只能望穿双眼伸长脖颈，将某医师或某校长——小巷中文化层次最高、经济能力也最强的精英人物所订阅的报纸传之读之，直至报纸皱皱巴巴的"蘸醋可吞"，才不得不作罢。"地瘦栽松柏，家贫人读书"，读书之风，就是这样润物无声地滋长在如斯氛围之中。

小巷人家，因为房小，钱少，事杂疙瘩多，婆媳也有吵的，夫妻也有闹的，孩子也有哭的，厝邻也有纠纷的，敢问哪路神仙出面调停方能奏效？社区的老辈人，尤其是德高望重、见多识广的老人，自然而然地成了人们心目中至尊的"公亲"。他们也许在用"家里不和邻里欺""人总是要当老人的"一类谚语来浇火甲家的内战之火；也许是用《将相和》的戏曲故事来勉诫乙家两兄弟要团结协力……总之，虽见雷鸣电闪，但"公亲"似有千钧之力，所到之处不久即告风平浪静。

就是这样的昔时府城小巷，声名在久远，印象揣心怀。小巷其实是古城社区生活文化的载体，是潮州文化的一个组成部分，是潮州文化永续利用的根本保证。否则，皮之不存，毛将焉附？在这政通人和的清明盛世，古城得到了妥善的保护和修复，重立牌坊，重建巷头亭，重围城墙，好多旧时风物都将再现于世。那么，再现昔时古城小巷社区生活的场景，应该不会是痴人说梦吧？当今的社区文化生活，必也可以从中汲取滋养。

（本文以"漫谈社区生活"为题，刊于 2000 年 6 月 27 日《潮州日报》第八版副刊）

第一次享受"六一"慰问 ∽

　　"告诉大家一个好消息：每个同学可以分到政府'六一'国际儿童节的慰问礼品，有半根香蕉、一块饼干、两颗糖果。"班主任何老师的话音还未消失，88只小手掌拍打的掌声已响彻了整个教室。那时，没有学前班，全班几十位同学中上过幼儿园的只是寥寥几个。1959年读初小一年级时我还从未受到过"六一"慰问，而到了1960年这一年，竟然第一次听到"儿童节"有"优待"，同学们登时脸上挂满了笑容。真不敢相信，这是一群"面仔如猴蕾、胸胁如楼梯、脚手如鼓槌"的孩子，这群与中华人民共和国几乎是同时诞生、同步成长的孩子，在正当长身体、长知识、长思想的"黄金时段"，先是逢上喊"放开肚皮吃个饱""15年赶超英美"口号的日子，继而又忽地一变，勒紧裤腰带喝"飞机粥"，经常处于肚子"咕噜呛"的状态，见到久违的香蕉、饼干、糖果等"高档"食品，怎能不感到嘴馋，怎能不打从心底里感谢党和政府的关怀呢？一时间，不知是谁领头，"社会主义好……共产党好……"的歌声，由童声参差不齐地唱了出来，特别动听。大家都相信，目前是国家暂时的困难时期，有社会主义的优越性作保障，"天不会塌下来"，迎接我们的明天将会是十分美好的。

　　上面所说的，绝不是空话。接受过特殊时期思想道德教育的同学们，在那与中华人民共和国同呼吸、共命运的特殊日子里，人虽瘦，精神生活却是相当丰富的。从牙牙学语时诵念"融四岁，能让梨"到进入学校提倡的"我为人人，人人为我"，社会风尚走的是一条良性发展的轨迹。那么，曾让何老师为难的"六一"慰问礼品的分配问题，也就轻而易举地得到解决了。事情是这样的：班里有45人，而分到的香蕉是21根、饼干40块、糖果90颗，即便把老师自己得到的一根香蕉、两块饼干无私地贴补进去，也难得有理想的分配办法。班干部们和几个"大军仔"（驻军首长的子女）分别以谦让和"部队已有慰问品"为由，主动让出自己的份额。何老师经再三考虑，决定除贴补自己的份额外，三名班干部每人分三分之一根香蕉；班干部和"大军仔"几个人每人分半块饼干，但每人多"补贴"一颗糖。这样一来，就产生了本文开头所说的分配结果。那一天，刚好潮清同学生病在家。放学后，何老师带上班长，步行（那时单车是稀有商品，更谈不上拥有私人摩托车）上门，把"六一"慰问食品及时地送到潮清同学家里。

孩提时代的生活是艰辛的，但又不乏美好的回忆。在传统的氛围中，社会上普遍存在着具有友善、博爱、宽容精神的孩子，虽然没有上一辈人那样受儒家传统影响得那么深，却也有真诚、谦让、友爱、乐于助人的美德。这些对人生的影响是深刻而又隽永的。如果说给如今的孩子听，他们还以为是大人编撰的夸张的"童话"故事呢。

（本文署笔名"杏夫"，刊于 2005 年 6 月 1 日《潮州日报》第四版"玉兰花"）

唱着 《我们新中国的儿童》 长大 ～

两年前，马思聪的骨灰终于回到了祖国，魂归故里，长眠于白云山麓，圆了他的夙愿。

马思聪是我国第一代小提琴作曲家与演奏家，他的《思乡曲》和《第一回旋曲》分别是我国第一首真正走上国际舞台，以及我国第一首被外国小提琴大师演奏的小提琴独奏曲，在中国近代音乐史上占有重要地位。但我们这代人认识马思聪，是从那首由郭沫若作词，马思聪作曲的《中国少年先锋队队歌》开始的。当听到马思聪的名字，我们都会情不自禁地哼着那首伴着我们这代人成长的歌曲，它的内容健康向上，旋律自然欢快，催人奋进。孩提时，每当唱起这首歌，我们甚至忘记了饥饿，忘记了苦恼，坚定了努力学习、长大建设新中国的信念。

那时候的少先队员，最早也得在一年级下半年才能加入，在学生中是从少数到多数，全班四十来个人，只有两三个人入选，都是品学兼优者中的佼佼者。以后才逐年级增加入队人数，到了小学毕业，一个班还有十来个同学与少先队无缘。

我们这一代人与中华人民共和国基本同龄，与祖国共成长，也被誉为祖国的花朵。"国家的未来是你们的，世界的未来是你们的"这句话使童蒙初开的少年早早就具有强烈的历史责任感和使命感。中国少年先锋队确实是少年的先锋，加入了少先队一切都得带头。协助老师教学家访、组织小组学习、帮助后进同学、到军烈属家中做好事、帮助"五保户"……什么好事都干，拾金不昧更是常事。记得1960年过"六一"儿童节，那时候物资极度匮乏，班里分到"六一"儿童节慰问品，一共只有21根香蕉、40块饼干和90颗糖果，这是难得的享受机会。已经戴上红领巾的几个班干部为了使慰问品数量充足容易分发，便贡献出了自己的份额。那时每逢星期天，到桥东虎头帮忙推过往的人力板车上坡，在现在的人看来，那是多么"白仁"（傻瓜），可那恰是社会风气纯朴和孩子们纯真的体现。不少同学为了早日戴上红领巾，努力学习，认真改正错误，热情帮助别人，争当"新中国的儿童，新少年的先锋"。

小学毕业了，摘下了红领巾，但唱着《我们新中国的儿童》成长的这代"解放牌"少年儿童，纯洁向上的心却不变。

（本文署笔名"杏夫"，刊于 2009 年 9 月 29 日《潮州日报》第 C1 版"社会与家庭"）

韩江历史上有记录的最高水位 〰️

据《潮州市水利志》记载：1964 年 6 月 17 日，韩江潮安水文站记录水位为 16.95 米，每秒流量为 12 700 立方。这是韩江潮安水文站有水文记录以来的最高水位和第二大径流量。当时全城干部群众、驻潮部队都投入抗洪战斗，我们是毕业班，也照样放弃了升中准备，加入抗洪队伍。当时我们学生去帮忙把沙包运到东门，一看，只差一点儿城门就被全淹，水情非常紧急。东门二层挡水栏板已全部装上，为防止栏板因压力过大渗水，靠水栏板处堆满了麻袋沙包，东门楼上也设了防堆了两层沙包，做好准备抵御 18 米的水位，据说那时已准备炸掉东津堤救城。幸好"老天有眼"，被我们的抗洪决心感动了，那天的最高水位定格在 16.95 米，然后缓慢地退了下来。防洪值班人员在城门挡水板的沟槽旁标下了 16.95 米的记号。可惜当时没条件，也没意识拍摄此场景，甚为遗憾。2000 年江滨改造时，笔者拍摄当时东城门的情形，但 16.95 米的标记已消失，只记得挡水板沟槽的上方就是当时 16.95 米的印记（见图 1），权当纪念（见图 2）。

现在的东门楼是 2002 年按原貌整体抬高重建的，挡水板沟槽已全部替换，所以现在的东城门上已没有当年 16.95 米水位的标记了。

图1   图2

潮州赛龙舟琐忆

"五月节，扒龙船，扒到阿兄门脚过。阿嫂戴金冠，金冠答答赤……"这首通俗押韵的潮州童谣，道出昔年潮州赛龙舟的情景。

潮州赛龙舟的主场是韩江。有时候，端午节之时恰逢洪汛期，洪水夹着大杉等漂浮物冲撞船体，影响赛事，西湖就成了理想的替补场所。韩江赛龙舟的线路，起于"坐城北爷"下的航运局码头，止于凤凰台。而西湖赛龙舟的线路，则从西湖渔庄起至湖心亭处。据长者郑叔回忆，中华人民共和国成立前，赛龙舟时由于安全防护措施不足，人们在湘子桥上观看时，曾出现过人挤人结果失足掉进韩江的惨剧。中华人民共和国成立后，赛龙舟在韩江举行过四次，在西湖举行过一次。笔者看过其中的两次，约在 1963—1965 年。1963 年的那次赛龙舟，先有民兵的武装泅渡，"飒爽英姿五尺枪"的女民兵也在其列。民兵们背着步枪、冲锋枪，在水中推着"打倒美帝国主义""保卫祖国"等巨型标语牌，时而高呼口号，时而引吭高歌，场面相当壮观，振奋人心。武装泅渡毕了，赛龙舟随之开始。潮州赛龙舟几乎都是由四支队伍参赛，四条船一次定胜负。常见的四支队伍是搬运公司、水上公社、三轮车社和造船厂。而一些喜欢赛龙舟的人，或自荐，或被招聘为临时工参加。邮局一位阿伯上龙舟打鼓在行，指挥得当，能使水手配合完美，成了四支队伍的抢手人物。龙舟有龙头、龙尾，船上划桨手约有十二对，船舷和船腹分别涂上不同颜色，绿色的俗称雄龙，红色的俗称雌龙，但上哪一条龙舟，都由队长（鼓手）现场"呵唱""吹哨"抽签确定。随着一声哨响，鼓点即起，锣声、桨声、吆喝声，有节奏地响起，节奏越快划桨越猛。船至湘子桥段时，常是四船齐驱、不分雌雄，但过了桥之后，则考验起大家的真功夫。常是水上公社队一马当先，他们仗着撑杉排的架势，舵手不知怎地先左后右，一溜烟的工夫就顺着水流一泻而下，抢了头标（终点设有标枪头，抢到为胜）。而其他队，有因过度紧张而落入水中的，有因桨手配合不好自我掣肘的……待到了凤凰台终点，授奖仪式上的奖品只有锦旗一面。获冠军的队伍有食糯米饭的犒赏，末名者就只能将就着食番薯汤了。这虽是象征性的，但延续了潮州赛龙舟的民俗。纵观龙舟上的赛手，当数锣手的任务艰巨，既要接受鼓手的指挥，又要敲出"咣咣"锣声鼓舞士气，而且一直要站着，腹部还得有节奏地晃动。

赛龙舟在儿童心目中是一件挺伟大的事。读小学时，为了偷偷地学习划船的本领，我曾经与阿滨、阿宜两位小伙伴，到农械厂附近的一个大池子里学划船，可惜人小船大，不晓得如何拿篙划桨，我们三人在池中像三只无头苍蝇，只落得个晕头转向，不知所措，被人笑掉了牙。

龙舟划过的水，俗称"节水""龙舟水"，据说饮了能使人身体健壮，妇女用它洗头发，还能治"（偏）头风"。端午节这天被称作出了"圣日"，据说当天吃药最有疗效。

潮州已有四十多年没有赛龙舟了。第二届潮州文化节安排了赛龙舟这个大节目，续了潮州赛龙舟这根弦，群众闻之不亦乐乎！笔者遂作了这篇回忆往事的小文章。

（本文署笔名"杏夫"，刊于 2007 年 6 月 13 日《潮州日报》第 C3 版"潮州掌故"）

"营花灯"杂忆

正月头，有友自澄海来，我邀其谒开元寺，逛大街，观城楼，游江滨，串"甲第"（巷）。当行到大街时，同行数位澄友因未亲睹过潮州大街元宵"营花灯"的盛况，便频频问起，因为总是答非所问，其求知若渴之情使我这花灯门外汉汗颜。节气已过，上班后，友人的提问仍时时在我的耳边回响，家中孩子也不时谈起"营菜头灯"的趣事，一再勾起我对花灯的忆念。

什么时候开始"营花灯"已记不清了，而按府城人的习俗，当是从一个人出生满四个月起，不再被列入"孤贵"（没有避讳）时，就可以参加一年一度的元宵"营花灯"了。即便你是襁褓中的婴儿，根本不会擎灯，也会有人抱着你，替你擎上一盏花灯，凑上这一丁（指人丁），加入"营灯"的队列中。

而记忆较清晰的是笔者七岁（潮州人习惯用虚岁计龄，实为六周岁）做花灯的那段往事。那是个比较安稳的年代，生活虽是艰难，但社会风气很好，夜不闭户，路不拾遗，尊老敬贤，"惜落顺势"，蔚然成风。虽然我当时只有六七岁，但那时"穷人的孩子早当家"，普遍懂事早，拿着大人做成的花灯已觉得没有滋味，与邻居几个同龄人"参详"后，决定自己糊花灯，来个大动作，给大人看看——我们这群"鬼仔"（旧时长辈对小孩的昵称）已不是"团仔"。但要做花灯首先得有原材料——白纸、竹篾、"糜重纸"（丝纸）、水彩、毛笔，而我们却是这些东西的"无产"者。好在大厝内老三婶是个做竹器的，人又大方，我们便直截了当向她要来了几根派不上场的"篾郎"（竹的二层皮）。又有林厝的老叔，他是做"纸媒"的，但为人孤僻吝啬，虽听说他家有"糜重纸"，我们却不敢开口。岁数稍大比较懂事的老鲁平时常帮他搓"纸媒"，出了个主意："俺三人帮他搓'纸媒'，看他肯不肯给点情面。"这主意真灵，还没到两个小时，他就主动拿出了一些"糜重纸"的边角料放到老鲁的手中，因为他看出了我们的意图。找完"糜重纸",大家直奔王厝嗳哥处。嗳哥比我们年长几岁,家中有固定收入,经济比较宽裕,有水彩有毛笔;人聪明,肯帮忙,素有大哥大的榜样;他做花灯已有几年的工龄,算得上是一个老手。知道我们的来意后,他二话不说,拿起刚用四分钱从大街东兴纸铺买来的两张全开白纸和家中现成的水彩颜料及毛笔,到大厝内和我们一起做花灯。我们这些"六小龄童"在他的指导下,煮"糊"的煮"糊",削篾的削篾,也有搓"糜重纸"和打扎的,半天工夫,做出了三盏花灯。虽然欲圆不圆,成了"弯肚",欲扁不扁,变成"半瘟柿",但依次画上鲤鱼、寿桃、猴脸,再由嗳哥在另一边添上"新正如意""元宵快乐""四季平安"的字样,倒也有点样子。大人们看了,扑哧一笑。但花灯毕竟是我们几个小孩自己的作品,点上蜡烛,通红透亮,倒也惬意。元宵夜天还未暗,我们三个从家里偷了几个鼠壳粿,忍痛割爱舍弃了盼望已久的元宵夜大鱼大肉的团圆饭,提着自制的花灯"出巡",会集横巷内的几个伙伴,走到"总外埕"(那时对直巷的称呼)。其实"总外埕"的伙伴比我们更早到,人也比我们多,会集后足有二十几个,再走到大巷,然后将花灯一直"营"到城墙顶。愈"营"人愈多,足足有一百多号人,颇为壮观。"营灯"虽自成规矩,但免不了有调皮捣蛋者——喜欢恶作剧的老鲁冷不防把细弟手中的猴灯撞得来回颠倒,当细弟反应过来时,灯已经烧起来了,惹得大家都说:"老猴这会儿一个筋斗云十万八千里,翻到玉皇大帝那边食元宵饭了。"大家就这样边走边食,有说有笑,直闹到元宵午夜。

打那以后,我们这些"鬼仔"虽一年一年地长大,但花灯照样一年一年地"营",而最时兴猴灯的当数20世纪60年代放映电影《三打白骨精》之后的那个元宵夜,大家都带上了唐僧师徒四人的假面具,擎上了自己制作、式样不同的老猴花灯,一路"营灯",一路"取真经"。

改革开放初时,虽然经济条件不好,但潮州人"营灯"的热情却很高涨,买上个大白萝卜,掏空放上蜡烛,外面涂上"红花末","营"起灯来。

近年,随着科技的进步,传统花灯几乎成为展览品,孩子们元宵夜手中拿的也不再是手工制作的纸灯,而是机器压制出来的塑料电池灯,其品位与昔时已不可相提并论,其场面的热闹和气氛的融洽也比以前逊色多了。在与时俱进的明天,或者还有 LED 花灯的出现,而原汁原味的潮州"营花灯"不知是否还有其生存空间。

经典潮剧《陈三五娘》中,媒婆李姐有一段唱腔:"……俺转入察院衙,直落下东堤,行向开元前,转过西街,看到七丛松,再到清水宫,游赏蓬莱境，包你各社花灯都能看……"寥寥几句唱词，把潮州元宵花灯的盛况、游行路径活灵活现地展现在人们的眼前，留在潮州人的记忆中，也勾起潮州人对花灯的几多怀念，几多梦想。在"旅游兴市"的今天，如能再造"营花灯"的胜景，"营"的将不单是灯，还将赢得引客入潮的效应。

（本文署笔名"杏夫"，以"元宵游花灯"为题刊于 2004 年 2 月 4 日《潮州日报》第八版"潮州掌故"）

"黄金八点档"

对于电视台来说，每晚的黄金时段是晚间八点钟。最精彩的栏目，最具震撼力的实况转播，最有实力的歌星演出，最吸引人的电视连续剧，都被安排在这个时段播出。因为此时段的收视率最高，其广告费步入"天价"，即所谓的"一寸光阴一寸金"也。

那么，我的黄金八点档是什么时候呢？

——是晨泳时，是碧波中舒臂展腿的那段美妙时光。

每天清晨七点半，我做完准备活动来到潮州城东的韩江边，在幽静的北阁附近，跃入清澈的韩江水中，偌大的江面任我畅游其中，那时，我的身心感到无限的舒展。从形而下来说，舒经活络，血脉喷张，得到一种无拘无束的全身运动，那感觉简直如仙如佛；从形而上来说，纤尘俱洗，俗虑全消，但觉人如浩渺江天一沙鸥。

我喜爱游泳，始于童年。读小学一年级时，我已随邻居小伙伴一道到城湖（西湖）、到新溪（即流经城西春光乡地段的那条水利渠），扑通扑通地嬉戏玩水，为了摸索出最原始的蛤蟆式蛙泳，不知呛了多少口水，在西湖的深水区有过多少次的无助和惊惶，都成了人生中发黄的一页。只知道，游泳的爱好一直伴我度过了少年、青年，也随之到了中年。自然而然地，我成了一名游泳"发烧友"。

人在水中游，水在流动，人也要流动。有人说，人就是要流动，人是在沐浴着金钱流，人生的每一分钟都是用来创造金钱的。当然，有的人时时刻刻都在扮演制造金钱的机器人，他也许拥有许多古董、钱财、股票和房产，但是，他有没有生活的情趣呢？再说，人若不注意锻炼身体，当他躺在病床上，升值再快的股票，被收藏市场视为天价的明朝官窑花瓶，也不会再有心情多抚摸它一下、多看它一眼了。

我也曾约上若干泳友，于孟夏自潮安归湖镇江边顺水漂流直下北阁，领略了韩江中游的清隽风光；也曾在一次往贵阳旅游的深秋时节，会同贵阳泳友，在小车河中游泳，品尝到云贵高原石灰岩地区那水寒彻骨的滋味。游泳就像吃饭、喝水一样，已成为我生活中不可缺少的一部分。游泳，使我已冒苗头的肩周炎敛迹绝影，而感冒、中暑一类病症也极少光顾我。充沛的工作精力，豁达的人生观，应该说都与我坚持多年的游泳有关。

为了使人生这部"电视连续剧"每天都有一段美好充实的剧情，就要真诚地、勇敢地生活。太极拳、舞剑、跑步……都可能成为一段常温常新的美好记忆。对于我来说，游泳就是我每天的"黄金八点档"。

（本文署笔名"召佳"，刊于 2000 年 12 月 11 日《潮州日报》第八版副刊）

汉子陈树仁 ～

我与树仁兄相识有三十几年了，在"不是朋友，就是亲戚"的潮州古城，攀起来还有点"番葛藤亲"，而真正的接触应是我参加冬泳那阵子。1994年，我到新溪游泳并过冬，听说冬泳协会有个陈会长，原来竟是熟人树仁兄。今年春节往穗探亲，初三夜他邀我闲聊，一进门就见其与外交部原部长李肇星合影的大幅照片。原来李肇星与他是"牛友"。他的大作《牛田洋灾难亲历记》在"7·28"牛田洋四十周年纪念日举行首发式，真是可喜可贺。同游一江水，无谊也有情，况且，陈树仁的名字与潮州冬泳协会有分不开的关系，于情于理当聊写几笔，以表泳友之情。思忖良久，决定从其性格着眼，题名曰"汉子陈树仁"。

说到"汉子"这个词，在中国内地早已被英雄、楷模、榜样……替代了好多年，也不时兴了，实际上"汉子"是对"大丈夫""男人气"的最好表述。说树仁兄是汉子，该不会错吧！

树仁兄是归侨，出生于越南金瓯市，7岁那年，父母不想让他留在法属殖民地越南当亡国奴，便将他送回祖国读书。在经济困难时期，经过一番勤奋与努力，他考上了广东潮州高级中学，升大学时因当时的政审原因丧失了资格，也不能出国继承父业。汉子的性情使然，他一气之下回家务农，这一气并不是沉沦，而是气往内敛，发愤图强。后逢政策稍为宽松，他终于圆了大学梦，汉子性格初露端倪。

在牛田洋台风来临期间，他的汉子性格更是发挥得淋漓尽致。

"7·28"牛田洋台风来临前夕，牛田洋上下都在备战台风，他却主动要求从较安全的炊事班调到随时有抢险任务的标兵班，还被挑选为救生员。狂风暴雨来临时，连队撤退，他不顾个人安危挺身而出，帮指导员回竹篷屋取手表；大堤岌岌可危，救命的木头就在眼前，他却没有苟且偷生，始终没有离开集体；狂风大作，他在海上漂流了一整天，三次脱险，三次入险——追上竹篷但又离开竹篷，抱着木板又离开木板，为的是降低战友一同赴死的概率，尽量给队友留下一线生机。后来幸得老天眷顾给他漂来了两根救命的木头，他凭着惊人的意志和体能以及超众的游泳技巧，忍过三次小腿抽筋的剧痛，在茫茫大海中躲过了漂浮物的威胁终于到达青屿。为了众队友的安全，他又一次冒着生命危险逆海潮而游到老百姓那里请救兵。

创建潮州冬泳协会，是他汉子性格的发扬。

自 1992 年春交会结识香港冬泳协会会长罗维邦先生后，树仁兄致力创建潮州市冬泳协会，当时有好心人对他说，群众组织是"三人四姓"（意见难统一），组织者是"去钱搞累赚骂（吃力不讨好）"，但他还是说创建冬泳协会是他的决心，更是冬泳人的愿望，也是全民健身的大好事，亏了也值得。于是他带头出资一万元，发动泳友齐心协力，终于在 1992 年 12 月注册成立潮州市冬泳协会，树仁兄被拥为会长，经罗维邦会长举荐后，很快被吸纳为全国冬泳协会团体会员单位，这是广东省内第一个加入全国冬泳协会的地级冬泳协会组织。尔后潮州冬泳协会多次组团参加全国冬泳比赛并取得了佳绩。为了潮州冬泳协会的名誉，他有时即使是单枪匹马也要出征。1994 年 1 月全国第三届"春都杯"冬泳比赛，他既是领队，又是教练员、运动员，他的努力为潮州争得了荣誉，也在全国冬泳舞台中提高了潮州的知名度。十多年来，他先后代表潮州参加洛阳、唐山、烟台、温州、长阳、石林、武夷山及连城、广州、香港、澳门等全国各地的冬泳赛事，多次入围全国八强。特别突出的是他在 1995 年香港 800 米自由泳比赛和 2002 年广州 50 米自由泳比赛（成人组）中都获得第一名。其意义不在于具体的名次和成绩，而在于填补了全国冬泳赛无南方人参赛的空白，纠正了所谓"南方人怕冷"的偏见。由于树仁兄对冬泳事业的贡献，他还被推举为全国冬协委员。今天，广东省冬泳活动的蓬勃发展是与全国冬协的直接指导分不开的，这里面树仁兄的开拓进取精神起到了很大作用。

1994 年，树仁兄调往广州工作，人走了，但冬泳的心仍留在潮州，他念念不忘潮州的泳友、潮州冬协和潮州的冬泳活动。可是说实话，他的离开使潮州冬协工作在一段时间内都受到了影响，活动也处于低潮。为了使潮州冬泳活动正常开展，他经常嘱咐冬协要换届选举。得知冬泳爱好者为换届举行了各项"热身活动"后，他非常关注。那个时候，冬协在市体育运动委员会的支持下，于 1995 年举办了迎"七一"水上马拉松、1996 年举办了"超低温"春节渡江活动、1997 年举办了元旦黄冈河渡河活动等，只要有空他都会来参加。黄冈河渡河活动举办前他满口答应，但因业务需要他一时难以脱身，为了不负众望，他还是在广州、饶平两地晚来午回，五十几岁的人，专程为了活动而在 24 小时内驱车 1 000 多公里，后又参加了 500 米冬泳赛，那毅力谁听了都有点吃惊。问其原因，他直率地说："大丈夫一言既出，驷马难追，让泳友等待多失望，自己心里也不舒服。"

1997 年，潮州冬泳协会创办《潮州冬协通讯》，他为创刊撰写了《发刊词》，这一期的《潮州冬协通讯》中，潮州市体育运动委员会还专门写了《潮州市冬泳活动在广东独树一帜》一文，对陈树仁在潮州冬泳活动中所作的贡献作了高度评价。

作为第二届冬泳协会换届参与者，我常跟陈树仁接触，他说他相信潮州冬泳人能把冬泳活动开展得更好，冬协工作能够得以延续。他做事干脆利落，不倚老卖老。那时，大家主张换届不换人，还是尊他为会长，另设常务副会长，处理日常事务则可，重大事情才向他汇报。但他坚决推辞不受，最后不得已才接受了"名誉会长"的虚衔。第三次换届，当有人提议给他个"名誉会长"时，他说什么都不要，只是说："我仍然是潮州冬协的普通一员，我人在广州，与广州冬协来往颇频，与全国冬协亦熟，如不嫌弃，这方面的工作我可帮忙，当一名联络员也好。"

树仁兄就是这样一位直率、豪爽、诚信的汉子。

现在潮州的冬泳活动方兴未艾，从开始的十几人到现在的千余人，参加全国性、区域性的冬泳比赛，都成绩突出。当我们看到潮州冬泳的大好形势时，总是会想到汉子树仁兄——潮州冬泳协会的主要创建者。

（本文刊于 2009 年 7 月 24 日《潮州日报》第 C2 版"观潮"）

难忘奇怪的 "汕头北"

十年的时光一晃而过。那是 1999 年的 10 月底，我在北京参加 "中国中医药学会建会 20 周年暨学术年会" 后返回潮州，途经广州。一出机场，直奔锦汉车站。来到售票窗口，左瞧右看

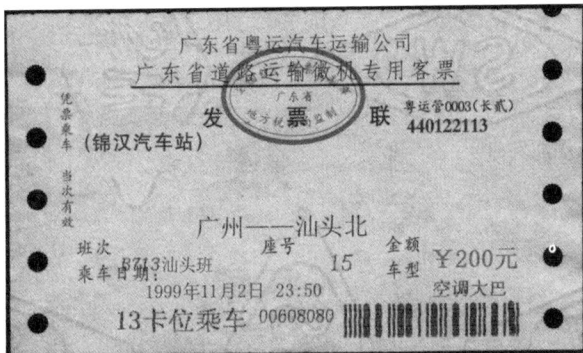

图 1　广州—汕头北车票

就是觅不到 "开往潮州" 的字样，碰着讲潮州话的旅客，一问才知道要买到潮州的车票必须在标有 "开往汕头" 的第七窗口办理。"小姐，我要买一张到潮州的票"，我递上两张钞票。售票员挺利索地递给我一张 "广州—汕头北" 的车票（见图 1），一接过手，我不由得愣住了，"哎哟，搞错了，我是直达潮州的，不是到汕头北的"。我用曾在省城进修时学习过的还算标准的粤语急切地说。售票员小姐用一种惊讶的口气回答道："卖千卖万的，绝对错不了。车开到汕头北就是你的目的地了。" 我还想辩论，又觉得 "孤招入人群"（白费力气），辩也无益。大概由于职业原因，认识我的人比较多，忽见一位潮州人凑上前来，对我说："这 '汕头北' 就是指潮州，目前尚无直达潮州的高速大巴，只能缀在开往汕头的班车里，另标 '汕头北' 以区别于汕头站。" 真是奇怪之事，我只好别别扭扭地跟着这位同乡上了车。

车疾驰，人疲惫，心里却还是直犯嘀咕。同为地级市，汕头的大名堂堂正正地给印在车票上，而潮州却为何只能委委屈屈地寄身于汕头的影子里，赐得封号 "汕头北"？照此逻辑，长沙即是 "武汉南"，天津即是 "北京东"，南京即是 "上海西北"，而成都，不用问便是 "重庆西" 了。

这么一来，地图也得改一改，以几座城市为中心点，其他一一标为"某之北""某之南"，不更省事干脆、一了百了了吗？有道是"人争一个名，城争一口气"。潮州当时的发展步伐，比起经济特区汕头是要慢一些，但又何必搞出这么一个名号来呢？潮州是"千年府郡、潮人故里"，直至20世纪50年代中期也还是粤东地区的行政专署所在地，后来忽变为潮安县潮州镇，再变为潮州人民公社。到后来，在我读小学时，校章上甚至不见"潮州"两字而填上陌生的"潮安县城关镇"名号！有此种种演变，潮州在国人心中的印象自然是日渐疏淡了，以至90年代末竟然还诞生出这么一个奇怪的"汕头北"之称，在不解中似也易于理解了。其实，在海外游子的心中，不管一个地区的行政命名是什么，潮州永远是那个潮州。截至20世纪90年代初，华侨寄批，还是只写"中国广东潮州市某街某巷"，不也照样寄达吗？

当然，无庸讳言，当时汕头的发展速度很快，有海港、机场、海湾大桥，又是经济特区，其经济水平理所当然地居于粤东四市之首。然而，世上事绝不是一潭水、静无波。君不见，韩江大潮涌，潮州挺立潮头迎大风。随着社会经济事业的迅猛发展，潮州的经济成就叫人刮目相看。今日，潮州能通火车，潮州的几个汽车站每天开往广州的班车达几十个班次，"潮州至广州""广州至潮州"的旅程牌就堂堂正正地紧贴在高速大巴的车窗玻璃内，叫人看了赏心悦目。那块"阴阳怪气"的"汕头北"的牌子，早就溜到爪哇国去了。奇事一宗，引发思考无穷。我想，还是伟人说得深刻："发展才是硬道理。"无论对于一个国家还是一座城市，皆然。

（本文署笔名"杏夫"，刊于2009年8月17日《潮州日报》"杂文"专版）

头一回坐公交车 ⁓

那是个"卫星上天"多过树叶落地的特殊年代。有一天，传来了"火车头"（潮州西车站）放出一颗"卫星"，要开通公交汽车的消息。对于身在"城市尾、乡镇头"的县城小孩来说，真真惊喜得不得了。因为平时偶遇一辆汽车，人们总像看到宇宙飞碟一样摸车头、看车身，甚至深深吸上一口香喷喷的汽油味，只怕它随时跑掉。现在，公交汽车是公用的，可以坐进去让它驮着跑，那滋味该怎么美就怎么美。但是，车票钱呢？听说从火车头到终点西湖，中间设有苗圃场、高级中学等三个站，每站车费二分钱。别看仅二分钱，它却可以买到一碗漂着肉片的猪骨汤面条呢！当时连大人的荷包都装不了几毛钱，小孩子想坐汽车？别做美梦了，我因此一连几天闷闷不乐。

到了一个星期六的下午，刚吃完午饭，家住南门的表哥约我一同去磨"碎瓷片粉"（做耐火砖用的材料），他是初中生，要缴三斤粉，我是小学弟，要缴一斤粉。我们赶紧跑到他家，哥儿俩你捶我磨地干了起来，蓦地，我误把臼槌捶打到自己手上，食指突然浮起乌青，表哥见状，急中生智，立即把他祖母专为梳头渍毛发而种的芦荟摘了一片，捣烂了用破布给我包扎，还连声询问我心里有啥不痛快的。我便把这几天对公交汽车的"单相思"说出。表哥毕竟有点华侨"藤"（关系），身上也常有八分一毫的零花钱，便安慰我说："明天咱俩坐车去！"我不好意思推辞，便答应了。

那个晚上，我兴奋得活像喝了三壶浓茶，一整夜似睡非睡，星期天一早天还没亮我就起床了，沿着小巷和大街一路飞奔跑到表哥家，两人一块儿来到西车站。

天尚早，车未来，发声沙哑的大喇叭里已在播放"赶上那个英国，用不了十五年……"的革命歌曲。是啊，一夜之间老府城就驶出新公交，分明就是这句歌词的一个明证。路不急车不急，最急的要数等车人。我俩跑到公路上去观看，那边厢，一辆拖着九节车厢的汽车已像长蛇一样地在火车铁轨上开动起来，据说这是当时的又一颗"卫星"，大号"无轨火车"，这列车从潮州开到汕头一程要用8个小时。又等了一会儿，一辆车头标着"CCCP"（苏联）字样的卡车开过来，车身挂着的大红布幅上写着醒目的一行大字"热烈庆祝潮州公共汽车'卫星上天'"。我的心快跳到喉咙口了，忙随着表哥上车。车上的座椅硬邦邦的，底板钉着小木条，四周的车厢板是木制的，玻璃窗哐啷哐啷地撞击着，一概都带着当年"老大哥"的粗犷风格。没有坐过车的潮州人，就像此行不是要坐车而是要看车似的，愣是上看下看、左看右看也看不够，碰上个坑坑洼洼车子一急刹，一车人风打蜡烛似的顺势而倒，不见骂娘却只听笑声。

"死人心肝捶不疼"（形容白费力气）的事我不会做，驶过两站后我忙催表哥下了车，目送着汽车徐徐而去，也不知是司机技术不过硬还是机器卡壳，走不了多远的汽车居然赖在地上不动了，跟在后面一溜小跑的那伙"追车族"也猝不及防，全都跌倒在地上。但见车上的乘客也下车出力，一干人等使劲推也无法使车子挪动几步。

隔天星期一，上学时我把搭公交汽车的幸福经历一抖出来，同学们羡慕得口水都要流出来了，活像见到前线回来的战斗英雄。只有一个男同学不服气，说是这坐车算得了啥，他哥哥在部队开汽车，还能把车开上树梢顶呢……

（本文署笔名"杏夫"，刊于 2002 年 1 月 24 日《潮州日报》第八版"市井故事"）

亲历关照的接力 ～⁀⁀

　　2016 年 10 月 2 日，我和老伴儿购买了 18：52 发车，车次为 G1011 的高铁，从广州南站到深圳北站，换乘联票 G1470 次列车从深圳北站到潮汕站。可是，当我们到了广州南站候车厅，信息牌好久才出现 G1011 次列车的开车时间，而且列车延误了 11 分钟，要到 19：03 才能开车，这可把我们给急坏了，据说年轻人在深圳北站换乘的时间至少也得近 20 分钟，但对于老人来说，肯定不止这点儿时间。正在徘徊时，我突然想到找高铁站值班室。在站长值班室里，两位女值班人员热情接待了我。听明缘由后，把我们交给一位刘姓男员工，让他带我们到检票口并交代给一位肖姓实习生，肖先生带着我们到检票口先直接验票入站，又从特别通道的电梯直接下到第八站台等候列车的到来，几分钟后，当 G1011 次列车缓慢进入站台区，他立即向 G1470 次列车长江燕交代，嘱他关照。江燕列车长带我们安顿好座位，并在列车将到达时领着我们率先下车，争取时间赶上联票车次并与深圳北站取得联系，希望请人带我们换乘，但深圳北站的回话是人员派不出，于是她详细跟我们介绍从第八站台直接走到第四站台的路线。这时刚好有位潮州口音的普宁占陇小伙子在旁边听到，主动带我俩跟他们一起换乘，由于他路熟，站内换乘只用了 8 分钟。到了车上坐定，离发车时间还剩 6 分钟呢！

　　9 月 30 日，我们从潮汕站到广州南站的高铁，也沐浴了爱心的关照。一位在珠海工作的薛姓广州年轻人，是揭西女婿，得知我们要到市内，建议我们不必打出租车（因这个时段既难打到出租车，也易塞车），最好乘地铁，并嘱咐要在人工购票的窗口买地铁车票才方便，他自己有"羊城通"（交通卡），本可直接刷卡乘车，而且下了车他还要开车到珠海，他因帮助我们却拖延了差不多半个小时的时间。

　　往返广州，我们亲历了素昧平生者悉心关照的接力，亲自见到年轻人，特别是铁路员工，他们践行着新时代"安全优质，兴路强国"铁路精神，凸现了社会正能量的不断增加，让我们看到了国家铁路行业的前景和国家兴旺的曙光。

（本文署笔名"杏夫"，刊于 2014 年 10 月 16 日《潮州日报》第六版"百花台"，并刊于 2014 年 12 月 18 日"人民铁道网"）

叫水坑感受原始森林 ~

　　抬眼望去，远山那黛灰色的身影柔和地起伏着，像泡在池塘中沐浴的水牛拱起的背脊；山上那疏密有致的林木，活像水牛身上的牛毛（见图1）。望山跑死马，当我们一行数十人经过十弯八曲、勉强可以通车的崎岖乡道，来到潮安县大山镇叫水坑村的时候，才一步步地丈量出了大山的远和高。

图1　叫水坑竹林，摄于 2005 年 9 月 1 日

　　走进叫水坑，便看清了"水牛"背腹上的"牛毛"，原来是一望无际的成片毛竹林，少说也有 1 500 亩之广。走进竹林，阵阵清风，车里的闷热早已被我们抛之脑后，放眼四周，新竹明润，老竹黛碧，或鲜嫩，或笔直，掩映成趣。山风吹过，此呼彼啸，像是一曲协调着多部和声的交响曲。

同行的有在大山镇工作多年的廖健兄，还有前来接待我们的叫水坑村林支书，都是有名的"当地通"。在管理区的办公楼中，我们泡起一壶浓浓的工夫茶，听他们两位"叹"古。

原来，叫水坑包括内、外两个自然村，全村现有 70 多户共 300 多人，乡民均为林姓，其先辈约于 300 年前从中段村（大山镇最大的一个主村）迁来。

沿水而居，应水而生，正表现出人类在自然面前的明智、依赖和顺应。遥想先辈择地建村之时，就事说事，因该地山坑水深深作响而命名"叫水坑"，真是一个响亮贴切的名字！

饮茶甫毕，我们边谈边行来到内村，抬头一望，一棵"巨无霸"式的红梨树伫立在村口道旁，足有 30 米高，它那近 80 平方米的树冠称得上是遮天蔽日，红褐色的树干仿佛被 600 多年的时光浸染得驳杂苍老，两个壮汉还抱拢不过来。不时掠过一两只毛鸡鸟，这些鸟停落在交错有致的枝丫上。

看来，这棵红梨树是该村的"风水树"（见图 2）。对于我国传统文化中的"风水"一说，我的理解是指山河流转之态、气脉聚散之势对人直接或间接所产生的影响。对于叫水坑这方山地，有一泓莹莹坑水，有一树蔚蔚红梨，泽荫生灵，其"风水"之运自不待说。

说着说着，我们已走到一处清心坑旁。廖健兄说，这水从山顶的泉眼流来，一路无污染，是无须净化即可供每户村民使用的天然"纯净水"。大家直听得心痒口痒，纷纷蹲下身子，伸出双手掬捧起这清心坑水。一捧啜饮，清心凉喉，倦意顿散；二捧洗脸，精神抖擞；三捧洗手濯足，足下平添底劲。

离开清心坑，我们便进入了山间的原始森林（见图 3）。这片森林生长在海拔 700—900 米的丘陵坡地上，在山的西坡、山沟及两侧，是一方绿的世界，宁静、幽深。在森林静如远古的氛围中，你能体会到自己的一颗心变得分外柔软，血液流速减慢，举手投足变得小心翼翼。山坑底的石头高低错落，我们在无路中寻"路"。有的崖高两米，廖、林二兄先攀登上去再伸手牵引后来者。山菁、蕨丛和刺藤植物的尖梢儿，摇曳生姿，"扯"人手脚，潜泉在岩层下潺潺而过。露珠滴落下来，叩击斑驳的苔藓和堆积的枯叶。乔木、灌木依地势而生，蝴蝶的翅膀相互碰撞，菟丝子的细蔓与天牛的触须纠缠，蜥蜴蹑足行走于丛数间……

图2　红梨树是该村的"风水树"

图3　山间的原始森林

正因为有了这一切，原始森林的宁静才显得真实。极静中的响动不是响动，是森林那清寂灵魂的叹息。

山深，路远，人稀，林密，叫水坑原始森林避得过几十年来大炼钢铁、砍柴烧炭、毁林造田等纷纷扰扰，大概是在自然规律和社会潮流的交界处，与上天打了一个漂亮的擦边球。

我们说惯了"挑战自然"一类的大话，其实"敬畏自然""顺应自然"未尝不是人间至理。比方说，眼前这片原始森林是天然的"大氧吧"，暑季中这里的温度要比同纬度、同高度的其他地方低5℃~8℃。瞧，早上9点从潮州出发，气温是32℃，眼下已是中午11点半，这里的温度只有22℃左右。置身在密林中，呼吸着富含负离子的空气，就像刚出世的婴儿从母体得到了初乳，那份怡然自得的舒适感，无法形容。

走出森林，已到山腰。此时，视野突然开阔起来，空气也渐次闷热起来，眼前又出现另具特色的一幕——一片树种单一的树林，像广场中做团体操时穿着迷彩服的运动员们一样，它们上红下绿，十分整齐。听廖兄说，这是近二十年逐渐培育成的防火林带，唱主角的是柯树。用这柯树做防火林，好处多着呢，一是"贱"，易种易长易成林；二是"雅"，树体颀长，树丫均匀，嫩叶红而硕叶绿，煞是好看；三是"瘫"（潮州方言，意为不易着火），若有山火烧近柯树，自会戛然而止，是活脱脱的森林火灾克星。听得我们连连称奇。

林兄指着脚下的岭头说道："我们站在修云嶂，海拔991米，是潮饶的交界哩。"放眼望去，远处的公路像是一条银丝带，镶嵌在绿色的山腰间。

近晌午1点半，太阳才从云雾中探头而出，小阴天中忙乎了三个多小时的我们口渴、肚饿、疲倦，向山脚村子的方向走去。一路上，上山砍竹子的山民遇到我们这些陌生人，都热情亲切地打招呼。联想到当今城市"水泥森林"中"居同楼对门不相识"的冷漠，真是不可理喻。

来到林支书家，女主人用自家种的米蕉、高山雾茶冲泡的茶水慰劳了这支不大不小的登山队，邻舍大群的孩子将我们簇拥，鸡群鸭群也莫名兴奋地叫个不停……

四个多小时的叫水坑之行结束了。这儿的山好、水好、森林好、空气好、人情更好。

我想，文明的风雅不单单只存在于宋版、明刻或者当今的"伊妹儿"（E-mail）之中，这保留完好的原始森林亦别有一番弥足珍贵的奇韵哩。

（本文刊于2001年9月19日《潮州日报》第八版副刊）

诏安九侯山 ～

自饶平县东去，一出粤闽交界的汾水关，就是福建省诏安县的地界了。对于相邻的诏安县，潮州人所知无多，对位于诏安县西北方十余公里处的九侯山则更为陌生了。笔者于去年春夏之交，与友人驱车前往此山，领略了一番名山风貌。

九侯山在唐宋时期已成为人们赏玩和礼佛进香的胜地。其命名的来由，据《漳州图经》载：夏禹庶子封于会稽，其后子孙九入闽，殁而为神，各主一山，因名九侯山。未进山，可见悬崖峭壁上镌"天开"二字，下由两块巨石构成门户。游人穿越其间，凉爽异常。出此门转向东北曲径，有历代寺僧及名人所题书法石刻，如"九侯名山""万山第一""群芳独秀"等。

再往东行，抬头可望见一块巨石如人形屹立山顶，旁边小石俨然瓶、缸，这便是"观音三宝石"。此石之下，有一座始建于唐朝的"九侯禅寺"，寺于宋朝时曾重建，清乾隆及光绪年间也有过两次重修，寺中正殿匾额"洗心之藏"为黄道周所题。寺右有"望海楼"，为观海之绝佳处。寺左深涧中有一"鲤鱼石"，下涌清泉，在此品茗甚妙。崖上镌"松泉"及"涤尽烦襟"等字。泉前有天然石室，南宋宁宗时辟为"九侯书室"。其时朝廷党争牵涉学术，指斥道学为"伪学"，光宗以"伪学罪首"之名罢去丞相赵汝愚相位，有59人被列入伪学逆党籍，其中的金陵赵嘉客、洛阳周直言等五人来此隐居讲学，故又称"五儒书室"，匾额尚存。九侯山有很多巨石相叠，似坠不坠，其中有一石叫作"风动石"。悬崖下深涧千丈。越田畴、溪岸，攀登险崖，通过一条叫作"小天门"的河谷小道，可攀上更加险峻的"狮子峰"，站于此峰上，雄视众山，飘然欲仙。

九侯山巍峨高大，真不愧为"南闽第一峰"。天下何处无名山？而独九侯山这样，既有自然险趣，又有丰富的历史人文遗迹，不是更引人流连忘返吗？

（本文署笔名"杏夫"，刊于 2005 年 11 月 7 日《潮州日报》第八版"胜地有约"）

我所看到的冠豸山新景 ～

乙酉年农历正月初四、初五，笔者驱车到福建连城，其境内冠豸山雄奇幽秀的水色山光和淳朴的客家风土人情吸引了笔者。游览冠豸山的过程中，笔者发现景区中还有很多景点有待发掘其内涵。由于只有短短两天的游程，笔者觉得似有三个景点可算得上"新发现"（因游览时天阴雾重，所拍照片的质量较差，但仍可略见其端倪）。现不揣冒昧，简述于下，请教于方家。

"悟空拜如来"

长寿峰北面的"孙猴面壁"景点，也有称"孙猴拜龙王"的。笔者拍得一景，更似"悟空拜如来"——跪拜在地的孙悟空，虔诚地恳求如来佛降法解难，而奇怪的是，大大小小的如来竟有四位之多！其中，居正面者五官清晰，似与与悟空面对面说话；其余三位，头发、耳朵、肩膀一应俱全，似作侧身认真倾听状。这组天然的造型，惟妙惟肖地构成了一幅孙悟空求助如来降法除魔的生动画面。此景点若取名"悟空拜如来"，其内涵和外延，似比"孙猴拜龙王"更贴近《西游记》的故事情节，也更易被游人接受。

冠豸山老奶奶

如果游竹安寨的回程是从云仙庵下来，在去往停车场途中，你或许会觉得眼前蓦地一亮——从某个角度看去，冠豸山的最前沿分明是一位老奶奶的大头像，且其轮廓完整、五官齐全，前胸和肩膀配置匀称，"老奶奶"眯着眼睛，牙齿稀松，嘴巴"咬吻"，下巴翘起，一副丰颊长寿的福相。她头上戴着有沿的双扇老人帽，凝视着前方，好像在欢迎四方宾客，又默默地为人们祈福。

达摩面壁

在竹安寨景区内，从摩天峰下来去往古城堡途中，细看水门墙对面的大石壁前端，竟极像一位毛发卷曲、眼睛圆突、嘴大唇厚、下巴带点棱角的西域汉子的头像，其形象安详静默，何况又正面对水门墙，何不以"达摩西来东土、十年面壁图破壁"的著名佛典故事为依据，将此景点定名为"达摩面壁"，借此引发人们遥思？这对于帮助都市人戒除浮躁心理，提倡"宁静致远"，还真有点神妙的韵味呢。

（本文署笔名"杏夫"，刊于 2005 年 7 月 11 日《潮州日报》第八版"胜地有约"）

巴王火锅冲茶绝技 🌀

十月底，我参加三峡怀旧旅游团，旅程共 13 天，一路经川渝鄂，游览峨眉山、乐山、丰都山、岳阳楼、大小三峡等几十个景点。其中最让我耳目一新的是重庆市一家名为"巴王火锅"的大酒家，其巴王茶壶为人称奇。该壶由红铜所制，装满水重十余斤，壶嘴长三四尺。当你入席甫定，身着蓝缎大褂的小哥即单手提着滚烫水壶从老远的地方开始倒水，将你席前装有花茶、杞子、麦冬等的茶瓯装满，其动作干脆利落、准确无误。食客常为此突如其来的动作愕然，又因其新奇而勃生兴致。由此冲茶绝技，可见渝人性格粗犷、豪爽之一斑。

作为古居潮州喜欢文化的我，见到川渝饮食文化，当然是一种与平日迥异的感觉，可以说是震撼。潮州地处东南一隅，气候湿热，故产生了清淡的饮食文化。茶文化是潮州文化的一支，俗称潮州工夫茶，是中国茶文化最有代表性的茶道之一。潮汕工夫茶一般主客四人却只设三只杯子，潮人有"茶三酒四"之说，之所以四个人只设三只杯子是为体现潮汕人的礼让精神。冲泡由主人亲自操作。首先点火煮水，并将茶叶放入冲罐中，多少以占其容积之七成为宜。待水开即冲入冲罐中后盖沫。冲杯，是指以初沏之茶浇冲杯子，目的在于使茶的精神气韵彻里彻外地沾满茶杯。洗过茶后，再冲入滚水，此时，茶叶已经泡开，性味俱发，便可以斟茶了。

斟茶时，三只茶杯围在一起，形成一个"品"字，凸显潮汕人重品德。以冲罐巡回穿梭于三杯之间，直至每杯均达七分满。此时罐中之茶水亦应刚好斟完，剩下之余津还需一点一抬头地依次点入三杯之中。潮汕人称此过程为"关公巡城"和"韩信点兵"。三只杯中茶的量、色须均匀相同，方为上等功夫。最后，主人将斟毕的茶，双手依长幼次序奉于客前，先敬首席，然后左右嘉宾。

两种冲茶的功夫，川渝的简洁大气，潮汕的精致细腻，不正是一方水土养一方人的写照吗？

（本文刊于 1995 年 12 月 5 日《潮州日报》第四版副刊，入书有增删）

附　录

潮州西医药的传入及发展百年
（1849—1949） 述略 ∽

一、清道光二十九年至清宣统三年（1849—1911）

西医药是西方文明和科技发展的产物，也是一项造福人类健康的事业。但其最初进入中国的时候却不那么磊落，也不直截了当，而多是伴随着西方宗教文化的渗透逐渐传入的。其最早传入应该不晚于 16 世纪中叶，而广泛地、大规模地进入我国是第二次鸦片战争以后的事情。两次鸦片战争的失败，均导致软弱无能的清政府被迫开放几处沿海通商口岸。借此机会，大量西方传教士进入中国传教授道，而其主要手段就是借助当时比较先进的西医为教民、平民等施医赠药，并以此为切入口大量发展信教徒。

清后期的潮州府有下属九县之幅员，范围比现在的汕头市、潮州市、揭阳市的面积加起来还要大，地理上扼东南之要塞，拥有广东省第二大平原——土地肥沃的潮汕平原，人口稠密，为著名的鱼米之乡，历来是西方列强青睐之地，自然成为第二次鸦片战争（1856—1860）后清政府被迫向英法侵略者开放的十处通商口岸之一，因此较早地受到了西方宗教文化的渗透。实际上，第二次鸦片战争前，急于进入中国传播西方宗教文化的传教士在第一次鸦片战争后的清道光二十七年（1847）三月十九日，就派遣德国"巴色会国外布道会"年仅 23 岁的黎力基牧师到香港学习中文；清道光二十八年（1848）五月十七日，他作为布道先锋进入潮州府的辖地澄海盐灶（时属潮州府澄海县苏湾都）传教。清道光二十九年（1849）二月十二日，黎力基牧师在租得盐灶港头之佩兰轩后开设诊所，正式以牧师兼医生的双重身份一面布道，一面为教徒治病。这是西医药传入潮汕之始。而西医药进入潮州府城则始于清同治四年（1865），英国传教士医生高似兰（Phelipb. Cous Land）在虎尾巷租得房屋一幢两间（见图 1），一间来做礼拜堂，一间来做诊所兼卧室，开始传教施医。刚开诊三个月，高似兰医

生就诊治了 3 500 名病人。西医药进入饶平县则始于清光绪三十三年
（1907），同时，美籍基督教牧师陆亚当在黄冈创办真道医院。

图1　虎尾巷是潮州开设第一家西医诊所的地方，摄于 2018 年 8 月 27 日

　　清光绪十八年（1892）"英国英兰长老会"派遣英国牧师宾为邻等筹
款于潮州城南关外建教会医院（饶宗颐《潮州志》载：是岁英人设医院于
郡南），初定名为"宾为邻纪念医院"，后改为"福音医院"。福音医院的
创办是整个清时期西医药传入潮州府城的标志性事件，也是最大的医事，
对于有一千多年历史沉疴，固守封建传统观念的潮州人来说，是一个不小
的挑战。传统思想与新生事物在该院的建设上产生了摩擦。在得知教会要
在南关外建医院的消息后，附近民众纷纷反对，但此时教会医院的十亩地
皮早已完成购买手续。于是反对的民众改变策略，一方面阻挠官府给医院
建设办理契证和相关建筑手续，另一方面对医院围墙采取屡建屡毁等强硬
对抗措施，迫使教会暂时将南关外医院建设事宜搁置。清光绪二十年
（1894），教会不得已将医院业务迁往猴洞开展。后来，经过教会努力和各
方协调，事情有了转机，官府最终给医院办理了契证和相关建筑手续，附
近民众也晓明事理，停止了过激行为，使医院建设在经过一段波折后得以
顺利进行。清光绪二十二年（1896）三月，一座占地十亩、九幢二层，面
积约 2 500 平方米的医院矗立于南关外（见图2）。这也是潮州最早的欧式
建筑群，其历史比闻名于世的"青岛八大关"（有"万国建筑博物馆"之
美誉，是青岛最早的西式建筑物）还要早近十年。该院设病床 40 张，门
诊分为内科、外科、眼科、牙科、产科等科。医院先后有高似兰、林起、

宾为邻、肖惠荣、越晏如等任院长。当时医疗器械只有刀、剪、钳等，临床上以西药治疗一般内科疾病和麻风病为主，外科只能做一般的阑尾炎、疝气、包皮切除及体表肿瘤切除手术，眼科只能施行白内障、沙眼、倒睫毛等治疗手术，产科则施行无菌操作法（时称新法接生）。虽然医疗设备简单，医护人员技术水平不高，但潮州福音医院却是潮州府城第一家颇具规模的教会医院，是潮州第一家西医综合医院，代表了当时西医在潮州的最高医疗水准，亦是西医扎根于潮州的标志。

图2　建成于1896年3月的南关外番仔楼为潮州首家西医综合医院的院址，摄于1998年11月8日

有一点须讲清楚的是，当时的潮州府辖地汕头埠也有一家福音医院，建于清同治六年（1867），是英国英兰长老会派医师吴威廉在外马路82号（今汕头市第二人民医院）开办的，设病床80张，是当时潮州府区域的第一家西医综合医院。

清光绪三十三年（1907）美籍基督教牧师陆亚当在饶平县黄冈镇城内基督教堂右侧创办的真道医院，医务主持人是美籍医生包立基、孟亨利，并聘请华人医生陈子基（海阳县人）、吴崇庸（潮阳县人）助理医务，真道医院被视为西医传入饶平县之始。

在西方人开办诊所、医院的影响下，接受西医教育的华人（主要为本地人）开始尝试在潮州城经营西医药业务。特别是清光绪二十五年（1899）以后，潮州福音医院医学培训班结业学员分赴各地执医，西药使用有所普及。清光绪三十二年（1906），柳德生创办"开通医局"。清光绪三十年（1904），大埔人郑晓初医师以西医应诊，率先在潮城太平路铺巷口合股开设"华英泰"西药房为民诊病配药。宣统元年（1909）郑晓初另在广源街口设立"振华兴"药房。宣统三年（1911），郑晓初、柳德生、林悟轩医师联合在广源街内26号建立"公医院"，设立住院部。这是潮州最早由中国人自己办的收留病人住院治疗的私人合资医疗机构。这些医疗机构虽规模很小，却是潮州西医药事业的幼苗。

　　这个时期，西医学教育已初见萌芽。潮汕地区的教会医院从设立之初就开始重视这个问题，着手培养辅助人员，继而开办医学专科班、护理专业班，解决医院业务及其发展的需要。清光绪十八年（1892），肖惠荣毕业于汕头福音医院专科班，是潮州西医学的先驱。清光绪三十年（1904），郑晓初毕业于潮州福音医院专科班，成绩优秀，留院任教并行医。柳德生也在这一时期从汕头福音医院专科班毕业。这些人才成为潮州一段时期内的西医药领军人物和栋梁。柳德生"开通医局"开诊后，每天要诊治近百位病人，对推进西医药的普及和发展起到了很大的推动作用。可以说，教会医院是潮州最早培养西医药护人员的机构，不论其出发点怎样，客观上都为潮州地区西医药的基础奠定和发展起到了不可或缺的作用。

　　这一时期，妇产科的设立不能不说是地方医药事业的一个伟大革命。在这之前，中国有文字记载的几千年文明史中，婴儿出生几乎都是土法接生，所以婴儿死亡率、孕妇难产死亡率、围生期感染率都很高。1896年设立的福音医院妇产科，正是使用现代医学手段解决这些问题的开端。妇产科治疗妇科疾病和西法接生，标志着西法接生传入潮州。而第一位真正的华人西法接生员是沈淑贞，由其丈夫郑晓初培养学习西法接生技术，并在华英泰西药房工作期间，第一次独立采用西法接生顺利地接生了一个婴儿。

　　值得重笔一提的是，清光绪二十五年（1899），就读于汕头福音医院医学专科班的肖惠荣在毕业两年后，即与英国医生高似兰赴沪合作翻译《欧氏内科学》《哈氏生理学》《贺氏治疗学》三部早期西医教科书。这在当时历史条件下，是相当前卫又难能可贵的。

　　以上是西医药进入潮州后至辛亥革命爆发前的粗略情况。在这漫长的六十余年时间，其进入虽然维艰，发展缓慢，但在潮州地区扎下了根。这个时期的医药行业是以教会医院医生及教会医院培养的信教徒西医药护人员为主要技术力量，因此都多少带有宗教色彩（当时参加教会医院专科班的人员都必须经过宗教仪式洗礼）。

由于历史原因，这个时期的潮州西医药事业亮点纷呈，主要是：

（1）第一家西医诊所的诞生标志着西医药开始进入潮州。1849年黎力基牧师在潮州府澄海盐灶港头之佩兰轩设立诊所，这是西医药传入潮汕之始。1865年，英国传教士高似兰医师在虎尾巷设立了西医诊所，西医药进入潮州府邸。

（2）第一家西医综合医院的成立。1892年开始成立的宾为邻纪念医院，标志着现代西医开始在潮州扎根，并出现第一位华人院长林起，当然也是第一位华人西医师。西法接生开始传入潮州，并出现第一位华人接生员沈淑贞。

（3）西医学教育的开始。福音医院于建立初期即开始培训医药护人员，有较正规的专科班。

（4）医学译著的开始。肖惠荣（福音医院华人医生）与英国人高似兰合作翻译《欧氏内科学》《哈氏生理学》《贺氏治疗学》三部早期西医教科书。这样大型的医学译著在现代也是不多的。

（5）郑晓初等华人合办的第一家西药房华英泰诞生。

（6）第一家由中国人自己办的收留病人住院治疗的私人合资医疗机构——"公医院"建立。

二、民国时期（1912—1949）

辛亥革命虽然推翻了封建帝制，但这一时期中国仍处于半封建半殖民地社会，政局动荡不安，国家历遭劫难，这必然对政治、经济、文化、医疗卫生等产生影响。西医药当然也不例外。辛亥革命、北伐战争和第一次、第二次国内战争……一连串的重大政治变革接踵而来。而后的日本侵略致使中国沦陷与抗日战争的爆发，光复后的短暂稳定之后又爆发了解放战争，这个时期的西医药发展不能不随政局变化而变化，根据其各阶段明显的差异，下面分为三个时间段进行叙述。

（一）抗战前（1912—1936）

经过清朝时期的传入与传播，到了民国初年，西医药在潮州已有了初步的基础，但作为外来的西方文化和医疗技术，要得到中国民众的认可还需要时间的推移和实践的证明。而最重要的还是西医药医疗费用高昂，病人在西医院看病则需具备相当的经济实力，而当时绝大多数人的经济条件是不允许的，这是阻碍其发展的根本因素。经济匮乏、收入微薄、手中拮据使更多的群众仍然选择土法土医治疗疾病，万不得已找个街边郎中了事。随着社会的变革，民初时期社会相对稳定，特别是二十世纪二三十年代陈济棠统治广东期间，经济有了良性发展，人们安居乐业，这就为西医药的发展提供了比较宽松有利的环境和机会，出现了一个比较平稳的培育期。体现在：

1. 多种社会力量办西医药

清时期西医药的办业主体是教会，虽有教会医院培养的医生办个体诊所、开个体药房，但仍带有浓厚的宗教色彩，而且数量少、规模小，未形成与教会医院同台竞争的能力。但到了民初时期，情况有所改变，教会医院独占鳌头的局面逐渐被打破，出现了教会办、行会办、政府办、个体办等多种社会力量办西医药的格局。

（1）教会医院。

①潮州福音医院：进入民国时期潮州福音医院一直在延续，民国二年（1913）时任院长高似兰受聘前往山东齐鲁医学院任教，院长一职就由肖惠荣接任。民国十七年（1928）越晏如接任潮州福音医院院长，直至抗日战争前夕。民国二十八年（1939）六月二十八日，日寇入侵，潮城沦陷，潮州福音医院迁往揭阳，并入五经富福音医院。这一迁就是"黄鹤一去不复返"，已有46年历史的潮州福音医院终因日寇的侵略而在府城消失。作为对潮州西医药传入与发展具有奠基和里程碑意义的潮州福音医院的迁离，是潮州西医药事业的一大损失，几十年的积淀一朝化为乌有，这种情况在潮州及周边城市是绝无仅有的。汕头延续了福音医院并在其基础上发展成为今天的汕头市第二人民医院。揭阳在真理医院的基础上发展并形成现在的揭阳市中心医院，且其建于19世纪末的医院建筑物仍保存完好，近年还进行了全面修整，成为医院的历史标志，现在的揭阳市中心医院已具有一百一十多年历史。这样的例子在全国还有很多：北京协和医院、武汉同济医院、湖南湘雅医院……都是在原有的教会医院基础上发展为全国著名、世界知名的、具有百年以上悠久历史的大医院。而福音医院在潮州的过早消失，使潮州市既缺乏具有教会医院根基的医院，也让潮州市缺少拥有百年以上历史的西医院。反观饶平县人民医院，虽断断续续，但还是延续了真道医院的历史，成为饶平县唯一一家有教会根基的百年县级医院。

②饶平县真道医院：这家于清光绪三十三年（1907）起开办了共七年的医院，1914年就因欧洲爆发战争，外籍医生回国而关闭。民国十一年（1922）六月又复办，民国十九年（1930）扩建。潮汕地区沦陷后，外籍人员撤离，当年七月医院财产遭劫再停办。

（2）行会及慈善、公立性质医疗机构。

①潮州红十字医院：由成立于辛亥革命时期的"中国红十字会潮州分会"于 1922 年建立，并聘请肖惠荣为首任院长，后由林章光、程伯勇（1926 年毕业于广东公立医学校的医学士）接任。该院设于潮城司巷，建筑面积 1 435 平方米，有病床 40 张，病房 14 间，特级病房 10 间，男女总房各 2 间，聘请冯仲坚（合浦人）、郭树龙、李少卿等为医师。该院设有一个命名为"兰臣"的手术室，是由旅泰知名人士张兰臣捐款建造的。捐款创办潮州红十字医院的海内外知名人士有郑智勇（二哥丰）、赖渠岱、张兰臣、谢松楠、胡文虎（世界万金油大王）、陈济棠（广东军阀）等人。从捐资名单中我们可以看到，在当时无论是政要还是巨贾、旅外侨胞，他们对国内西医药事业的重视和关怀程度是很高的。即使在今天，能有一大批重量级人士为一个医院的兴建捐资也很少见，这是潮州人民健康的福音。潮州红十字医院的成立，也成了潮州西医药事业发展历程中又一个里程碑。

必须指出的是，潮州的旅外侨胞普遍具有良好的爱国传统，郑智勇就是其中一个非常优秀的代表，他可能不是当时华侨中的首富，但应是当时华侨中的首善之一，除了捐资办医院，他还捐资修筑了长达近 40 公里的韩江南大堤，并出资支持兴办学校及其他慈善事业。而作为一省之军事长官，又是行政长官的陈济棠捐资建设潮州红十字医院，也堪称善举懿行。

潮州红十字医院能够延续并成为潮州市中心医院的前身，是潮州医药事业的一大幸事。现在计算潮州市中心医院的历史就是从潮州红十字医院创立那天开始的。

②饶平县贫民赠医所：该医所于民国二十二年（1933）七月建立，地址在三饶镇城内王家祠。该医所由县长聘请当地一些医生为义务医师，轮流坐诊，不收诊金，只收药费。医师、勤杂人员的工资及处方笺、包装纸张等费用均由县政府拨给。该医所前后共历时两年，后因就诊人数日减而停办。

③庵埠太和医院：民国十三年（1924），庵埠太和善堂董事长陈复章联合董事梁香和创办太和医院，院址为庵埠镇连杉街尾，至民国二十八年（1939）潮安沦陷时停办。医院创办翌年，聘请陈尚光医师为院长及工作人员 11 人，设门诊、留医两部，门诊分内科、外科、妇科、伤科；留医设一等病床（收费）4 张，二等病床（免费）10 张。并设中、西药房，实行施药赠药，日门诊接诊量达 400 人次，陈尚光医师擅长医治钩虫病、疟疾、伤寒等症。医院培养学徒，出师有江风（曾任中国人民解放军两广纵队后勤卫生处处长）、陈尚久、陈健等人。太和医院的经费主要靠海外侨胞捐

赠及办游艺向富户商贾推行名誉券的收入。

④潮安戒烟医院：民国二十四年（1935），广东省第五区专员公署专员胡铭藻在潮城西门佛祖爷宫（后迁西门外贫民教养院）创办潮安戒烟医院，并由广东省政府推荐许觉真任院长，医务人员有张尚琛等十多人，经费由第五区专员公署拨给（每月国币400元），受戒者医药费按实报销。至民国二十六年（1937），因经费不足而停办。

（3）私立医疗机构。

①潮安同仁医院：详见本书《同仁医院与郑氏父子》一文。

②开通医局：详见本书《开通医局与柳德生》一文。

③仁安药房：1928年由李宗恺创办，以医治眼科见长，兼治内科、儿科、外科。

④健安药房：1908年设于太平路103号，创办人为林悟轩。

⑤屈臣氏药房：1921年设于太平路144号，创办人为李泽雄。

⑥中国药房：设于西马路80号，创办人为林伟明。

⑦中华药房：创办人为庄淳正，设于太平路211号。

⑧幸福药房：创办人为张宗龄，1928年设于西马路口。

⑨共和医院：创办人为潘家声、郑祥云，设于分司巷。

其他还有：邱玉芳在开元街创办的仁和医院，谢幼斋于1932在太平路创办的中南医院等。

这一时期开业的个体医师众多，有陈焕光、林章光、林杰民、刘庆文、陈子平、王年山、蔡子祥、曾彩霞、曾汉宗、陈业孙、蔡华霖、陈兴初、柳宗惠、柳宗智、丁更生、胡镇福、许觉真、曾昭礼、郑天与、谢承平等二十多人。

此时期饶平县的西医药发展仍较缓慢，据1922年统计，西医从业人员仅有十余人，在抗战前，增加人数也较少，除真道医院外，个体开业西医人员寥寥无几。

以上私人办的西医药医疗机构虽名称不同，或称医院，或称药房，或称医局，除了郑氏父子的同仁医院和柳德生的开通医局外，都是大同小异，医药兼营，规模小，个别个体医生还兼司药，有的则干脆只医不药，一个医疗或药事机构往往由一人运营。

民初时期，特别是陈济棠主政的年代，可以说是潮州西医药传入与发展百年历史中最好的阶段之一。人们曾为当时的西医画了个像：西装革履，头戴礼帽，口叼烟斗，手提手杖（潮州人俗称"动觉"），出入坐手车，有仆人提出诊袋相随（据郑心言医师的女儿，潮州名中医师郑庆佳回忆，上述这种形象应是指一部分西医师，当时也有很多西医师着装与普通人无异）。之所以能够有此高品质的装扮和消费，有赖于当时西医药行业的高收入，与灰黑色长褂的中医师形象相比，的确是天壤之别。那时一个不太出名的西医师出诊费为每次 2~4 个银圆，而一个中医师每次出诊才收取几毫银圆，最多一个银圆；最出名的西医师每次出诊要 8 个银圆，而中医师中最出名的曾稿出诊一次才 4 个银圆（中医师中只有他一人有如此高的出诊费）。巨大的收入差距，使当时的青年中医师都想转行学西医，但高昂的学费又使他们望而却步，老中医师更喜欢把自己的后代送去学西医。这个时期出名的西医师建了自己的医院、药房，拥有自己的洋楼。时至今天，现存的这些建筑物仍在诉说着当年的辉煌，如官诰巷李宗恺寓所、太平路郑氏同仁医院原址、灶巷郑心言寓所（1958 年由郑心言医生自筹资金购建，同仁医院旧址无偿借用给公安局）……而最出名的当数柳德生建于西马路左右营巷之间的柳园，规模大、档次高，花园中设亭台楼阁、小桥流水，是潮州一处难得的近代中西合璧精品建筑，其后改建成现在的谢慧如图书馆。

2. 医疗技术和医疗水平有较大的提高

抗战前，潮州西医的医疗技术水平有了初步的提高，除福音医院外，西医学院校的毕业生开设了私人医院和诊所，并出了一些名医，范围涉及内、外、妇、儿、五官等科。他们在医疗技术上有敢为人先的精神，如民国十五年（1926）潮州红十字医院院长程伯勇曾成功施行一例 10 多斤重的卵巢肿瘤切除手术，并开展了胆囊切除、肠吻合、胃肠穿孔修补、截肢等手术。民国二十年（1931）私立潮安同仁医院医师郑心言为浮洋乡一小孩取出刺入腹腔的"织网针"，施行首例尸剖。助产士曾美恩用倒转术、碎颅术处理难产。民国二十五年（1936）郑心言自制生理盐水为霍乱患者补液。

3. 慈善及行会组织的创建和成立

（1）潮州红十字会：辛亥革命时期，潮城知名人士杨柳（字春崖）、程鹏（字翼云）、郭荫臣、王雨若、许世芳等组织成立"中国红十字会潮州分会"，后改称"潮州红十字会"，会址设于潮城司巷 12 号，首任会长杨柳，后由程、郭、王等分别担任会长、副会长。该会对推动潮州西医的发展做了大量的工作，如设立医院、开办医学院校等。

（2）潮州西医师公会：民国二十年（1931），潮州西医师公会成立，会员有二十多人，会长为林章光，该会以团结同业，交流临床经验，管理医疗收费为其宗旨。该会对团结广大西医药从业人员，维护西医药从业人员利益，规范西医药从业人员的行为起到了很好的作用。至民国二十八年（1939）日寇入侵，潮城沦陷时该会停止活动。

4. 西医学教育的创立

民国十二年（1923）由潮州红十字会开办的潮州红十字医院开办了附属潮州医学专科学校，兴建教学大楼，聘请广州医师徐天恩为校长，冯仲坚为教务主任，教员有林舞阶、郑国藩、程政、翁梓光等9人。同年11月15日招收第一期学生，录取32名并于翌年2月6日正式开学。学制3年，每学期学费大洋24元，堂费5元，报名费1元。至抗日战争前夕共办5个班次，培养近百名学生，最后一期有学生吴俊辉、苏少良等12名，他们中不乏已执业的中医师。两年后适逢抗战爆发，学校被迫停办，吴俊辉等由学校介绍转入上海的医学院校继续学业，直至毕业后回家乡就业。而苏少良等则就此肄业而再度执业中医。虽说是医学院，但限于当时的条件，没有尸剖室，解剖课用的解剖实体是青蛙，其他教学工具也比较简陋。

5. 护理事业的加速发展

民国十三年（1924）起，第一批从上海、广州、汕头妇产科学校毕业的助产士吴辉娴、曾美恩、杨文惠、孙立珊、杨敦厚、黄恩莲等来潮州开展西法接生，使西法接生逐渐代替了土法接生，降低了婴儿的死亡率。本土护士的大批量出现，加速了潮州妇产、护理事业的发展。

6. 西药的应用

抗战前，潮城的西药房也如同雨后春笋般纷纷登场，至民国二十六年（1937）已有西药房11家，从业人员41人，年西药销售额约3.5万大洋；而在药物应用上，西药则日趋广泛地被用于治疗各类疾病。民国十九年（1930）郑心言已采用奎宁、米柏林治疗疟疾；用砒剂（914、606）治疗梅毒；意溪镇开业医生用百浪多息等磺胺类药物治疗感染性疾病。

（二）抗战时期（1937—1945）

这一时期，艰难发展的西医药事业遭到了很大的破坏，机构撤并，人员散失，西医药从业人员因生活所迫，有的转行，有的流落他乡，医疗设备遭到日本侵略者的洗劫，西医药事业的发展面临艰难的局势。

日本侵略中国并攻陷了潮州，潮州分成了国统区和沦陷区。政局的变化，使西医药从业人员被迫分别散布于不同区域，正在蓬勃发展的西医受到了严重的打击。但不论是在国统区还是在沦陷区，广大民众对西医药的需求是一致的，有人就有病人，有病人就需要医师。这个时期的特点是：

一方面是西医药从业人员由于所在区域不同而分属于各个统治区，继续为民众服务；另一方面是西医药从业人员发扬爱国主义精神，积极投身抗日救亡工作。在两个政治属性不同的区域，分别出现了不同的医疗机构。

1. 国统区医院

（1）潮州红十字医院。

民国十一年（1922），潮州红十字医院成立。民国二十七年（1938），潮州红十字医院奉广东省第五区专员公署防空指挥部命令，组织潮安县救护大队，大队长由程伯勇兼任，队员一百多人，其训练防毒人员20名，配备防毒面具20套。

民国二十八年（1939）初，潮城屡遭日机轰炸，因而在古巷新祠堂设立临时后方医院，留守医师有吴俊辉、丁有恒、干事王剑传等5人。同年6月28日潮城沦陷。潮州红十字医院及古巷临时后方医院由郭树就率领撤离潮城，经田东、五全、九河而至丰顺黄金市（粤东第一高峰铜鼓嶂的南面，现丰顺县黄金镇）。此时，在南洋为医院筹资的院长程伯勇亦从香港赶回黄金市。

民国二十九年（1940）九月，潮安县政府撤驻至归湖溪尾，程率队迁潮州红十字医院于归湖塘埔村林家祠。

（2）潮安县卫生院。

民国三十年（1941）十一月，潮安县政府奉命从潮州红十字医院分离出部分人员，在文祠长背山村曾家祠成立潮安县卫生院。人员有医师吴俊辉、司药谢畅吾等6人，院长为许觉真。该卫生院作为全县的卫生主管机关，翌年人员扩增至12人。民国三十二年（1943）五月十六日，院长改由程伯勇担任。

民国三十四年（1945）九月，抗战胜利，县卫生院回城时全院十多人，同年9月17日，程伯勇奉县长洪之政密令，接收并撤销潮城沦陷时汪伪政权所设的潮安县立医院。

民国三十八年（1949）十月二十三日潮安解放、二十四日中国人民解放军潮安县军事管制委员会杨君勉、陈北（原名陈英名，其子陈平原为北京大学著名教授）、陈历昌三人接收潮安县卫生院，接收时全院13人，病床403张。

（3）潮安县卫生事务所。

成立于民国二十六年（1937）十一月，所长为程伯勇。

这一时期饶平县三饶镇是潮汕地区唯一一个没有沦陷的城镇，其政治、经济没有受到太大的冲击，这一时期三饶镇还修复了饶平学官，是全国唯一在抗战时期修复学宫的城镇，可见其政治和经济的稳定程度。因此其西医也有所发展，其中，从汕头、潮州进入该区域避难的医师起了很大的作用。日军侵华时期，因汕头、潮州、澄海等地沦陷，有二十多名西医师（含外科）从沦陷区逃往该县黄冈镇、饶城（今三饶镇）及钱东、樟溪等区、乡开业，至 1945 年，全县西医药从业人员（含外县籍）有四十多人，那时饶平县三饶镇先后共有两座政府办的医院。

（4）饶平县卫生事务所。

创办于民国二十八年（1939）二月五日，地址在三饶镇东门文祠内，有医师、助产士、护士、药剂员等 6 人。设简易病床 10 张及少量器械，后因就诊病人甚少，4 个月后停办。

（5）饶平县卫生院。

民国二十八年（1939）九月十六日，将原县卫生事务所改为饶平县卫生院，其地址仍在三饶镇东门文祠内。设院长 1 人、医务人员 9 名；下设茂芝（上饶）、浮山、钱东、黄冈等分院。各分院设备简陋，均无病床。1949 年 9 月，饶平县军事管制委员会接管该院。翌年 1 月 1 日，改称饶平县人民政府卫生院，医务人员和工作人员共 16 人。1954 年，该院迁到黄冈镇。

2. 抗日救护队

（1）暹罗华侨救护队。

"七七事变"后，旅泰爱国人士伍退思、许侠、林德兴等人回汕头，于 1938 年 4 月成立"暹罗华侨抗敌同志会"，会长林德兴，秘书许侠。同年 5 月，经广东省第九区民众抗日自卫团统率委员会批准，在意溪镇黄家祠成立"暹罗华侨救护队"，队长余洪业，副队长贝子端、伍退思，队员多为侨胞及侨属子弟共一百多人，并在潮城竹木门设办事处，开展抗日救亡活动。

1939 年上半年，日机在意溪韩江边扫射潮安开往留隍客轮"嘉陵"号时，救护队抢救三十多名受伤乘客。同年 7 月，国民军华振中部反攻潮城时，又赴前线抢救伤员。

潮城沦陷后，华侨救护队改编为独九旅卫生队。民国三十年（1941）独九旅调防河源县时，该队解散。

（2）潮安县救护大队。

成立于民国二十六年（1937）七月，队长程伯勇，详见后"潮州红十字医院"条。

3. 沦陷区医院

（1）日本人办的医院。

汕头博爱医院潮州分院（以下简称博爱医院）是一所日本人开办的医院，1940 年初创办，院址是潮城司巷红十字医院原址。院长是日本人津津见和大岛武夫，全院三十多人，分设内、外、妇 3 科，病床 20 张，配有救护车一辆和比较完整的外科手术器械，实施过腹部手术。

1943 年 6 月，博爱医院迁往汕头，分院停办，部分中国籍人员并入潮安县立医院。

（2）汪伪政权办的医院。

潮安县立医院。1943 年 6 月。日军侵占潮汕，沦陷区汪伪政权潮安县政府在潮城开元街开办潮安县立医院，院长傅启光（台湾籍，蕉岭人，日本东京医学专门学校毕业），人员 15 人，病床 12 张，设内科、外科、眼科、五官科、化验室及西药房。医院有显微镜一台，小外科手术器械一套，日门诊接诊量平均 40 ~ 100 人次，收治过十多名被美机炸伤的伤员。

抗日战争胜利后，由潮安县卫生院院长程伯勇奉命于 1945 年 9 月 17 日接收并撤销这所医院。

纵观这一时期的医疗技术，除日本人办的医院设备较先进外，其他医疗机构均处于相对落后的状态，但西医的发展客观上仍有延续，如民国三十三年（1944）郑心言在梅县松口镇行医时已用盘尼西林（青霉素，时价黄金 3 两/瓶）治疗流行性脑膜炎。

（三）光复时期（1945—1949）

抗战胜利后，武装力量和政治、经济、文化等部门从战时状态转入和平状态。客观上，光复后，潮城在一段时期内恢复了昔日粤东政治、文化、经济中心的地位。潮城又是韩江水运集散中心，在以水运为主要交通命脉的时代，决定了潮城的经济中心地位。多年的沦陷，广大百姓期望修复战争的创伤，人心思定。而潮州远离全国内战的主战场，是有名的"北方打炮，南方看报"的福地，相对稳定的环境为西医药事业较好的发展提供了条件。仅有 6 万 ~ 7 万人口的潮城就有医院和个人西医诊所二十多家，这个时期饶平县的西医也有了良性的发展。

1. 国统区公立医疗机构

（1）潮安县卫生院。

成立于民国三十年（1941）十一月的潮安县卫生院是潮州红十字医院后续医院，1946 年 8 月迁回潮州红十字医院旧址，1949 年 12 月由中国人民解放军潮安县军管会东纵四支队医务处派员接收（见图 3）。院中有数位水平不错的医师，如程伯勇、吴俊辉、谢畅吾、李道全、丁有恒、吴荣标等。

图 3　第四支队医务处工作同志留影，1949 年 10 月摄于潮安卫生院（司巷）

（2）潮安县卫生院第三分院。

成立于民国三十五年（1946）一月二十一日，地址意溪寨内林家祠，主任李少卿，人员 4 名。

（3）潮州红十字医院。

民国三十四年（1945）九月，抗战胜利后，潮州红十字医院迁回潮城原址，回城时全院只有十多人，至民国三十六年（1947）因经费欠缺、院址残破而停办。

（4）饶平县卫生院。

该院前身是清末成立的饶平真道医院，并间断延续到中华人民共和国成立前夕，为现在饶平县人民医院的前身。

2. 根据地医疗机构

（1）后方医院。

民国三十八年（1949）五月，中国人民解放军闽粤赣边纵队第四支队后勤部医务处后方医院正式成立，院长杨君勉，政治指导员陈北，地址在凤凰乡后河村四方楼（现凤凰中学），下设 4 个卫生站，总人数 91 人。10 月 23 日潮安解放，后方医院随军进入潮州城，有 21 人编入潮安县军事管制委员会人民卫生院。

（2）各革命根据地卫生人员，主要是游击队中的卫生员，战时服务于军队，平时则军民两用。

3. 私立医疗机构

光复后，抗战时期被迫停业或转入内地的私立医疗机构纷纷回潮复业。因此，抗战后的私立医疗机构在保持了抗战前的格局的基础上，有较大发展，西医药从业人员明显增加。主要的个体医疗机构有：

（1）同仁医院（心言诊所）。

同仁医院此一时期因郑晓初医师年老多病，业务由其子郑心言全面负责，随后只设门诊，并改称心言诊所，设备优于当时的政府卫生院，医疗水平也较高。

（2）开通医局。

详见前文有关章节。

沿太平路开办医院诊所的还有郑得遂（广源街口），曾昭礼（竹木门街口），李宗恺（分司巷口），谢承祖、王年山（汤厝巷口），傅启光（图训巷），郑国藩（开元街口健安诊所）。

北门箭道巷：许世芳。

义安路：许觉真、林伟明、郑天与。

开元街：仁和诊所丘玉芳。

散在市区各地有王毅君、蔡华霖、丁更生、林章光、林悟轩、胡镇福、林邦玄、顾文彬等。

各个乡镇也有一批西医师办西医诊所，主要的有：

庵埠：李益民、陈景昌、谢文生、谢景生、陈受祥、肖德云。

枫溪：蔡彰平、谢活民。

东凤、江东：陈玄、黄遵诚、郭映波。

彩塘：陈国荃、曾初民。

金石：刘启德。

浮洋：温庆存、陈斗生、许振。

磷溪：苏宗乔、刘祥云。

意溪：蔡德禧、刘慕和。

铁铺：陈子基。

古巷：陈宗斌。

丁塘：宋惠生、宋步生、丘金杯（中华人民共和国成立后宋步生、丘金杯调归湖乡）。

此外还有一批助产士：曾美恩（郑心言夫人）、黄恩莲、杨敦厚、吴辉娴等。

这个时期西医从业人员的形象是住洋楼，穿西装，戴礼帽，骑进口自行车（三枪牌、克家路牌、莱利牌，比现在的宝马轿车还稀有），车前档挂个黑色真皮出诊包，人骑在自行车上，燕尾式的西装随风飘扬，悠然自得；坐诊则是穿吊带裤，白内衣上别领结。上面谈到的出诊包，是这个时期西医药医疗模式的特色和西医师的主要标志，因此有必要作详细描述。

在"要死才到医院"（意思是病人差不多要断气或寻求一线生机时才会去医院）的年代，去医院是万不得已的事，而且必须有足够的经济实力。请个西医师虽然也要花钱，但比起去医院还是节省得多。因此，碰到急症，请个西医师出诊成了那个年代既信西医又在经济上并不十分拮据的人们的最佳选项。社会的需求迫使每个西医师必须有独立处理急重症的技术能力和必要的药械，这就是出诊包产生的缘由，其主要配备有：

（1）诊断器具：听诊器、体温计、压舌板、叩诊锤、手电筒、血压计（虽是现在已基本淘汰的表式血压计，但在当时是高档医疗器械，只有实力较强的西医师才拥有）。

（2）消毒注射器具：注射针盒、针筒、针头、酒精盒、棉球、砂轮、酒精碟、胶布、绷带、纱布、棉签、酒精、火柴。出诊时，打开针盒，放进针筒，加满清水，盖上盖子，放上支架，倒上酒精、点上火就可消毒针头。这样的消毒模式，在20年前没有一次性针头，缺乏高压消毒条件的情况下仍在沿用。

（3）针剂：肾上腺素、阿托品、复方氨基比林、杜冷丁、海拉明、可拉明、安络血等。

（4）内服药：阿司匹林、撒烈痛、大建磺（磺胺类药）、奎宁、十滴水等。

（5）外用药：红汞、碘酒、紫药水、结晶粉、万金油、亚茴香等。

有外科处理能力的西医师，还备有小手术包（缝针、缝线、手术刀片、止血钳、止血带等）。

这样的出诊包加上训练有素的人工呼吸术、心脏起搏术……急救往往是立竿见影。在当时，出诊包加上一辆自行车、一副担架，就相当于一部救护车，可以及时地对病人实施抢救和送入医院，因此出诊包也被人称为"救命包"，高热、头痛、炎症、腹痛、过敏、出血，甚至昏迷、休克、心衰、呼吸衰竭，都可以借这个出诊包得到初步的处理。西医的急救技术和价值在这里得到了充分的体现，病人的急重症状也可在较短时间内得到缓解，甚至捡回一条命，这也就是上面谈到的西医师为什么有高收入的原因。

据一位八十多岁的老西医师回忆，1946年他在汕头粤东医士学校读书时，广州籍的老师用粤语给学生念了"头痛阿司匹林，肚痛高罗巅（巅茄合剂），无名肿毒阿哦碘（碘酒）"的顺口溜，这算是当年西医用药的精辟缩影，也是出诊包最好的注脚。

4. 医疗技术有所提高

民国三十五年（1946）郑心言用"回纳法"治愈一例肾疝（亦称腰背疝）。患者朱树声，男，40岁，长期便秘神呆，郑为其检查，见其腰背有一无红肿热痛的肿物，疑为疝，即行按摩、回纳，遂便通而愈。这个时期，各科出现了一批医疗技术精湛的名医，如内科的郑心言，妇科的曾美恩、黄恩莲、吴辉娴，牙科的林志仁，眼科的傅啟光等。

5. 西医师公会的重建

民国三十六年（1947），重建潮安县医师公会（原西医师公会），会址设在太平路219号（仁安药房内），会员43人，设理事及常务理事7人，理事长李宗恺。

6. 西药的应用

民国三十五年（1946），郑心言用链霉素治疗结核病。民国三十六年（1947）庵埠妇科医生肖德云将磺胺、麦角碱催产素应用于产科临床。截至1949年9月，潮城17家西药房及诊所年西药销售额超46.8万港元，较大的农村集镇也已设置有西药房，西药在治疗疾病方面已广为应用。

7. 注册给证医事人员

民国三十五年至三十七年（1946—1948），潮安县经中华民国卫生署（部）考试院批准注册给证的医务人员共有195人，其中西医师有49人，临时医师1人，护士3人，助产士11人，已形成了一定的西医力量规模。如果把尚未领证的西医师包括进去，数量就更多。

饶平县这一时期的西医从业人员也有四十多人（包括无注册给证人员在内）。

民国时期是西医药传入潮州和发展的一个重要时期。这一时期，由于受到政治的巨大影响，西医药走过了一段复杂而曲折的道路，特别是在日寇侵华时期遭受了巨大的破坏，但总地来说，这个时期西医药是有所发展的，表现在：

（1）由单一的教会办医向多元化办医转化。办医氛围由带有浓厚的宗教色彩向注重用西医药科学服务民众的转化，出现了教会办、政府办、私人办、行会办等多种办医形式，并且相互之间有良好的互动作用，即便是在沦陷时期，这种状态也基本能延续下去，并初步出现了以政府办医院为主的医疗事业格局。

（2）从幼苗阶段走向成熟阶段，从非主流医学走向与中医齐驱并驾的主流医学，成为广大人民群众医疗服务中不可或缺的医疗力量。

（3）由单一的医疗模式向医疗卫生、防疫、战地救护等全方面发展。

（4）西医药从业人员的爱国主义精神得到了弘扬，如抗战时期的战地救护队等。

抗日战争胜利后，潮安如此多西医师的主要来源是：

（1）从二十世纪二三十年代起，就有不少人到上海、北京、广州、杭州等医学院校学医。如郑心言是湖南湘雅医院、上海圣约翰医院、北平协和医学院的毕业生，获医学博士学位；曾昭礼、王毅君等毕业于广州中山大学医学系；许觉真、丘玉芳、李宗恺、胡镇福、郑天与等到上海、杭州学医。

（2）原福音医院培养医师并由他们再带徒学医，如柳德生培养张金、贝必梅等。

（3）二十世纪二三十年代，潮州红十字医院办医学专科班，一共5个班次，培养了一大批医师。

（4）就读于军队医学院校，在军队从医后转业回乡。20世纪20年代，许世芳从陆军军医学校毕业，任十九路军上校军医校长，广东陆军总医院副院长（即现广州陆军总医院前身）、第七战区总监部卫生处军医监少将处长等职，抗日胜利后因不满蒋介石发动内战而回乡开诊所；陈玄为国防医学院毕业，也因此回乡从医。

中华人民共和国成立前在潮州各地执业的西医师，在中华人民共和国成立后大部分成为潮州市及其各区（镇、乡）医疗卫生机构的技术骨干。如郑心言、谢承祖分别担任潮安县、潮州市医院副院长，吴俊辉、丘玉芳、李宗恺、曾昭礼、陈玄等是县市医疗卫生机构科室领导和学科带头人。他们除了发挥自己丰富的临床经验外，还积极热情地传帮带教刚毕业的大中专医学毕业生，使他们迅速成长起来。

党和政府对这些医师在政治上给予了应有地位，如郑心言担任了广东省人大代表，谢承祖担任了县、市人民政协副主席。据统计，中华人民共和国成立后西医界中有16位担任了县、市级人大代表；15位担任了政协委员；乡镇医师有的则担任了乡、镇人大代表，而郑心言、李宗恺等多名医师还带头参加抗美援朝和粤西、海南农垦医疗队。这些医师中有的还加入了中国共产党。他们是潮州西医药事业的宝贵财富，不仅技术精湛，还都有一颗博爱的心和无私奉献精神。

纵观潮州西医药事业的百年历程，其特点是：从无到有，从小到大，群众从怀疑到信任，从贵族化逐步走向平民化，从富含宗教色彩到走向为民众救死扶伤，从外来到本土，从非主流到主流，为人民健康事业作出了重大贡献。

参考文献

［1］金得国、张秋娟、姜超：《浅谈21世纪中西医结合医学的研究》，中医药管理杂志，2008，(16) 10。

［2］广东省汕头市地方志编纂委员会：《汕头市志》，北京：新华出版社，1999年。

［3］潮州市基督教三自爱国会：《潮州市基督教教志（初稿）》，1987年。

［4］潮州市地方志编纂委员会：《潮州市志》，广州：广东人民出版社，1995年。

［5］饶平县地方志编纂委员会：《饶平县志》，广州：广东人民出版社，1994年。

［6］潮州市卫生志编纂领导小组：《潮州市卫生志》，1987年。

（本文谨献给为潮州西医药事业的传入与发展作出贡献的前辈们。潮州市卫生局原局长陈德仪指导并提供大量资料及修改，特此致谢。本文分章节刊于2011年4月21日、5月19日、6月16日《潮州日报》第C2版"潮州文化"）

后　记 ⁓

　　回想起来觉得有点可笑，一只巴王冲茶壶竟成了我延续文缘的开端。那是 1995 年，我怀着对三峡原貌的钟爱，体验了"飞流直下三千尺"的逸情，游览了三峡及川渝鄂。十来天的游程，亮点纷呈，可真正吸引我眼球的却是重庆巴王火锅大酒店的冲茶绝技，我为此还写了《巴王火锅冲茶绝技》一文，并配图发表在《潮州日报》上。

　　人们对事物的爱好，是深入骨子里的。小时候艰苦的生活，并没有给我留下太多负面的记忆，倒是古城的点点滴滴滋润了我。勤劳诚信、尊老敬贤、邻里友善的潮州人品德，潮州歌册、听"讲古"、看"把戏"，苦中有乐的市井生活，都使我耳濡目染，自然而然地对文学产生爱好，鼓起勇气到大户人家借《羊城晚报》《南方日报》及其他书刊阅读。周日，杨表兄常带我去看电影、看画报。从小学到初中，历任语文老师对我悉心指点，使我从小就有行文的冲动。初一时，已写有小文章登上学校的《金山报》。

　　1971 年，我到潮州镇中医门诊部当学徒，没想到第一天就被委任为办公室资料员。那年 9 月，我的文章上了报纸、电台。尽管崭露头角，但视出仕为畏途的我，当仕途向我招手时，却毅然选择了医道。为了专于医道，暂断了文缘，在 1982 年的中山大学中文刊授中，我既系统地学习了文学知识，圆了大学梦，文学素养也有所长进。

　　2000 年到现在，我共写了二百多篇散文，有的刊登在《潮州日报》和《潮州》《潮州乡音》《潮州社科》《潮州文化研究》等本地报刊，有的发表在《书法教育》《中国国家地理》《羊城晚报》《广东史志》《闽南》等报刊上。写作时并无目的，随心而书，因景而发，只求抒发情感，终极是些潮城屑话、无聊茶语罢了。因自觉文拙，平淡无味，土里土气，不宜登大雅之堂，故我随意"散"写，未有结集之意。

　　但老学友认为我的文章贴近生活，有时代的痕迹，值得留下来，鼓励我将之结集。经多人的规劝后，我于是选择百余篇交付他们把关删改、编章立目。黄继澍、陈放等学兄精心编辑，始成文集初稿。陈泽泓研究员悉心指导，并为本文集作序，提出封面设计构想；曾小华先生根据此书主旨，完善了封面设计；陈友群、何绪荣等人提供照片作插图，增添了文章的可读性；蔡瑜老师心怀爱惜，破例为晚辈题签。大家倾力相助，才使我的"散文"结集成书。

其实，我写的内容并非个人的视野所能及。老邻里留下的故事，前辈郑国藩、林科荣、陈德仪等的讲述，朋友何绪荣、吴榕青、裴文喜、郑学敏、肖湘源、何耿之等提供的素材，给我增添了见识；好多资料是很可贵的，更是难得一睹的珍品。吴淑贤、钟书翀、龙勇朝、朱燕玟等作文字录入校对，多人帮助田野调查……文集虽小，但支持者众，谨此对帮助我的各位师友以示谢忱！

家是港湾。家人对我的写作给予了理解、耐心与支持，提供了写作的空间和时间，有时还共同切磋文稿内容，提出修改意见，我衷心感谢妻子苏惠文和孩子们。由于自己的执着，过度的自私写作，较少陪伴家人，而让她们承担太多的家庭琐事，为此深感内疚，在本书出版之日，也向家人由衷致歉。

著　者

2020 年 5 月 30 日于橘缘斋